LES VOISINS
ET AUTRES NOUVELLES

DIANE OLIVER

LES VOISINS ET AUTRES NOUVELLES

Traduit de l'anglais (États-Unis)
par Marguerite Capelle

BUCHET • CHASTEL

Titre original : *Neighbors and Other Stories*
Éditeur original : Grove Atlantic, New York

« Les Voisins » et « Les Clés de la ville » ont été publiées pour la première fois dans *The Sewanee Review* en 1966. « Dispensaire », « La route est bouchée » et « Ici on ne sert pas de mint julep » ont été publiées dans *Negro Digest*, respectivement en 1965, 1966 et 1967. « Le Placard du dernier étage » a été publiée dans *Southern Writing in the Sixties* en 1966. « "Pas de cassonade dans leur lait" » a été publiée pour la première fois dans *The Paris Review*, nº 244, été 2023.

ISBN : 978-2-283-03909-0

SOMMAIRE

PRÉFACE

Il y a un an encore, je n'avais jamais entendu parler de l'époustouflante créatrice de nouvelles que fut Diane Oliver. C'est un peu embarrassant de l'admettre, étant donné que je suis romancière et professeure. En outre, Diane Oliver et moi partageons un certain nombre de traits communs. Toutes deux noires, originaires du Sud et filles d'enseignants, nous avons toutes les deux étudié dans des facultés de jeunes filles, et fréquenté les bancs de l'université de l'Iowa. Née en 1943 – la même année que ma mère –, Diane avait une génération d'avance, et elle m'a ouvert la voie. Et pourtant, allez savoir comment, je n'étais jamais tombée sur son travail, pas même au Spelman College, dont la spécialité en littérature anglaise accorde une place prééminente aux œuvres écrites par des femmes noires. Au début, je m'en suis voulu. Pourquoi n'avais-je pas été plus assidue en troisième cycle ? Diane Oliver a publié quatre nouvelles de son vivant, et deux autres à titre posthume. Son travail a été diffusé dans le *Negro Digest* et la *Sewanee Review*, puis repris dans l'anthologie *Right On !* En somme, *Les Voisins* était juste là, caché sous notre nez. Après y avoir réfléchi davantage, j'ai blâmé les gardiens du temple

– quels qu'ils soient – de ne pas avoir inclus Diane Oliver dans les anthologies qui constituent le programme des formations en écriture. Mais au bout d'un moment, je me suis lassée de chercher une raison, et j'ai choisi de célébrer cette découverte.

Ma rencontre avec *Les Voisins* a été assez peu commune. J'ai reçu un exemplaire imprimé sur papier ordinaire, sans couverture intrigante ni commentaire élogieux de grandes plumes, pas même un paragraphe de l'éditeur pour fournir des éléments de contexte ou un résumé. La seule chose que je savais, c'était que l'autrice était noire et que le manuscrit allait être publié. La liasse de feuilles annonçait simplement : « Les Voisins ». J'aurais pu demander plus d'informations ou faire une rapide recherche sur Google. Mais j'ai préféré reconnaître cette occasion pour ce qu'elle était : une chance de laisser ses propres mots m'initier à l'œuvre de Diane Oliver.

Cet époustouflant recueil de nouvelles est un véritable bijou. Quand j'étais jeune autrice, je me rappelle avoir reçu ce conseil d'une camarade : « Imagine que le monde tel que nous le connaissons est révolu. Maintenant, imagine que les gens du futur essaient de trier tous ces décombres. Eh bien, voilà à quoi servent les livres… à aider les suivants à comprendre ce qui a bien pu se passer. » J'avais presque oublié cette étincelle de sagesse estudiantine, jusqu'au jour où j'ai découvert les premières pages de ce livre. Lire *Les Voisins*, c'est avoir le sentiment de parcourir une capsule temporelle qui serait restée scellée et enfouie dans la cour d'une église épiscopale méthodiste afro-américaine du sud des États-Unis, au début des années 1960. Les enjeux politiques de l'époque – autrement dit, la fin de la ségrégation raciale – infusent la narration, car il s'agit là du changement sociétal le plus important depuis la fin de l'esclavage. Diane Oliver explore cette Amérique en mutation, tout en documentant avec brio la culture des Noirs américains du sud de son pays. Elle conserve la mémoire des travailleuses domestiques contraintes de laisser leurs propres enfants chez elles pour aller tenir la maison d'une riche famille blanche. Si les cabans à col en raton laveur font fureur chez les fortunés, les pauvres s'enorgueillissent d'avoir lavé et repassé leurs modestes tenues. « Le Nord » et « Chicago » sont synonymes de terre promise, où l'on peut gagner un salaire décent et envoyer ses enfants à l'université. Voici le monde de Diane Oliver, et elle en éclaire le moindre recoin.

La nouvelle éponyme « Les Voisins » contraste abruptement avec l'image culte de la petite Ruby Bridges, six ans, toute pimpante avec ses nattes et son tablier, première à intégrer courageusement une école primaire jusque-là réservée aux Blancs. La fillette est entourée de marshals fédéraux. Cette célèbre photo ne montre pas la foule d'adultes qui la conspuent ni l'enfant seule dans sa salle de classe, puisque les autres parents avaient retiré leurs enfants en signe de protestation. Norman Rockwell a recréé cet épisode dans son tableau *The Problem We All Live With* (*Notre problème à tous*), mais la fillette est représentée sur fond de jets d'ordures et de graffitis racistes. Dans sa nouvelle la plus célèbre, Diane Oliver nous emmène là où les caméras de télévision n'iront jamais. C'est l'histoire d'une famille, la veille du jour où leur garçon de six ans doit intégrer sa nouvelle école, tout seul.

Si l'on voit bien les dynamiques à l'œuvre dans le foyer familial, le chemin à suivre est loin d'être évident. Malgré le triomphe représenté par l'arrêt *Brown v. Board of Education*, est-il juste d'un point de vue moral d'envoyer un enfant dans un endroit où, au mieux, il ne sera pas le bienvenu ? Un voisin s'interroge : « J'espère juste qu'y craint pas de se faire cracher dessus. » Au lendemain d'une nuit sans sommeil, la mère s'adresse au père : « C'est notre enfant. Quoi qu'on fasse, on sera responsables. » La question qui se pose alors est plus personnelle que politique. Est-il possible de faire la distinction entre l'intérêt supérieur de la race et celui de leur petit garçon ? Quelle que soit leur décision, il est impossible pour le lecteur de les juger, car Diane Oliver nous oblige à chausser leurs souliers, et pour escalader une montagne, qui plus est.

Elle revisite le sujet dans « Le Placard du dernier étage ». Winifred, qui vient d'entrer à l'université, en a assez d'être la « Grande Expérience ». Son premier jour à la fac marque la treizième année de l'abolition de la ségrégation dans le système éducatif. « Son père n'avait pas ménagé ses efforts pour la faire admettre dans cette université, multipliant les requêtes auprès des membres du conseil d'administration et les menaçant même de poursuites judiciaires. Elle avait eu honte de ne pas avoir envie d'y aller. » Bien que ses parents aient les moyens de la vêtir à la dernière mode, elle ne s'intégrera jamais sur le campus de cette université pour belles du Sud. Isolée, loin de chez elle et marginalisée à cause de sa couleur de peau, la santé mentale de Winifred se détériore peu à peu. Alors qu'elle quitte la fac, brisée, il est tentant de voir dans cette nouvelle une conclusion de l'histoire entamée dans « Les Voisins », justifiant le choix de la famille qui avait préféré ne pas envoyer le petit Henry à l'école des Blancs. Mais en la relisant avec honnêteté, on finit par se demander si c'est le racisme de son école qui rend Winifred malade, ou plutôt ses parents, pour qui le combat pour les droits civiques semble être un jeu.

Même si l'arrêt *Brown v. Board of Education* fut un véritable séisme, balayant la doctrine « séparés mais égaux », la plupart des personnages noirs de ce recueil auraient sûrement considéré le séjour de Winifred à la fac comme un problème de bourgeois. Ce sont ces femmes qui font des ménages, ces enfants qui dorment sur des paillasses à même le sol, et ces bébés qui naissent en ayant « peur de respirer ». Le talent de conteuse de Diane Oliver ne serait pas ce qu'il est sans leurs paysages émotionnels d'une infinie richesse.

« La route est bouchée » raconte l'histoire de Libby, jeune mère employée au service de Mrs Nelson. Son mari, Hal, a filé Dieu sait où. Par bien des aspects, la nouvelle revisite, voire détricote, le récit de la bonne noire qui finit par aimer la famille de sa patronne comme si c'était la sienne. Bien que le cœur de l'histoire se déroule dans la cuisine de Mrs Nelson, il est évident que le travail domestique est un *labeur* pour Libby, non une *vocation.* Alors qu'elle prépare le petit déjeuner de la famille, elle s'inquiète pour son propre bébé, abandonné dans un panier à linge sur la véranda de sa baby-sitter, à six heures et demie du matin. Quand elle réchauffe la soupe pour le déjeuner, elle pense à sa fille contrainte de chaparder des fruits tombés. Et à tout cela se superpose l'attente de son mari, Hal, faite de désir, de colère et d'inquiétude mêlés. Elle brûle de le retrouver en tant qu'amant et compagnon, mais elle aspire aussi à la sécurité et à la respectabilité procurées par un mari qui resterait à la maison. Quand elle le retrouve enfin, elle se moque bien de la famille Nelson.

> Elle se dirigeait droit sur lui à présent [...] Elle se demanda un instant ce qu'elle allait dire. Elle avait imaginé son retour, mais pas à un moment aussi absurde. Pourtant, elle se sentait étrangement sûre d'elle [...] Elle continua à avancer, et même à cette distance, elle voyait bien que c'était de lui que tous ses enfants tenaient leurs pommettes saillantes.

Quand ils se touchent enfin, les retrouvailles sont sensuelles, mais entachées par la colère de Libby à cause de sa longue absence. Elle est épuisée, et honteuse d'en être réduite à voler des tranches de jambon dans la cuisine d'une Blanche pour nourrir ses enfants. Son mari lui annonce qu'il a acheté une voiture bleue, avec des housses de siège flambant neuves. Frustrée qu'il dilapide ainsi ses économies, elle comprend que « si elle le voulait, lui, elle n'aurait d'autre choix que de vouloir la voiture, aussi ». Ils rentrent à la maison, prêts à reprendre leur vie commune. Hormis le sac en papier rempli de nourriture volée, les Nelson sont parfaitement oubliés.

Diane Oliver analyse avec une impressionnante complexité la diversité de l'expérience noire dans le sud des États-Unis. Elle comprend la vie d'une femme pauvre prête à faire des kilomètres à pied pour emmener ses enfants chez le médecin. Elle éprouve de la sympathie pour un couple contraint par le racisme à s'installer au fond des bois, où ils sont en proie à une rage meurtrière. Elle sait ce qui pousse les familles miséreuses à vendre tout ce qu'elles possèdent pour s'acheter un billet de train direction le Nord, sans la moindre idée de ce qui les attend. Et pourtant, elle peut aussi décrire la vie intime d'une épouse de médecin, forcée de se coltiner une belle-fille revêche, juste au moment où ce type d'existence subit l'impact des changements de mœurs raciales et sociétales.

Si les vies des Noirs se transforment avec l'abolition de la ségrégation, celles des Blancs aussi, et Diane Oliver les observe également. « Les araignées ne versent pas de larmes » explore une histoire d'amour mixte, dans le sillage de *Loving v. Virginia*. L'héroïne, Meg, est une « [...] demoiselle Kelham. Toutes les filles de sa famille défilaient lors de la parade annuelle des Filles de la Confédération, souriant aux bandes de gamins noirs qui leur faisaient signe jusqu'au cimetière. » Meg, à présent divorcée, tombe amoureuse de Walter Davison Carter, un riche médecin. Bien qu'il puisse passer pour portugais, ou pour n'importe quel étranger au teint mat, il est clairement noir. De plus, il est marié à une femme atteinte d'une maladie incurable. Cela devrait être un déshonneur, ne serait-ce qu'« au nom de sa grand-mère », et pourtant la relation s'épanouit et survit aux années. Pour Meg, aimer quelqu'un en dépit de la barrière de la race aura un prix. Découvrant son idylle, ses amies prennent leurs distances, uniquement parce qu'« il a l'air, enfin tu vois, de vouloir se faire passer pour blanc ».

L'épouse de Walt finit par mourir, et le couple se marie. Meg perd tout contact avec son ancienne vie, mais découvre que son rôle de maîtresse était bien plus satisfaisant que celui d'épouse. Diane Oliver choisit de ne pas mettre la race au centre de leur conflit conjugal. « Il la possédait, exactement comme il possédait la maison, les voitures, et ces pauvres gens persuadés que leur cœur allait s'arrêter de battre si jamais son mari arrêtait la médecine. »

Avec une grande finesse, Diane Oliver laisse la question raciale déterminer la vision qu'a Meg de leur relation, pendant tout le temps où Walt lui fait la cour. Il y a même un moment, juste avant leur mariage, où elle s'en veut de le considérer encore comme une personne « de couleur », après tant d'années d'intimité partagée. Mais dès qu'ils sont unis, le genre se met à peser davantage que la race. Elle est son épouse et se trouve être blanche. C'est ce que l'on appelle l'*intersectionnalité*.

Les Voisins est l'une de ces rares œuvres de fiction qui sont à la fois ancrées dans leur époque et en avance sur leur temps.

Récemment, lors d'une interview, on m'a demandé de dresser la liste des écrivaines que je considérais comme mes marraines littéraires. J'ai cité les plus grandes – Zora Neale Hurston, Toni Morrison, Ann Petry – et puis j'ai ajouté Diane Oliver. Son nom m'a surprise autant qu'il a surpris la journaliste. Je ne connais pas son œuvre depuis longtemps, mais j'ai le sentiment que, malgré tout, sa pensée a influencé la mienne. Une part de moi estime que c'est impossible, mais celle qui est capable de ressentir la présence des esprits reconnaît qu'au contraire, c'est tout à fait plausible.

Écrire de la fiction peut être une expérience surnaturelle. N'est-il pas magique et inexplicable de transcrire ainsi un imaginaire en signes sur la page, aussi lisibles que durables ? Je suis convaincue qu'au moment où elle rédigeait ces textes, du haut de ses vingt-deux ans, Diane Oliver inscrivait toutes ces histoires dans l'air même que nous respirons, dans notre eau et notre terre. Nous avons tous des ancêtres que nous n'avons pas eu le plaisir de rencontrer, mais dont nous portons l'héritage dans notre chair. Leur mémoire se niche dans la nôtre. Leurs mots nous appartiennent, que nous le sachions ou non.

Tayari Jones
Atlanta, Géorgie, 2023

Les Voisins

Le bus qui abordait le carrefour entre Patterson et l'avenue Telford offrait un spectacle monotone, à cette heure du soir. Parmi les quatre passagers debout à l'arrière, elle ne repéra aucun de ses amis. Il y avait surtout des femmes, confortablement installées sur les banquettes doubles, des bonnes et des cuisinières qui rentraient du travail ou bien des secrétaires qui avaient fait des heures supplémentaires, dans les bureaux de l'usine. La fabrique de coton était située à l'extérieur de la ville, près de la maison où elle-même était employée. Elle remarqua que quelques hommes se trouvaient également à bord. De simples ouvriers, ça se voyait, à l'exception de ce monsieur très élégant en costume gris sombre, muni de ce qu'elle imaginait être un parapluie à bouton-poussoir.

Il avait l'allure de quelqu'un qui prenait sa voiture pour se rendre au travail, d'habitude. Immédiatement, elle décida que l'automobile avait sûrement refusé de démarrer ce matin, ce qui l'avait contraint à faire le trajet en bus. Elle-même était postée au fond, debout, pour observer les passagers. Ses bras atteignaient tout juste la barre et elle faisait de son mieux pour ne pas valdinguer à chaque embardée. Mais au moindre virage, sa tête était projetée contre la fenêtre. De plus, ses cheveux commençaient à se défaire, et des frisettes noires se balançaient entre ses yeux. Elle regarda les gens qui l'entouraient. Il y avait quelques Blancs, mais la plupart étaient de la même couleur qu'elle. Au moins, étudier ses compagnons de route l'empêchait de penser au lendemain. Même si en réalité, elle avait hâte d'y être, et que tout ça se termine.

Elle s'agrippa plus fort à la banquette capitonnée de cuir vert, et regretta de ne pas avoir ses lunettes. Deux personnes la séparaient de l'homme au parapluie qui se tenait un peu plus loin vers l'avant du bus, de l'autre côté du couloir, si bien qu'elle le distinguait parfaitement entre les autres passagers. Elle le regarda déplier le journal du soir, tendit le cou pour voir ce qu'il y avait en une. Elle s'efforçait impatiemment de déchiffrer les gros titres quand elle se rendit compte qu'il avait levé le nez et la dévisageait, non sans curiosité. Se mordant la lèvre, elle détourna la tête et contempla le paysage jusqu'à ce que le centre-ville soit en vue.

Elle allait devoir attendre d'être rentrée pour voir s'ils figuraient de nouveau dans le journal. Parfois, elle avait l'impression que si quelqu'un les prenait encore en photo, elle allait se mettre à hurler. Lundi dernier, les reporters étaient déjà dans l'infirmerie quand elle avait amené Tommy pour sa dernière injection contre la polio, à l'école maternelle. Elle ne comprenait pas comment on pouvait se montrer aussi cruel envers un enfant. Le flash s'était déclenché pile au moment où l'aiguille pénétrait, et tout ce qu'on voyait sur le cliché, c'était la bouche béante de Tommy.

Le bus était en train de se ranger et freina brutalement, ce qui la fit sursauter et perdre le fil de ses pensées. Tenant fermement le sac en papier qui contenait son uniforme, elle se fraya un chemin vers la porte. Étant au fond, elle fut l'une des premières à descendre. Dehors, l'air nocturne était humide et lourd, et sa robe lui collait au corps. Elle regarda le ciel et se rappela que la météo annonçait de la pluie. Comme s'ils avaient besoin de ça… pourquoi, se demanda-t-elle, fallait-il qu'il pleuve, pour couronner le tout ?

La rue principale était étrangement silencieuse, mais elle se dit que son imagination devait lui jouer des tours. D'ailleurs, la plupart des boutiques étaient fermées depuis dix-sept heures.

Elle s'arrêta pour jeter un coup d'œil à un imperméable réversible dans la vitrine de chez Ivey, mais bien qu'elle ait désormais un emploi à plein temps, elle n'avait pas la tête à s'intéresser à la mode. Elle allait se remettre en marche, quand un coup de klaxon retentit. Mi-effrayée, mi-curieuse, elle chercha alentour et repéra un homme au volant d'une voiture grise, qui lui faisait signe de venir. Elle ne le connaissait ni d'Ève ni d'Adam mais, constatant la présence d'une femme élégamment vêtue sur le siège passager, elle s'approcha.

« T'es la fille de Jim Mitchell, c'est ça ? l'interrogea-t-il. Toi c'est Ellie, ou bien c'est l'autre ? »

Elle opina, se demanda qui cela pouvait être, et s'il avait beaucoup bu.

« Bon, mon petit, poursuivit l'homme en se penchant par-dessus sa compagne, tu ne me connais pas, mais ton père si, alors tu vas lui dire que s'il arrive quoi que ce soit à ce gamin demain, on se tient prêts à faire le nécessaire. »

Il la regardait droit dans les yeux, et elle promit de transmettre le message.

Au moment où l'homme allait redémarrer, la femme tendit la main pour toucher le bras d'Ellie. « Dépêche-toi de rentrer, ma petite, la nuit est presque tombée. »

Avant qu'elle n'ait eu le temps de s'enquérir de leurs noms, la Chevrolet avait disparu au coin de la rue. Ellie aurait bien aimé que quelqu'un apparaisse comme par magie et vienne lui retracer par le menu tout ce qui s'était passé depuis le mois d'août. Alors, elle parviendrait peut-être à distinguer la réalité de ce qui n'était que le fruit de son imagination, ces deux derniers jours.

Elle traversa le quartier commerçant et parvint devant chez Tanner, où elle aperçut Saraline occupée à peler des oranges derrière la vitrine. Tout dans cette échoppe était peint en vert ou en orange, et Ellie ne put s'empêcher de se dire que sa pauvre amie détonnait un peu. Elle s'arrêta pour lui faire signe, et vit Saraline désigner sa montre de la pointe du couteau, puis son petit copain, au fond du magasin. Ellie hocha la tête pour montrer qu'elle avait compris. Sara voulait qu'elle prévienne son grand-père qu'elle allait encore devoir travailler tard. Ni l'une ni l'autre ne comprenait pourquoi le vieil homme n'appréciait pas Charlie. Saraline avait terminé le lycée trois ans avant Ellie, il était temps qu'elle se marie. Sous les yeux de son amie, la jeune fille interrompit sa tâche, juste le temps de croiser les doigts. Ellie hocha de nouveau la tête, mais elle avait bien peur que tous les doigts croisés du monde ne suffisent pas à prévenir les ennuis, demain.

Elle s'arrêta au feu pour parler à une femme rabougrie, avachie contre le mur d'un immeuble. Raclant le trottoir avec les semelles de ses tennis, Ellie attendit que l'autre ouvre la bouche pour lui faire son sourire habituel. Les gamins aimaient bien l'embêter pour la faire causer : comme il ne lui restait plus qu'une dent, ils l'avaient surnommée la Poinçonneuse de Beignets. Mais la femme ne bougeait pas d'un cil, aussi immobile que tout le reste, depuis le début de la semaine.

De là où elle se tenait, en face du parking du supermarché Sears et Roebuck, Ellie apercevait leur maison parmi toutes celles qui bordaient la rue de l'Assistance sociale, comme l'avaient rebaptisée les Blancs. Ces gens de la presse la faisaient enrager chaque fois. Tous leurs articles insistaient sur le côté fruste des gens qui vivaient là. Les reporters ne précisaient jamais que sa famille ne dépendait pas de l'aide sociale, par contre ils mentionnaient systématiquement leur adresse. Elle marqua une pause pour observer une bande de gosses sur le trottoir d'en face, en train de se disputer une balle en caoutchouc. Il y avait toujours des petits Blancs pour venir se mêler à eux, dans le quartier, mais c'était presque comme si ces jeux partagés obéissaient à une règle tacite. Dès l'instant où chacun entrait à l'école, plus personne ne jouait ensemble.

Elle traversa au carrefour, ignorant les voitures arrêtées au feu, et plus elle approchait de sa rue, plus elle se rendait compte que le journal avait raison. Les maisons étaient laides, il n'y avait même pas d'arbres, rien qu'un peu de gazon miteux et des buissons clairsemés. Comme elle coupait entre les voitures massées sur le bitume gluant, elle remarqua la lumière étrange renvoyée par les projecteurs du parking. Par habitude, elle détailla la première bâtisse du pâté de maisons. Hormis les endroits où la peinture s'en allait, elles étaient toutes pareilles. Ce soir, avec le crépuscule, la couleur grise écaillée prenait un éclat luminescent et, remontant le trottoir non goudronné, elle repéra la fumée de la pipe de Mr Paul qui venait se mêler à l'atmosphère déjà brumeuse. Il resterait à attendre au même endroit jusqu'au retour de Saraline. Ellie ralentit le pas pour parler au vieillard assis sur sa véranda.

« Bonsoir, monsieur Paul », dit-elle. Sa voix résonna, cristalline, incongrue dans la rue déserte.

« Hein, qui est là ? » Mr Paul se pencha par-dessus la rambarde. « Qu'est-ce que tu dis, petite ?

– Comment allez-vous ? lança-t-elle plus fort. Sara a dit qu'elle rentrerait tard ce soir, elle a du travail. » Ellie attendit que les mots fassent leur chemin.

La tête du vieil homme s'était affaissée, et il avait les yeux rivés sur ses genoux. Elle voyait bien qu'il était déçu. « L'a pas pu faire autrement, finit-il par dire. Z'avaient encore besoin d'elle, faut croire. » Puis, comme si ça lui revenait d'un coup, il s'adressa à Ellie.

« Vous êtes prêts, vous autres ? Vous comptez toujours le laisser y aller demain ? »

Elle observa Mr Paul à travers les trous de sa balustrade, remarqua que son mollet au pantalon retroussé occupait parfaitement l'espace laissé par un barreau manquant.

« Aux dernières nouvelles ce matin, on le laisse toujours y aller », répondit-elle.

Mr Paul s'était renfoncé dans son fauteuil. « J'pense pas qu'ils lui feront du mal, marmonna-t-il en se grattant la joue. J'espère juste qu'y craint pas de se faire cracher dessus. Un crachat, c'est pas comme un coup de couteau. Y peuvent lui cracher dessus, personne saura jamais qui c'est », fit-il, ponctuant sa tirade d'un gloussement discret.

Ellie resta sur le trottoir, grattant la terre du bout de son talon, et attendit que le vieil homme ait fini son discours. Elle était contente que quelqu'un trouve matière à rire dans toute cette histoire. Enfin, il se tut.

« Au revoir, monsieur Paul », lança-t-elle avec un signe de la main. Sa propre voix lui parut bruyante, mais elle savait que sa migraine avait tendance à intensifier les sons. Elle pressa le pas pour rentrer, espérant qu'il y aurait de l'aspirine à la maison, et que ces hommes s'en iraient un peu plus tôt ce soir.

Dès qu'elle fut devant, elle sut qu'ils étaient encore là. La lumière du salon filtrait derrière les rideaux jaunes, plus vive là où on les avait rapiécés. Elle songea à déplacer le géranium en pot qui se trouvait sur la véranda, pour qu'il prenne la pluie, mais se ravisa. D'un coup de pied, elle envoya une canette de bière sous une voiture garée là, et s'arrêta pour observer son reflet dans la portière. Les minuscules fleurettes de sa robe imprimée donnaient l'impression qu'elle souffrait d'une drôle de maladie tropicale. Elle repéra une autre canette et la dégagea loin des roues : un gamin allait finir par tomber dessus et se blesser. Mais au fond d'elle, elle le savait, c'est la bagnole qu'elle aurait bien aimé faire disparaître. Le break comme la Ford étaient restés garés devant chez elle toute la semaine, à attendre. Tout le monde passait tout son temps à attendre.

Soudain, elle éclata de rire. L'automobile du révérend Davis était aussi grosse et noire et luisante que… mais non, le sourire s'effaça de son visage, car sa mère n'aimait pas qu'ils fassent des commentaires sur la couleur des gens. Elle regarda alentour pour voir qui d'autre était là, et avisa la vieille guimbarde bleue de Mr Moore. Quelqu'un avait déchiré la moitié de son affichette NAACP. Parfois, elle avait vraiment de la peine pour cet homme. Malgré une bonne dose de colle, il y avait toujours quelqu'un pour lui arracher ses macarons.

Ellie ne reconnut pas la troisième voiture, mais elle était immatriculée dans l'Alabama. Elle se tourna pour scruter la rue de part et d'autre, répugnant à entrer. Leur rue n'était pas éclairée, mais elle distinguait au loin les projecteurs puissants du parking. Lentement, elle fit volte-face et grimpa les marches.

Elle se demanda quand sa mère allait penser à acheter une ampoule jaune pour la véranda. Même sans allumer, les moustiques et les hannetons y pullulaient toujours. Le temps de rentrer, elle les sentait comme grouiller dans ses cheveux. Elle tira sur la porte-moustiquaire et vit que Maman avait enfin demandé à Hezekiah de reboucher les trous. Les bouts de ruban adhésif blanc qui constellaient la toile ressemblaient à s'y méprendre à des papillons difformes.

Elle écouta la voix de son père et comprit à son ton que ces messieurs étaient encore en train de discuter d'une affaire importante. Elle secoua de nouveau la porte, mais personne ne vint.

« Est-ce que quelqu'un peut m'ouvrir ? » Sa voix traversa la moustiquaire, et parvint au petit groupe assis au fond.

« C'est ouvert, cria son père. Entre donc.

– Non ça l'est pas, répondit-elle d'un ton égal. Tu sais bien qu'on a arrêté de laisser ouvert. » Elle était de nouveau lasse, et sa voix était tombée d'une octave.

« Ouais, j'oubliais, j'oubliais », marmonna-t-il en venant à la porte.

Son père manqua trébucher sur une chaise en venant lui ouvrir. Il n'atteignait pas le plafonnier et l'ampoule parut illuminer le sommet de son crâne, soulignant les rides autour de ses yeux. À sa façon de pousser la moustiquaire, elle sut qu'il n'avait pas beaucoup dormi non plus. Elle l'avait surpris en train de raconter à Maman qu'on aurait dit que les gens de l'atelier faisaient exprès de lui rajouter du travail, à cause de cette histoire. Et il ne pouvait rien y faire ni rien dire à son patron, car ils avaient sûrement envie de le virer.

« Où est Maman ? » chuchota Ellie. Il désigna l'arrière de la maison d'un signe de tête.

« Bonsoir tout le monde », fit-elle à l'attention des trois hommes qui n'avaient pas levé le nez depuis qu'elle avait fait son entrée. L'un d'eux fit mine de quitter son siège, mais son attention fut de nouveau accaparée par ce que disait l'un de ses compagnons. Ils étaient installés dans le canapé, en bras de chemise, avec un pichet d'eau glacée posé sur l'appui de fenêtre.

« Ta mère a sûrement besoin d'un coup de main », lui dit son père. Ellie regarda par-dessus son épaule l'homme blanc qui était assis à l'extrémité du sofa, essaya de l'identifier. Son visage lui disait quelque chose, et elle se concentra pour se rappeler où elle avait bien pu le voir. Ces messieurs ne semblaient pas faire attention à sa présence. Elle se pencha pour voir le document qu'ils étudiaient, et découvrit une grande feuille de papier à dessin blanc. Elle distinguait des carrés et des lignes, et l'homme assis au milieu était en train de tracer un itinéraire avec la gomme de son crayon.

Le silence qui régnait dans la pièce immobile ne faisait qu'empirer sa migraine. Elle passa derrière les rideaux rouges ornés de broderies, et gagna la cuisine.

« Je suis rentrée, Maman », lança-t-elle devant la porte de derrière, face au gros soleil jaune que Tommy et Hezekiah avaient peint au mur, au-dessus de la cuisinière en fonte. Immédiatement, elle sentit une certaine chaleur pénétrer sa peau. « Où sont les autres ? demanda-t-elle en s'attablant avec sa mère, qui pelait des pommes de terre.

– Mrs McAllister garde Helen et Teenie, répondit cette dernière. Ton frère dort chez Harry ce soir. » À chaque prénom, une épluchure de patate dégringolait sur le journal qu'elle avait étalé sur la table. « Tommy est dans la chambre, occupé à lire son livre d'*Oncle Wiggily*. »

Ellie leva les yeux, mais sa mère regardait droit devant elle. Elle savait bien que quand Tommy lisait ce bouquin tout seul, c'est qu'il était triste. Elle se leva et se dirigea vers le placard de la cuisine.

« Les autres couteaux sont au sale ?

– Non, répondit sa mère, regarde dans l'autre tiroir. »

Ellie l'ouvrit, chassa du bout de l'ongle quelques écailles de peinture blanche. Elle allait prendre un couteau quand une pile d'enveloppes attira son regard.

« Il y en a eu d'autres aujourd'hui ? demanda-t-elle, dissimulant les enveloppes sous les torchons tout en sortant le couteau.

– Oui, sept de plus. » Sa mère accentuait chaque mot avec soin. « Ton père les a emportées à côté.

– Toujours pareil ? » demanda Ellie en attrapant une pomme de terre. Elle aurait bien voulu trouver le moyen de changer de sujet.

Cela faisait trois semaines que les Blancs leur envoyaient des menaces. Certaines lettres étaient adressées à la famille, mais la plupart visaient directement Tommy. Environ une fois par semaine, une missive de la même écriture manuscrite les mettait en garde : le petit garçon ferait mieux de ne pas déjeuner à la cantine, car ils avaient l'intention de l'empoisonner.

Ils recevaient ce genre de courrier depuis que la direction de l'école avait rendu public le nom de Tommy. Elle coupa la pomme de terre et jeta les morceaux dans la casserole d'eau froide. De tous les candidats, il avait été le seul dont le conseil d'établissement ait accepté le transfert en école primaire. D'après ces gens, les autres n'étaient pas domiciliés dans le coin. Tandis qu'elle retirait les yeux d'une autre patate, elle songea à la première lettre qu'ils avaient reçue, et à son père qui s'était contenté de la brûler dans le cendrier. Mais par la suite, maître Belk avait dit qu'ils feraient bien de conserver les autres, au cas où, si jamais ils avaient besoin de preuves pour le tribunal.

Elle coula de nouveau un regard à sa mère. « C'est qui, ce Blanc qui est avec Papa ?

– Un ami de maître Belk. C'est le pasteur de cette église qu'on voit toujours à la télé le dimanche matin. Maître Belk a l'air de penser que ça peut être bénéfique de l'avoir avec nous. » Ellie remarqua que sa voix tremblait autant que ses doigts, qui saisissaient la dernière pomme de terre. Elles entendirent Tommy marmonner tout seul dans la chambre voisine. Ellie avait peur de regarder sa mère.

D'un coup, elle prit conscience que les mains de cette dernière étaient secouées de violents frissons. « Il est si petit », souffla-t-elle, et soudain le couteau lui échappa des mains, et elle se mit à sangloter et à haleter en même temps.

Ellie ne savait pas quoi faire, mais au bout de quelques instants elle débarrassa les épluchures et déposa les couteaux dans l'évier. « Si tu allais t'allonger ? suggéra-t-elle. Je m'occupe de débarrasser et de coucher Tommy. » Sans mot dire, sa mère se leva et s'en fut dans sa chambre.

Ellie essuya la table et étendit le torchon en travers de l'évier. Elle recula pour contempler les tuyaux rouillés, saupoudrés d'un film blanchâtre. Un de ces jours, ils allaient devoir remettre un coup de peinture. Elle passa sur la pointe des pieds devant sa mère, qui semblait s'être assoupie à force d'épuisement.

« Tommy, appela doucement Ellie, viens, c'est l'heure de se préparer à aller se coucher. »

Le petit garçon, assis par terre au milieu de la pièce, ne répondit pas. Il était dans la position qu'elle avait imaginée, en tailleur, et se tripotait l'oreille en tournant les pages écornées d'*Oncle Wiggily au zoo*.

« Qu'est-ce que tu fais, Tommy ? » demanda-t-elle, en s'accroupissant près de lui. Il sourit et désigna une image de canards.

« Demain c'est ton premier jour d'école, dit-elle en tournant une page avec lui. Il est temps d'aller au lit, tu ne crois pas ?

– Oh, Ellie, je suis obligé d'y aller tout de suite ? » Elle contempla les yeux bruns et graves qu'il levait sur elle, les cheveux coupés ras. Pendant une minute, elle se demanda s'il contestait l'idée d'aller se coucher, ou de se rendre à l'école le lendemain.

« Eh bien, tu as pratiquement fini ton livre, non ? » Il secoua la tête. « Allez, dit-elle en le faisant lever, tu es déjà tout endormi. » Pourtant, il protestait encore.

« Quand est-ce que Helen et Teenie vont revenir ?

– Demain, quand tu rentreras de l'école elles seront là. »

En le soulevant du sol, elle songea qu'il était tellement petit, pour affronter tous ces gens demain.

« Regarde, dit le petit garçon en se dégageant pour désigner une chemise bleue et un pantalon en sergé de coton. Maman m'a acheté cette tenue pour demain. »

Tandis qu'elle faisait couler l'eau dans la baignoire, elle l'entendit grimper sur le lit. Il était silencieux, et elle savait qu'il était en train de dénouer les lacets de ses tennis.

« Sors tes chaussures, lança-t-elle à travers la porte, peut-être que Papa aura le temps de les nettoyer.

– Est-ce qu'il est toujours avec ces messieurs ? Maman m'a demandé de ne pas faire de bruit pour ne pas les déranger. »

Il gagna la salle de bains pieds nus, et entra dans l'eau. Tandis qu'elle le lavait, ils jouèrent à « Pose ta question », leur version du jeu des vingt questions. Elle venait de le sécher et s'apprêtait à lui faire enfiler son pyjama quand il demanda : « Dis, est-ce qu'ils vont m'attraper, demain ?

– Qui veux-tu qui t'attrape ? » Elle le regarda droit dans les yeux, et se mit à le frotter rageusement avec la serviette.

« Je sais pas, répondit-il. Quelqu'un, quoi.

– Personne ne va t'attraper, répondit-elle, qui voudrait d'un petit garçon qui se met tout le temps du chewing-gum dans les cheveux, de toute façon… à part nous ? » Il sourit, mais tandis qu'elle le serrait dans ses bras, elle songea combien il ressemblait à son père. Ils regagnèrent le lit pour qu'il dise sa prière et, tandis qu'ils s'agenouillaient, elle entendit les premières gouttes tomber. Le temps de remonter les couvertures et de ramasser le dessus de lit pour le border, la pluie s'était muée en déluge.

Une fois Tommy couché, sa mère se releva et se mit au repassage dans la cuisine. Elle avait besoin de faire quelque chose, expliqua-t-elle, pour s'occuper l'esprit. Tandis qu'elle pliait et triait les vêtements, Ellie prit une chaise. Toutes deux demeurèrent là un moment à écouter les voix des hommes, à côté. Puis la voix basse de sa mère rompit la quiétude de la pièce.

« Je préférerais, dit-elle, déplaçant son fer en gestes amples, que tu n'ailles pas travailler demain et que tu accompagnes ton père pour déposer Tommy. Je ne pense pas être d'attaque pour affronter ces gens. »

Ellie hocha la tête. « Pas de problème, répondit-elle, dessinant des cercles sur la nappe en toile cirée.

– Ton père y va, poursuivit sa mère. Maître Belk et le révérend Davis aussi. Je pense que ce monsieur blanc qui est là ira sans doute.

– Ils n'auront peut-être pas besoin de moi, répondit Ellie.

– Mais Tommy, si, rétorqua sa mère en pliant le dernier torchon pour le ranger dans le placard.

– Maman, je crois qu'il a peur. » La jeune fille se tourna vers sa mère. « Il était tellement silencieux quand je lui ai donné le bain.

– Je sais, répondit-elle en s'affalant lourdement. Il est comme ça depuis ce matin. » Ses cheveux bruns ondulés scintillaient dans la lumière tamisée de la cuisine. « Je lui ai dit qu'il n'irait plus à l'école avec Jakie et Bob, mais qu'il allait rencontrer d'autres enfants tout aussi gentils. »

Ellie remarqua que sa mère ne cessait de tripoter son alliance, la faisant tourner sans relâche sur son doigt.

« J'ai déjà expliqué à Mrs Ingraham que je ne pouvais pas venir demain. » Elle marqua une pause. « Elle n'a pas dit grand-chose. Elle n'a même pas commenté les photos de Tommy dans le journal. Mr Ingraham a dit qu'on était en train de devenir complètement dingues, mais même lui n'a rien ajouté de plus. »

Elle s'interrompit pour regarder la pendule posée à côté de l'évier. « C'est presque l'heure des premières patrouilles », fit-elle. Sa mère suivit son regard. Les policiers qui faisaient le tour de leur pâté de maisons toutes les vingt minutes étaient censés leur procurer un sentiment de sécurité, mais le bruit régulier des voitures et les phares qui balayaient la maison à travers le rideau au-dessus de son lit ne faisaient qu'angoisser Ellie.

Elle se tut pour chasser un pli de la nappe rouge et brillante, fit courir son doigt le long du bord de la table. « Quand est-ce qu'ils s'en vont ? » demanda-t-elle à sa mère. Au même moment, elle entendit l'un des hommes parler d'aller se coucher. « Je n'avais pas l'intention de les chasser », sourit-elle. Sa mère se dérida un peu à son tour. Elles écoutèrent les bruits de moteurs, de pneus, attendirent que le père d'Ellie referme la porte d'entrée.

Quelques secondes plus tard, il pointa la tête entre les rideaux. « Tu veux que je déplie ton lit tout de suite, Ellie ? » Elle leva le nez et se sentit mal rien qu'à le regarder. Toute la famille avait l'air sur les rotules.

« Pas la peine, répondit-elle. Je vais dormir dans celui de Helen et Teenie, ce soir.

– Comment va Tommy ? » demanda son père, jetant un coup d'œil en direction de la chambre. Il les rejoignit à table.

Après un silence, il reprit. « Je continue à me demander si on fait bien de l'y envoyer. » Il craqua une allumette, attendit que la flamme meure dans le cendrier, puis regarda sa femme dans les yeux. « Qui sait ce dont ces stupides Blancs sont capables. »

La mère d'Ellie lui tapota la main à travers la table. « Nous faisons ce que nous avons à faire, je crois, dit-elle. Mais parfois je voudrais que les autres ne soient pas aussi âgés par rapport à lui.

– Mais ça paraît tellement injuste, interrompit Ellie. De l'envoyer là-bas tout seul, comme ça. Tout le monde n'arrête pas de me demander pourquoi les MacAdams n'ont pas fait de demande pour leurs enfants.

– Eloise, dit sèchement son père, on n'est pas responsables des MacAdams, on essaie de faire ce qui est bon pour ton frère. Il n'est pas assez grand pour avoir son mot à dire. Toi et les autres, vous pourriez décider par vous-mêmes, mais en ce qui le concerne c'est à nous de le faire. »

Elle ne répondit rien, mais le regarda tirer une poignée d'enveloppes de sa poche et les fourrer dans le tiroir du placard. Elle savait que si en août quelqu'un avait prévenu son père que Tommy serait le seul à s'inscrire à Jefferson Davis, jamais ils ne l'auraient laissé y aller.

« Ce sont les dernières ? demanda-t-elle. Qu'est-ce que ça dit ?

– Ne parlons pas de ces lettres, répondit-il. Allons nous coucher. »

Dehors, la pluie redoublait d'intensité. Depuis le début de la soirée, elle s'était accoutumée à ce bruit. Il se mêlait désormais à tous ceux qui étaient venus s'accumuler au fond de son crâne, depuis que toute cette histoire avait commencé.

Tandis que sa mère repliait la table à repasser, ils entendirent le passage discret de la voiture de police. Ellie remarqua que la pendule affichait minuit dix, et se demanda pourquoi ils étaient en avance. Sa mère débrancha le fer et ils attendirent silencieusement que la patrouille finisse son tour et repasse devant la maison, en guise d'ultime bénédiction nocturne.

Soudain un bruit parvint à son cerveau, comme si tout explosait d'un coup dans son crâne, dans un vacarme qui fit trembler la maison presque jusqu'aux fondations. Au même moment les lumières s'éteignirent et, d'instinct, son père les plaqua au sol. Ils entendirent le tintement du verre côté façade, et Tommy se mit à hurler.

« Tommy, à plat ventre », cria son père.

Elle espéra qu'il se souviendrait de rouler sous son lit, comme ils s'y étaient entraînés. Elle entendit des objets tomber et se briser tandis qu'elle gisait parfaitement immobile. Sa respiration se fit saccadée, puis il y eut un deuxième bruit, une explosion moins forte, mais encore suffisante pour noyer les cris de Tommy.

« Ne bougez pas, ordonna son père. Je vais voir Tommy. Ils pourraient en balancer une autre. »

Elle le regarda ramper à travers la pièce, écartant sur son passage les débris d'un vase, une poêle en fer blanc. Tous ces bruits, les pleurs de Tommy, les éclats de verre, tout ça résonnait dans ses oreilles. Elle avait l'impression qu'ils étaient tapis sur le sol depuis des heures, mais quand elle entendit claquer la portière de la voiture de police, les aiguilles lumineuses de la pendule indiquaient seulement minuit quinze.

D'autres véhicules arrivaient, des pas lourds piétinaient la véranda. « Tout le monde va bien là-dedans ? »

Elle visualisait les mains qui tiraient à présent la porte, car elle connaissait cette voix. Le sergent Kearns était responsable de ces patrouilles depuis trois semaines. Elle l'entendit actionner l'interrupteur du salon, mais l'obscurité demeura intense.

Son père déposa Tommy sur les genoux de sa femme et se dirigea vers ce qui restait de la porte d'entrée. En quinze minutes, les policiers envahirent la maison. Tout en cherchant une bougie à tâtons sous le placard, sa mère s'efforçait de faire taire Tommy. Il avait une entaille sur la joue, là où il s'était griffé sur les ressorts du lit. Sa mère fit signe à sa fille de mouiller un linge et d'y appliquer un peu de vaseline pour le calmer. Elle voulut le remettre au lit, mais il refusait de s'endormir, même quand elle promit de rester auprès de lui jusqu'au matin. Elle resta donc assise à bercer le petit garçon sur ses genoux.

Ellie fit le tour de la cuisine, mais l'unique bougie projetait une lueur inquiétante sur les murs, qui la rendait nerveuse. Elle entreprit de ramasser les casseroles, enjambant des éclats de vaisselle et de verre. Elle n'était pas encore prête à entrer dans le salon mais, en tendant l'oreille, des bribes de la conversation des policiers lui parvenaient à travers le rideau.

Elle entendit un homme dire que la bombe avait atterri au bout du jardin, raison pour laquelle elle n'avait atteint que la véranda. Elle devina que la fenêtre du salon était en miettes. Brusquement, Ellie s'assit. L'image de cette fenêtre ne cessait de surgir dans son esprit et une vague d'émotion submergea son corps, la fit trembler comme si elle avait perdu le contrôle de ses muscles. Elle dormait sur le canapé, pile sous cette fenêtre.

Elle regarda sa mère pour voir si elle aussi s'en était rendu compte, mais celle-ci était concentrée sur Tommy, qu'elle essayait de convaincre de fermer les yeux. Ellie se leva et se dirigea discrètement vers le salon, essayant de se préparer à ce qu'elle allait découvrir. Mais même cet élan de détermination ne put rien contre l'horreur qui la saisit. Toute la façade de la maison était déchiquetée, criblée de trous, et le canapé était recouvert de morceaux de verre et d'éclats de peinture. Elle voulut ramasser la photo tombée de la bibliothèque, puis se contenta d'enjamber le cadre en miettes.

Dehors, son père était en train de parler et, curieuse de voir à qui, elle le rejoignit en piétinant les éclats de bois. Elle aperçut des morceaux du pot du géranium, les fleurs rouges tombées face contre terre. Toutes les maisons de la rue étaient plongées dans le noir. En face, elle distinguait des formes dans l'encadrement de la porte, des ombres projetées de-ci de-là. « J'imagine que les MacAdams sont bien contents de ne pas s'en être mêlés. » Personne ne l'entendit, et personne ne vint proposer son aide ; elle savait pourquoi, et ne les blâmait pas vraiment. Ils avaient peur que leur maison soit la suivante.

La plupart des policiers étaient partis à présent, et seule une dernière voiture faisait encore tourner son gyrophare rouge sous la pluie. Elle entendit le grand maigre dire à son père qu'ils allaient rester garés devant pour le reste de la nuit. Contemplant le reflet des autres phares qui s'éloignaient en direction du commissariat, la boule au ventre, elle se demandait désormais pourquoi ils se donnaient tant de peine.

Ellie rentra et tira le rideau derrière elle. Il n'y avait rien à faire dans l'immédiat, même pour la maison. Le sol était jonché de débris et le pauvre Tommy refusait toujours de s'endormir. Elle se demanda ce qui se passerait quand la nouvelle se répandrait dans leur quartier, et l'homme en Chevrolet grise lui revint immédiatement à l'esprit. Si les amis de son père en attrapaient un, ce ne serait que justice.

Ellie redressa une chaise renversée et s'attabla face à sa mère, qui berçait Tommy en chantonnant doucement.

Mr Paul avait dit vrai, on ne pouvait pas faire confiance aux Blancs, point. Sa famille s'était préparée à tout, mais même s'ils s'étaient exercés à se mettre à couvert, ils ne s'attendaient pas à ce que quelqu'un essaie réellement de démolir la maison. Le plus drôle, cela dit, c'est que celle-ci appartenait à l'un des leurs. C'était peut-être une bonne chose que sa famille soit simplement locataire.

Épuisée, Ellie posa la tête sur la table. Elle ignorait ce qu'ils allaient faire pour demain. En journée, ils n'auraient pas besoin d'électricité. Elle était trop lasse pour penser encore à Tommy, et pourtant incapable de trouver le sommeil. Elle demeura donc à table en s'efforçant de ne pas bouger mais, régulièrement, elle tressaillait involontairement. Elle essaya d'empêcher ses mains de trembler, sans cesser d'écouter sa mère fredonner ni de guetter le retour de son père.

Elle ignorait combien de temps elle était restée affalée sur la table de la cuisine, mais quand elle releva le nez, ses poignets portaient la marque de ses cheveux. Elle déplia ses bras avec précaution, sentit le sang affluer au bout de ses doigts. Son père était assis face à elle, le regard perdu dans le vide. Elle entendit sa mère s'éclipser discrètement pour porter Tommy dans sa chambre.

Ellie regarda par la fenêtre. L'obscurité virait au gris, et la peine s'estompait peu à peu. De sa place, elle put commencer à détailler la cuisine d'un œil neutre. Les aiguilles de la pendule indiquaient à peine cinq heures et demie, mais elle savait qu'il allait bien falloir que quelqu'un mette un peu d'ordre et prépare le petit déjeuner.

Elle se leva et gagna la chambre de ses parents sur la pointe des pieds. « Maman », chuchota-t-elle à la porte de celle de Tommy. Au son de sa voix, le petit garçon émit un drôle de son guttural dans son sommeil. Sa mère lui fit signe de sortir sans faire de bruit. Ellie comprit que Tommy venait tout juste de s'endormir. Elle regagna la cuisine à pas de velours, et se mit à ramasser la vaisselle récupérable, se gardant bien d'entrer dans le salon.

Elle contourna son père, laissa les tessons de verre sous la table. « Un café ? » demanda-t-elle.

Il opina dans un silence qui contrastait bizarrement, songea-t-elle, avec le gargouillis bruyant émis par le robinet quand elle l'ouvrit. Elle laissa couler pour faire venir l'eau chaude, et mesura une dose de café instantané dans une tasse en plastique. Elle entendait du mouvement chez les voisins, dans la cuisine des Williams, mais eux aussi étaient beaucoup plus silencieux qu'à l'accoutumée.

« Tu crois que tout le monde est déjà au courant ? demanda-t-elle en touillant le café, avant de poser la soucoupe devant lui.

– Quand le journal local sera sorti, tout le monde saura. Il y avait un type de l'*Observer*, hier soir. J'imagine que ça va faire la une. »

Elle s'adossa au placard, le regarda tracer des cercles à l'infini avec sa cuillère dans le liquide brun.

« Le sergent Kearns a dit qu'ils comptaient déployer pratiquement tout leur effectif, demain, reprit-il.

– Aujourd'hui », souffla-t-elle.

Son père regarda la pendule puis détourna la tête.

« Quand est-ce que ta mère va revenir ? demanda-t-il, s'emparant enfin de la tasse pour boire son café.

– Tommy vient tout juste de s'assoupir. Je suppose qu'elle reviendra dès qu'il sera complètement endormi. »

Elle regarda par la fenêtre de la porte de derrière les hautes palissades qui séparaient leur quartier des Blancs, du plus loin qu'elle s'en souvienne. Elle entendit alors le pas de sa mère qui entrait dans la pièce. Il lui parut bien plus lent que d'habitude. Sa mère s'arrêta devant la chaise où était assis son père.

« Jim, dit-elle d'un ton timide, qu'est-ce qu'on va faire ? » Pourtant, quand Ellie se tourna pour lui faire face, elle remarqua que le visage de sa mère était étrangement calme tandis qu'elle se penchait sur son mari.

Ellie demeura près de la porte, les écouta parler. Personne ne posait la question à laquelle ils voulaient tous une réponse.

« Je continue à penser, finit par dire son père, que les policiers seront avec lui toute la journée. Dans l'enceinte de l'école, ils ne peuvent pas lui faire de mal sans risquer d'atteindre les leurs.

– Mais il sera tout seul là-dedans, rétorqua doucement sa mère. Un petit garçon ne peut pas se contenter de policiers comme seuls amis, quand bien même ils seraient cent. »

Ellie regarda son père nouer ses mains calleuses, encore tachées d'huile de moteur, autour de la salière posée sur la table.

« J'essaie toujours de me dire qu'il faut bien que quelqu'un soit le premier, et puis je repense à mon garçon si silencieux depuis le début de la semaine. »

Elle les écoutait parler à voix basse, comme s'ils n'étaient pas dans la même pièce qu'elle. Dans un recoin de son esprit, elle entendait résonner les bribes d'un cantique que sa grand-mère lui chantait autrefois, une histoire d'ennuis, comme quoi elle était née pour les ennuis.

« Jim. Je ne peux pas laisser mon bébé y aller. » Sa mère avait prononcé ces mots à voix basse, mais en articulant avec soin.

« Peut-être, répondit son père, peut-être que ça ne dépend pas de nous. Avant-hier, on parlait avec le révérend Davis de la façon dont le Seigneur a éprouvé les Israélites, peut-être qu'il nous met à l'épreuve, voilà tout.

– Le Seigneur veut qu'on veille sur notre famille », l'interrompit sa femme. Ellie devinait une pointe d'amertume dans la voix de sa mère.

« Tommy ne va pas comprendre pour quelle raison il ne peut pas aller à l'école, rétorqua son père. Il va se demander pourquoi, comment veux-tu qu'on lui explique qu'ils nous font peur ? » Sa main agrippa la tasse de café. « Il va devoir les affronter tout le reste de sa vie. Il faut bien qu'il commence un jour.

– Mais il n'est pas de taille. Tommy est trop petit pour aller affronter la haine. Les autres, eux, ils sont plus grands, ils comprennent les choses. »

Ellie, toujours adossée à la porte, vit que le soleil s'étalait sur une partie du ciel que l'on devinait derrière les palissades, et la lumière qui s'infiltrait par la fenêtre de la cuisine semblait refléter le rouge brillant de la nappe.

« C'est notre enfant, entendit-elle dire sa mère. Quoi qu'on fasse, on sera responsables. » Son père avait repoussé sa tasse et demeurait assis, le visage en partie dissimulé entre ses mains. Dehors, Ellie distingua le bruit d'un klaxon.

« Dieu sait qu'on a essayé, mais je suppose que c'est peine perdue. » La voix de son père ramena son attention sur les deux personnes attablées devant elle. « Peut-être que lorsque les choses seront revenues à la normale, on pourra retenter le coup. »

Il étendit sa paume sur les doigts rondelets de sa femme, et la mère d'Ellie parut enveloppée de silence. Tous trois demeurèrent là, muets, chacun plongé dans ses pensées, mais néanmoins relié, elle le savait, à la même chose. Ellie fut la première à rompre le silence.

« Maman, demanda-t-elle après une longue pause, tu veux que je commence à mettre la table pour le petit déjeuner ? »

Sa mère acquiesça.

Ellie tourna la pendule pour la voir de l'évier où elle lavait les assiettes qu'elle avait ramassées.

« Tu vas réveiller Tommy, ou tu veux que je le fasse ?

– Non, répondit sa mère, sans lâcher la main de son père. Laissons-le dormir. Quand tu auras fait ta toilette, va au bout de la rue appeler Hezekiah. Tu lui diras de garder les enfants après l'école, je veux essayer d'arranger cette maison avant leur retour. »

Elle se tut, passa en revue la cuisine, puis se tourna enfin vers son mari. « Il a sûrement fait tomber le couvre-lit, à l'heure qu'il est. » Ellie regarda son père qui, sans mot dire, se dirigea vers la chambre à coucher.

Elle regarda sa mère se lever et rentrer la bourre sous le revêtement en plastique fendillé de sa chaise d'un geste machinal. Son visage était contracté, comme toujours quand elle faisait de gros efforts pour garder son sang-froid.

« Il va avoir besoin de manger chaud quand il se réveillera. Passe-moi le porridge », ordonna-t-elle, avant d'attraper les allumettes posées sur la glacière pour allumer le poêle.

Le Placard du dernier étage

Toutes les filles portaient un imper blanc mais le sien tirait sur le bleu pâle, la distinguant des autres. Elle était trop occupée pour se soucier de ce genre de choses. Elle s'escrimait à décharger la voiture pour monter ses bagages jusqu'au sixième étage de Wingate Hall. Et puis elle commençait à prendre peur, aussi, à voir tous ces visages blancs qui se pressaient aux vitres.

« Ne t'en fais pas pour ça, Poulette… » Son père lui donna une petite tape sur le bras. « On ne t'enverrait pas ici si on ne te croyait pas capable de tenir le coup. Songe un peu… » Il lui sourit. « Tu vas être la première à avoir ton diplôme de Green Hill. C'est bon, tout est sorti du coffre ? »

Elle regarda son père. Si seulement il voulait bien cesser de l'appeler Poulette. Il l'aimait, elle le savait, mais elle en avait assez d'être sa Grande Expérience. Elle essaya de se rappeler comment c'était… avant. Et se demanda comment ce serait, une fois tout cela terminé : ce que ça lui ferait de ne plus voir que des visages noirs au quotidien. Elle avait tenu quatre ans de lycée. Encore quatre, et elle en aurait terminé. Elle serait libre de ses mouvements, de les côtoyer ou de se passer d'eux.

Son père n'avait pas ménagé ses efforts pour la faire admettre dans cette université, multipliant les requêtes auprès des membres du conseil d'administration et les menaçant même de poursuites judiciaires. Elle avait eu honte de ne pas avoir envie d'y aller. L'établissement avait très bonne réputation, bien sûr, mais quelle personne saine d'esprit aurait envie de fréquenter une fac pour jeunes filles sudistes ? Au moins c'était une école privée, elle ne risquait pas d'être traquée par les photographes, ici. Selon son père, la plupart des gens n'étaient même pas au courant de son arrivée. Et Dieu sait qu'il avait l'intention d'y remédier. Elle sentit soudain sa poitrine se serrer, et essaya de se remémorer les exercices de respiration que lui avait prescrits le médecin.

« Merci Papa, dit-elle. Je pense qu'ils vont faire monter la malle par quelqu'un. » Elle se pencha pour lui donner un baiser.

« Bon, Winifred, fais attention à toi. » Un visage de femme apparut à la portière. « Si tu as besoin de quoi que ce soit, passe un coup de fil à la maison. Au nom du ciel, n'attends pas comme la dernière fois. On peut se permettre de payer le téléphone. » Sa mère resta silencieuse un instant. « J'adorerais voir ta chambre, ma chérie, mais toutes ces marches, ce ne serait pas bon pour ma migraine. » Puis, aussi lentement qu'elle était apparue, la tête retomba sur l'oreiller en mousse et le drap jaune pastel étendu sur la banquette arrière.

En même temps qu'elle regardait cette tête se redresser puis s'affaler, Winifred sentit une vague de nausée monter et refluer dans sa gorge. Sa mère était allergique à la poussière et voyager lui était inconfortable. Pourtant, elle accompagnait son mari dans toutes ses virées pour défendre les droits civiques à travers le sud-est des États-Unis. Elle ne rechignait pas à sacrifier sa santé pour la cause.

« Bon, eh bien voilà, Poulette. » Son père lui glissa un chèque dans la main et ajusta son rétroviseur. « N'oublie pas d'écrire à Tante Millicent… elle se fait du souci pour toi. »

Seigneur Jésus, songea-t-elle, d'abord Poulette, et maintenant Tante Millicent. Soudain, elle avait envie que la voiture s'en aille, reparte vers la maison. « D'accord Papa, je n'oublierai pas. »

Il tourna la clé et le moteur démarra en crachotant. « Mets-toi donc à l'abri de la pluie… faudrait pas que tu attrapes froid. » Tandis qu'une main potelée se dressait au-dessus de la banquette arrière, le père de Winifred passa une vitesse et s'engagea dans la rue.

La jeune fille regarda la voiture tourner au coin, attrapa son sèche-cheveux portatif et se dirigea vers l'escalier de la résidence. Elle avançait courbée au son des gouttes de pluie martelant son imper, protégeant l'animal qu'elle serrait dans ses bras. Il s'agissait d'un chien rose aux yeux orange, et elle craignait qu'il finisse trempé, car le sac en plastique ne couvrait pas complètement son pelage.

Winifred s'inscrivit en cours dès le lendemain. Son père avait raison, tout le monde faisait comme si elle n'existait pas. Sa compagne de chambre s'appelait Norma Parker. Elle avait eu l'endroit tout à elle, avant que Winifred et le chien rose ne débarquent pour le second trimestre. Winifred aurait préféré une chambre individuelle, mais son père avait insisté pour qu'elle soit traitée comme n'importe quelle autre étudiante. Il lui faudrait donc s'entendre avec une colocataire. Norma était grande et mince, avec des cheveux blonds bouclés, et ses meilleures amies ne ressemblaient pas davantage à Winifred. Ellen et Bonnie logeaient un peu plus loin dans le même couloir, et toutes trois se connaissaient depuis le lycée. Elles étudiaient la chimie et Winifred ne les voyait pas beaucoup, ses propres cours ayant tous lieu dans le bâtiment dédié aux arts libéraux.

Pour décorer sa chambre, Winifred avait emménagé avec un zoo au grand complet. Outre le chien, un petit tigre avec des taches de léopard montait la garde devant ses robes, et il y avait aussi un lapin jaune d'un mètre de haut baptisé Mandy, un canard vert, et un petit mouton tout doux. Quand elle se levait le matin, son premier regard était pour eux. Au moment où elle s'extirpait du lit, elle avait toujours la vague impression que quelque chose n'allait pas. Comme elle ne parvenait pas à mettre le doigt sur la cause de son malaise, elle jetait un coup d'œil au calendrier posé sur son bureau, pour vérifier la date. Une fois celle-ci bien imprimée dans son esprit, elle boutonnait soigneusement sa robe de chambre, faisait son lit, et entamait le protocole de sept heures.

D'abord, il fallait ouvrir le tiroir du haut de sa commode, trouver ses sous-vêtements et les disposer sur son lit. Ce matin-là, elle gagna la penderie sur la pointe des pieds – Norma ne se levait jamais avant neuf heures – et en rapporta une jupe plissée verte ainsi qu'un corsage et un pull de la même couleur. Elle disposa sa tenue sur ses sous-vêtements, mais pas avant d'avoir pris sa broche dans sa boîte à bijoux pour l'épingler au col de son corsage. Silencieusement, elle ramassa le savon et la serviette, ouvrit la porte de sa chambre en deux grincements seulement, et s'aventura dans le couloir.

À cette heure matinale, la résidence n'était pas encore éclairée et la porcelaine de la fontaine à eau scintillait presque, renvoyant la lumière qui filtrait par la fenêtre au bout du couloir. Elle pénétra dans la douche du milieu avant que quiconque soit debout. La première semaine de cours, elle avait testé les trois cabines, et le porte-savon de la plus proche de la porte était cassé. Le savon était passé à travers, il était tombé sur le carrelage et avait fondu sous la puissance de l'eau. Les jets de la douche du fond étaient trop fins, et elle n'aimait pas la sensation des gouttes qui lui criblaient l'intérieur des oreilles. Alors, elle avait résolu d'arriver la première tous les matins, pour se doucher dans la cabine du milieu. Et elle y était parvenue, songea-t-elle joyeusement, sortant une sandale de douche de son sac de plage. Une seule fois, Edie Roddey s'était réveillée tôt pour réviser un examen de biologie et l'avait coiffée au poteau. Penser à Edie Roddey chagrina Winifred, et elle resta sous la douche plus longtemps qu'elle n'en avait l'intention. Elle dut se précipiter pour regagner sa chambre et se peigner les cheveux, afin d'être au petit déjeuner à sept heures quarante. Quand Norma se réveilla enfin, Winifred avait déjà pris place au sous-sol de la bibliothèque, entre deux exemplaires reliés d'*American Girl* et de l'*American Journal of Sociology*, et elle était plongée dans la révision de ses cours d'histoire.

Toutes les filles appartenaient à une sororité, sauf Winifred. Ça ne la dérangeait pas. Elle s'était habituée, bon an mal an, à ce qu'on ne l'invite pas, et quand elle finit par être conviée à prendre le thé dans un de ces clubs – par erreur, bien sûr –, elle jeta l'enveloppe à la corbeille sans même y penser.

Elle eut beaucoup de mal à trouver une discipline dans laquelle se spécialiser. Sa mère avait suggéré le théâtre, mais Winifred ne se voyait pas jouer le rôle de la bonne pendant quatre ans. Elle était plutôt douée en biologie, mais le département programmait des voyages d'études tout au long de l'année. Et même si la ségrégation était censée être abolie dans les motels, elle détestait l'idée d'avoir à le vérifier elle-même. Il lui fallait donc une discipline qui n'implique ni tierces personnes ni situations gênantes. Au bout du compte, dans le champ dévolu au choix d'une majeure, elle inscrivit : « Histoire ». Faire des recherches en bibliothèque ne risquait pas de l'embarrasser – en étudiant l'histoire médiévale, elle n'aurait à s'inquiéter de rien.

Vint l'hiver et, sur le campus, on compta un caban en poil de chameau à col en raton laveur de plus. Quelle que soit la saison, Winifred appréhendait les dimanches. Les autres jours de la semaine, elle n'avait pas à se soucier de choisir le chapeau assorti à son manteau : à l'université, personne ne portait de couvre-chef. Par temps froid ou venteux, toutes les filles arboraient un foulard triangulaire, et Winifred en possédait un coordonné à chacune de ses jupes d'hiver. Mais le dimanche matin, elle devait porter un chapeau, et si elle mettait le même deux semaines d'affilée, elle n'osait imaginer ce que les gens penseraient. Elle ne pouvait pas se cacher – tout le monde la remarquait quand elle faisait son entrée dans la chapelle.

Son carton rose à motif écossais débordait de chapeaux, si bien qu'en choisir un pour l'église était une décision terrible. Elle était perchée sur une chaise dans le placard, le nez plongé dedans, quand Ellen et Norma pénétrèrent dans la chambre. Manifestement absorbées dans une conversation qui devait durer depuis un moment, elles ne s'aperçurent ni de la présence de Winifred ni de l'absence de sa chaise de bureau. « Ce n'est pas que le marron lui va mal, disait Ellen. Sapristi ! N'importe qui peut porter du camel, ou du beige, ou peu importe le nom qu'on donne à cette couleur. Mais avec ce col en raton laveur et son cou qui est tellement court, impossible de savoir où s'arrête le col et où commencent les cheveux.

– Eh bien, pour les cheveux, c'est un cas désespéré. Il n'y a rien à faire, mais elle pourrait au moins retirer le col. Quand on la regarde, tout ce qu'on voit c'est un gros tas marron.

– Ne parle pas si fort… elle ne va pas tarder à arriver. »

Winifred, qui s'appuyait à l'étagère du haut, serra si fort le feutre gris qu'elle s'était décidée à porter qu'il en blanchit presque. Les filles parlaient d'elle. Pourquoi ne lui avaient-elles rien dit ? Sans un bruit, elle redonna forme au pauvre chapeau et s'y agrippa jusqu'à ce qu'Ellen et Norma s'en aillent retrouver Bonnie, pour une partie de bridge à trois. Quand elle fut certaine que ses camarades étaient parties, elle repoussa la chaise d'un coup sec pour ouvrir la porte entrebâillée du placard, veillant à ce que son manteau ne traîne pas par terre. Avec les ciseaux rangés dans le tiroir de droite de son bureau, elle entreprit de faire sauter les coutures. Quinze minutes plus tard, le nombre de cabans sur le campus n'avait pas changé, mais il y avait un col en raton laveur de moins.

Le manteau disparut avec le printemps, et fut remplacé par un imperméable anglais d'un blanc étincelant, que les parents de Winifred lui avaient fait porter depuis le magasin. Personne ne faisait jamais la moindre allusion à ses parents. Un samedi sur deux, l'hôtesse appelait son nom à l'interphone et elle s'engouffrait dans la voiture beige. Quand elle ne rentrait pas à la maison, ils l'emmenaient généralement au restaurant et lui achetaient un gâteau, des cookies ou d'autres friandises à ramener dans sa chambre. Mais à son retour à la fac, elle paraissait toujours malheureuse.

« Eh ben dis donc, lui dit Norma un soir, ta famille doit vraiment te manquer. » Elle paraissait impressionnée, remarqua Winifred.

Parfois, elle rentrait chez elle pour le week-end. Le vendredi après-midi, quand Norma rentrait du labo de chimie où elle était assistante, tous les bagages de Winifred étaient faits, à l'exception de la grosse valise. Elle préférait emporter ses deux sacs de voyage et le carton à chapeaux rose à motif écossais. Sur son lit, bien empaquetés et prêts à être descendus, se trouvaient sa radio et son fer à vapeur. Quand Norma lui demanda pourquoi le fer, la radio et même son dictionnaire devaient la suivre chez elle, Winifred se contenta de la dévisager.

« Oui, bien sûr que nous avons un fer, répondit-elle, *et* une radio, *et* un réveil. Je préfère utiliser les miens, c'est tout. » Elle ne prêta pas davantage attention à sa colocataire quand elle surprit celle-ci en train de raconter à Ellen le coup du dictionnaire de voyage.

Un soir où Winifred était sortie avec ses parents, Norma décida de rester dans sa chambre pour réviser. En rentrant, Winifred la trouva allongée sur son lit, occupée à lire son manuel de chimie. « Dis donc, ça sent le chocolat, tu ne trouves pas ? » demanda Norma, en reniflant un grand coup. Winifred ne se donna pas la peine de répondre mais fit « non » de la tête, avala une aspirine et commença à se mettre en chemise de nuit. Puis elle tâtonna dans le tiroir du bas de sa commode, en sortit une clé de valise pendue à un long ruban noir, et s'empara d'une boîte blanche carrée qui était cachée sous un pull bleu, sur son lit. Elle gagna le placard sur la pointe des pieds, poussant devant elle sa chaise de bureau, en évitant le regard de sa colocataire, laquelle était toujours plongée dans son manuel.

Dans le placard, Winifred tourna la clé dans une serrure, et une valise s'ouvrit. Environ cinq minutes plus tard, avec un drôle de sourire, elle sortit du placard et entreprit de se brosser les dents, suivant un rituel bien précis. Dix coups de brosse à droite, puis dix à gauche, et rebelote pour les dents du bas. Elle fit des gargarismes bien jusqu'au fond de la gorge, pendant quinze secondes exactement, et fut enfin prête à se mettre au lit.

Norma referma son livre. « Je vais me chercher un Coca au sous-sol. Je vais sûrement rester en bas pour regarder la télé avec les autres. »

Le temps que sa colocataire déniche une pièce de dix cents, Winifred était en train de rabattre son drap et de tapoter affectueusement ses deux couvertures. Elle plaça l'oreiller destiné à ses pieds au bout du lit, puis l'autre au niveau de sa tête. Ceci fait, elle tira le cadre pour l'écarter du mur et borda bien les draps de part et d'autre, sous le matelas, sans rien laisser traîner par terre. « Les bestioles viennent par les murs, expliqua-t-elle, et le sol est affreusement sale quand tu marches partout.

– “Tu” en général, tu veux dire ? Ou juste moi ? » demanda Norma.

Winifred ne répondit pas. Elle avait surpris sa colocataire en train de rapporter à Ellen tout son cérémonial en l’honneur du dieu des deux oreillers blancs, protecteur du lit contre les bestioles. Et pour une raison qui échappait à Winifred, Norma semblait très chagrinée de voir le chien rose aux yeux orange emballé pour la nuit, dans une housse en plastique de pressing.

Ellen et Norma remontèrent après la fin du programme du soir, et pourtant Winifred ne dormait toujours pas. La chambre était plongée dans l’obscurité, à l’exception de la lumière du lampadaire qui filtrait à travers les stores vénitiens. Elle entendit Norma ouvrir la porte mais, la tête enveloppée dans ses couvertures, elle ne la vit pas entrer.

« Viens donc, regarde un peu Winifred, chuchota Norma. Difficile de croire qu’il fait trente degrés dehors, hein ? »

Ellen s’approcha furtivement de la masse enveloppée de couvertures, avec ses renflements bizarres aux deux extrémités. « Mazette, tu crois que ça risque d’éclater si j’y touche ?

– Chuuuuut, l’avertit Norma. Si ça se trouve elle est parfaitement réveillée là-dessous, et elle est en train de nous lorgner. »

À cette idée, elles furent prises d’un fou rire. Winifred ne bougeait pas d’un cil, mais son corps couché dans le lit se soulevait et retombait avec la régularité d'un exercice de respiration.

« Devine quoi, dit Norma entre deux gloussements, elle a une espèce de clé qu'elle cache dans le tiroir du bas, et cette nuit elle a enfermé un paquet quelque part, j'en mettrais ma main à couper.

– Bon, eh bien voyons ce qu'elle cache. » Ellen se dirigeait déjà vers la commode.

« On ne devrait pas toucher à ses affaires.

– Oh, ne sois pas idiote. »

Winifred les entendit farfouiller dans son tiroir, à la recherche de la clé. Puis elle entendit qu'on approchait une chaise du placard et, dans sa tête, elle se les représenta en train d'essayer chaque serrure. Elle resta tapie sous les couvertures, guetta le moment où l'une d'elles dirait quelque chose. Winifred savait qu'elles finiraient par trouver la bonne serrure, même si elle avait dissimulé la grosse valise tout au fond de l'étagère.

Norma fut la première à parler. « Presse-toi donc avant que je ne fasse tomber cette valise. »

Puis, ce fut le silence. Inutile de faire semblant : même terrée au fond de son lit, Winifred se remémorait parfaitement chacune des choses que les deux jeunes filles avaient sous les yeux. Dans la première boîte en carton blanc, à laquelle des morceaux de glaçage étaient sans doute restés collés, se trouvait un fondant au chocolat. Dans la suivante : douze cookies et également un mince-pie, intact. Elles allaient ouvrir les autres boîtes, et découvrir la nourriture qu'elle avait mise de côté tout au long de l'année.

Winifred les écouta chuchoter dans le placard. Ellen eut le toupet de remarquer qu'elle ne risquait pas d'avoir faim, avec tout ça, et toutes deux trouvaient anormal qu'elle ne leur ait jamais rien offert. Elles ne comprendraient jamais que tout manger aurait ruiné l'intégralité du projet. Une seule fois, elle avait croqué dans un cookie aux pépites de chocolat, pour compter combien il y en avait dedans. Ensuite, en multipliant par onze, elle avait calculé le nombre approximatif de pépites de chocolat dans le paquet. Et voilà qu'elles étaient en train de tout déranger.

« Norma ? demanda Ellen, d'une voix perplexe. Tu crois qu'ils sont tous comme ça, ou c'est juste elle ?

– Je ne sais pas, répondit son amie. Notre bonne pique de la nourriture, mais elle n'essaie pas vraiment de planquer des trucs. »

Enfin, Winifred entendit Ellen dire bonne nuit, mais elle n'écoutait déjà plus quand Norma remit la clé dans la poche du pyjama bleu lavande, et se glissa entre les draps.

Toute l'année, chaque quinzaine, Winifred continua à faire ses bagages avec sa radio, son fer à vapeur, son réveil et son dictionnaire. Elle se mit à porter la clé de la valise autour du cou. Une fois, alors qu'elle rentrait munie d'une tourte à la patate douce et grimpait la ranger dans sa valise, elle sut que quelqu'un avait de nouveau touché à ses friandises : elle en aurait mis sa main à couper. Norma n'avait jamais mentionné ni gâteaux ni cookies, et Winifred ne lui avait pas posé de questions à la suite de cette fameuse nuit.

Pourtant, elle se tracassa toute la journée en songeant que quelqu'un d'autre avait dû découvrir la valise et, pour s'assurer que plus personne ne dérangerait sa collection, elle se mit à passer toute la journée dans sa chambre – hormis les cours et les repas. Le soir, elle se faufilait sous les couvertures et restait allongée tout éveillée, guettant les bruits de pas. Elle était déterminée : si jamais les filles revenaient fouiller dans sa valise, elle dirait quelque chose.

Au milieu du troisième trimestre, Norma déménagea deux chambres plus loin, avec Ellen et Bonnie. Les chambres à trois n'étaient pas autorisées, alors bien sûr elle devait dormir dans son lit de la 608 avec Winifred, mais elle déménagea tous ses livres et une partie de ses vêtements dans la 612. Winifred ne paraissait pas s'en soucier : elle lui tint même la porte chaque fois que sa colocataire s'en allait avec de nouvelles affaires. Par ailleurs, elle s'inquiétait parce que Norma semblait se préoccuper de sa santé. Un jour, elle se trouva juste derrière la porte au moment où celle-ci conversait à voix basse avec Ellen.

« Mais imagine qu'elle ait un vrai problème, disait Norma. Un truc grave, je veux dire.

– Écoute, elle ne serait pas là si elle était complètement à l'ouest.

– Je sais pas. Peut-être que ses parents ne savent pas qu'elle a toutes ces lubies.

– Ils passent plus de temps avec elle que toi, répondit Ellen. Et puis, à qui veux-tu en parler ? Imagine que tu la dénonces à la médecine scolaire, et qu'ils la trouvent tout à fait normale ? La vache, elle risque de sacrément t'en vouloir. Tu sais bien que les gens de couleur ne sont pas comme nous.

– Bon, si ses parents sont contents, j'imagine que je devrais l'être aussi. »

Alors, Winifred avait ouvert la porte.

« Salut ! » avaient-elles lancé en chœur. Winifred grogna, et se dirigea droit vers son bureau.

Désormais, elle passait le plus clair de son temps seule dans sa chambre. Elle arrangea les meubles comme il lui plaisait. Elle écarta son lit du mur – de façon permanente. La couverture était bordée à toute heure du jour, dans le style militaire. La plupart des vêtements de Norma n'occupaient plus la penderie, et Winifred se mit à étudier dans le placard. C'était parfaitement logique d'aller lire là-dedans, car il n'y avait pas de fenêtres, et elle n'avait pas à craindre d'attraper un rhume. Elle songea à y déplacer le lit, aussi, mais le lit plus le bureau, ça ne rentrait pas, et elle ne voulait pas avoir à fermer complètement la porte.

Tout le monde supposait que Winifred s'en sortait très bien. Les filles ne la voyaient pratiquement plus, car Norma avait fini par convaincre Ellen et Bonnie de rapprocher leurs deux lits et dormait désormais dans la chambre 612. Puis le week-end arriva, et comme d'habitude, l'hôtesse appela son nom à l'interphone. Mais Winifred ne descendit pas. Elle ne pouvait pas savoir qu'elle avait de la visite. De l'intérieur du placard, l'interphone n'était pas audible. Voyant que Winifred ne répondait pas à l'appel général, l'hôtesse envoya quelqu'un la trouver à l'étage. Les recherches furent de courte durée : elle ne quittait jamais le placard.

Quelques jours plus tard, la surveillante vint visiter la chambre 608. Comme Winifred ne répondait pas à l'interphone, elle monta au sixième, pénétra dans la chambre sans plus attendre et vint toquer à la porte du placard. Elle se campa à l'entrée, laissant entrer les courants d'air, et discourut à n'en plus finir. Winifred l'ignora. En vérité, la seule chose qu'elle conserva de cette conversation était que cette idiote s'imaginait qu'elle allait s'user les yeux à force de lire dans le placard mal éclairé.

La surveillante accompagna Winifred à l'infirmerie et, quand on lui eut attribué une chambre, elle s'installa dans le fauteuil réservé aux visiteurs tandis que la jeune fille défaisait son paquetage. « Tu es sûre que tu ne veux pas une aspirine ? » demanda-t-elle.

Winifred ne jugea pas utile de répondre.

« Si tu veux, on peut demander à Norma de venir te rendre visite demain après-midi. »

Winifred vérifia les coins du lit pour s'assurer qu'il était convenablement bordé, dans le style hospitalier, et tira à moitié les draps. Puis elle entreprit de ranger ses produits de beauté dans l'armoire au-dessus du lavabo. Malheureusement, le siège de la surveillante se trouvait de ce côté, si bien qu'elle était contrainte de l'écouter jacasser tout près d'elle. Winifred n'avait déballé que la moitié de ses affaires quand une infirmière vint la chercher et l'accompagna dans une salle où elle dut se soumettre à des tests d'images complètement idiots, le genre « à quoi ça vous fait penser », auxquels tout le monde a droit un jour ou l'autre à l'infirmerie.

Il y avait un médecin qui n'arrêtait pas de venir et de lui demander si ça l'embêtait d'être la seule Noire de la fac, et si elle s'entendait bien avec Norma, et pourquoi elle n'était pas allée en cours depuis si longtemps. Des questions stupides, vraiment, mais elle décida que le meilleur moyen de se débarrasser de ce docteur était de l'ignorer complètement et de faire comme si elle était dans son placard – toute seule. Chaque fois qu'il empiétait sur ses pensées, elle faisait donc mine de jouer avec l'interrupteur de la lumière du placard, allumé, éteint, allumé… et les interrogatoires se terminaient bien vite. Elle finit par s'apercevoir que si elle inventait des histoires correspondant à leurs images, ils cessaient de l'ennuyer. Elle s'exécuta donc.

Winifred avait été envoyée à l'infirmerie un jeudi. Le samedi suivant, elle était prête à rentrer à la maison. Au sixième, presque tout le monde dormait quand elle s'attela à descendre ses affaires. Le déménagement prit un temps infini, car elle insistait pour porter elle-même sa grosse valise. Son père eut beau suggérer qu'elle était trop faible pour se charger d'objets aussi lourds et l'appeler Poulette, aucune de ses tentatives ne parvint à l'ébranler.

Winifred descendit l'escalier, chargée de son bagage le plus imposant, et du chien. Bien sûr, il aurait été plus rapide de prendre l'ascenseur, mais elle détestait presque l'idée de devoir abandonner son placard. Elle n'eut pas l'occasion de dire au revoir à Norma et Ellen. À dix heures trente, aucune des deux ne s'était présentée à sa porte ; elle ne prit pas la peine de se rendre trois chambres plus loin, à la 612. Par ailleurs, l'escalier se trouvait à l'autre bout du couloir.

Au bout de vingt minutes, ses affaires étaient dans la voiture. « Bon, Poulette, ça y est, dit son père en claquant le coffre de la voiture. J'ai dit à ces gens que tu avais seulement besoin d'un peu de repos. Ils se sont comportés comme si tu n'étais pas assez bien pour leur école. Ne t'en fais pas… on va faire en sorte que tu reviennes. »

Elle le dévisagea, et cala le chien rose sous son bras. Son père lui tint la portière, elle se glissa sur le siège passager et il referma derrière elle. Puis, tandis que la voiture beige s'engageait dans la rue, le chien rose installé sur les genoux de Winifred leva sur elle ses yeux orange.

Avant le crépuscule

Le véhicule quitta la piste plongée dans l'obscurité, s'enfonça entre les rangs de coton bientôt à maturité, et s'immobilisa sur une petite place dégagée, projetant des cendres sur les capsules neigeuses. Le moteur toussa et les particules grises et vaporeuses retombèrent, presque invisibles dans l'air nocturne, venant recouvrir le capot vert de la Chevrolet.

« À demain, Jenny », dit Hank en se tournant vers la passagère assise sur la banquette arrière. Il attendit que la grande et mince jeune fille claque la portière et grimpe les marches de la bicoque en planches brutes. Puis la voiture redémarra, traçant un chemin lumineux sur la route de terre nue.

Jenny tira la moustiquaire et frappait déjà à la porte, quand elle se souvint. « Hank, cria-t-elle, en se précipitant vers la balustrade. Hé, Hank ! » Mais le véhicule s'éloignait déjà en cahotant. Depuis la véranda, elle apercevait ses feux arrière qui dansaient dans l'obscurité. Elle resta plantée contre le pilier, et le halo qui filtrait par la fenêtre du salon fit luire les deux brochures à reliure souple. Jenny brandit les couvertures à la lumière, si bien que les mots imprimés se détachaient nettement – *Freedom Now, Nous sommes tous américains*. Brusquement, elle retourna les deux pamphlets, titre contre titre. Fouillant la poche de sa robe pour y prendre sa clé, elle chercha des yeux un endroit sûr où les dissimuler.

Certes, Maman n'y prêterait pas attention, raisonnait-elle, mais tout de même, inutile de prendre des risques. Son oncle maternel Harold passait son temps à répéter à la cantonade combien il était dangereux d'être membre du CORE[1], dans le coin. Il avait failli piquer une crise de nerfs rien qu'en l'entendant mentionner ce nom.

Elle s'apprêtait à tourner la clé quand elle entendit des pas à l'intérieur. Elle voulut cacher les papiers dans la fente derrière les géraniums, mais n'eut pas le temps de déplacer la jardinière. La porte s'ouvrit.

« Comment ça se fait que tu rentres aussi tard, ma chérie ? » Les cheveux crépus de la femme qui venait de parler luisaient à la lumière du salon.

« Rien de spécial, Maman, je suis passée chez Willie Mae, répondit Jenny en refermant derrière elle.

– Et tu as fait tout le chemin pour rentrer de chez Willie à cette heure tardive ? Jenny, quand est-ce que tu vas comprendre qu'il ne faut pas te balader toute seule la nuit ? » Sa mère lui faisait les gros yeux, et Jenny regarda les rides se creuser, formant des plis d'un brun sombre.

« Hank avait la voiture, il m'a ramenée. » Elle tenta de se défiler derrière le rideau qui fermait sa chambre.

---

1. Le CORE – Congress of Racial Equality (rassemblement pour l'égalité des races) – est une organisation américaine de lutte pour les droits civiques fondée en 1942 et qui luttait contre la ségrégation dans les États du Sud. *(Toutes les notes sont de la traductrice.)*

« C'est lui qui t'a donné ces bouquins ? » demanda sa mère. D'un geste impulsif, elle lui arracha des mains le premier pamphlet. Avant que Jenny puisse l'arrêter, elle feuilletait déjà les pages.

« Oh, fit-elle. Oh. » Jenny remarqua que son visage paraissait presque poupin, sous l'éclairage du salon. Elle observa les ombres projetées par ses doigts qui retraçaient les lettres imprimées sur la jaquette. Les lèvres de sa mère remuaient, mais aucun son n'en sortait. *Congress of Racial Equality*… elle murmura à nouveau ces mots, puis releva le nez pour dévisager Jenny.

« On n'a pas l'intention de monter une antenne », dit sa fille. Sa voix était à peine audible. Mais sans lui laisser le temps de terminer, la mère l'interrompit.

« Ton oncle t'a pourtant prévenue », lâcha-t-elle en se laissant tomber sur un siège pliant, la masse de son corps masquant presque le canapé avachi et la deuxième chaise qui se trouvait dans la pièce. Jenny regarda les mains de sa mère, ses articulations enflées. Elle savait ce que Maman avait en tête. C'était le père d'un de ses amis qui avait retrouvé le cadavre calciné au printemps dernier. Depuis, tout le monde avait simplement cessé de parler d'aller voter, à ce qu'il semblait.

« Quand je vous ai entendus parler de cette organisation, j'ai pensé que tu aurais un minimum de jugeote, mais pas question qu'il t'arrive du mal à cause d'eux. Surtout pas pour ce Hank. Il aurait dû prendre un peu de plomb dans la cervelle, à force. »

Jenny laissa son regard se perdre derrière sa mère qui s'était relevée, et fixa le papier peint fleuri à l'endroit où il s'écaillait. « Mais Maman, murmura-t-elle, personne n'a parlé de faire des histoires.

– Jenny, ma chérie, reprit sa mère d'un ton triste, on est à Spring Gap. Tu te rappelles ? C'est l'État d'Alabama qui paie tes frais de scolarité, et sans cette bourse tu ne pourrais pas mettre un pied à l'université.

– Mais Maman, si jamais je perds ma bourse, je pourrais toujours travailler un peu pour compenser. » Elle la regarda, attendit.

« Non, ça n'a aucun sens de s'escrimer à chercher les ennuis. » La voix de sa mère se durcit. « Tu te retrouveras à faire la cuisine chez quelqu'un, tu voudras te marier, et puis les bébés commenceront à arriver. Et tu finiras plantée là, comme moi. » Maman se tut un instant, comme submergée par les ombres qui s'étiraient sur le plancher inachevé. Et puis brusquement, son regard s'arrêta de nouveau sur sa fille. « Non, Jenny, tant que tu habites ici, tu dois m'écouter. »

Les deux femmes se faisaient face sous la lumière du plafonnier. Jenny savait que sa mère avait peur, parce que dans son petit monde de torchons, de casseroles et de portes de service étriquées, il aurait fallu être folle pour se balader en discourant sur le CORE. Enfin, elle se détourna et s'en fut. Jenny ne bougea pas et regarda sa silhouette disparaître derrière la porte de la cuisine. Puis elle abandonna les deux pamphlets sur le canapé et ouvrit silencieusement la porte-moustiquaire.

Elle regretta de n'avoir pas pensé à prendre un pull, car l'atmosphère était inhabituellement fraîche pour un mois d'août. Mais presque tous ses vêtements avaient été lavés et soigneusement pliés, prêts pour le départ à l'université.

Maman piquerait sûrement une crise si Jenny s'avisait de porter un de ses pulls tout juste repassés avant le dix septembre. Elle contourna le tas où elles se débarrassaient des cendres du poêle, songeant au pauvre Hank qui se débrouillait toujours pour rouler en plein dedans. C'était drôle comme les choses ne semblaient jamais se passer comme prévu. Grâce à sa bourse, elle avait assez d'argent pour se payer une année entière à l'université d'État, elle possédait même une montre, mais voilà qu'elle s'était encore fourrée dans des histoires.

Jenny croisa les bras, se frotta les épaules pour se réchauffer. À l'école on la trouvait mauvaise en algèbre, mais d'après Willie Mae, si elle était arrêtée, elle pourrait étudier les maths en prison. Elle sourit malgré elle. Avec ses amis, cela faisait deux semaines qu'ils réfléchissaient à ce sit-in, depuis le jour où Hank était rentré de Birmingham en parlant de cette réunion du CORE à laquelle il avait assisté.

Elle s'avança vers le bac à sable de Bubbles. Dans l'obscurité, la surface était presque luminescente, comme un peu plus tôt les pamphlets à la lumière du salon. Le sable était toujours le plus blanc et le plus fin du quartier, car son père en rapportait de l'entreprise de bâtiment qui l'employait. Jenny se pencha sur le bac rectangulaire, regarda les jouets abandonnés par Bubbles. Ici et là, le long des bords, des lettres avaient été tracées d'une main quelque peu tremblante, des « B », surtout. Bubbles apprenait à écrire son prénom, mais Jenny manquait de temps pour l'aider.

À la simple vue de ce tas de sable, elle se rendit compte que son père lui manquait terriblement. C'était lui qui lui avait montré comment former les lettres les plus difficiles, comme les « S ». Elle avait l'impression que ça faisait bien plus de six ans qu'il était mort. Désormais, c'est avec Bubbles qu'elle jouait au jeu de l'alphabet. Parfois, quand elle se perdait dans ses pensées, elle se demandait comment sa mère pouvait pardonner à ces gens d'avoir tant tardé à envoyer l'ambulance, puis d'être passés sans s'arrêter devant le grand hôpital pour l'emmener bien plus loin, dans un établissement qui voudrait bien l'admettre.

Du bout du pied, elle remua la pelle en plastique de sa sœur. Elle se demandait si son père aurait compris ce qu'elle ressentait. Hank disait qu'il ne fallait pas compter sur les autres pour agir. Elle savait qu'il avait raison, mais cela ne changeait rien à la peur qui l'étreignait. Son père lui disait souvent qu'un jour, elle serait fière d'avoir grandi en Alabama. Elle savait déjà à quoi s'en tenir. Jenny s'assit sur le rebord du bac à sable, fit couler le sable sec entre ses doigts.

Difficile d'en vouloir à sa mère. C'était bien assez dur pour elle de devoir s'occuper de Baxter, Bubbles et Jenny. Mais depuis que leur frère aîné était parti rejoindre l'armée, elle n'avait même pas eu le temps de se rendre compte qu'il lui manquait. Aujourd'hui, elle n'était pas restée assez à la maison pour regarder s'il y avait une lettre de lui.

Elle se leva pour se diriger vers la porte d'entrée, d'un pas plus lent qu'à l'accoutumée. Elle aurait préféré que sa mère soit mieux disposée à l'égard de Hank mais, à ses yeux, un garçon qui s'était fait virer de l'école était forcément mauvais. Jenny avait tenté de lui expliquer qu'il n'était pas responsable de cette bagarre. Tout le monde savait qu'il ne pouvait pas rester planté là, alors que ce garçon de Linwood était en train de traiter sa sœur de traînée. Oh, eh bien, elle devait sans doute s'estimer heureuse que sa mère apprécie Bobbie, même si – et elle n'était pas près de le lui avouer – c'était lui qui avait crevé le pneu de Mr Wright, à Pâques. Encore aujourd'hui, le pauvre homme répétait régulièrement qu'on ne pouvait pas se garer en sécurité dans ce quartier, même sans rien laisser dans la voiture.

Jenny se rendit compte qu'elle en avait assez d'être debout. Après avoir passé l'été à trimer, elle avait décidé que ses ménages chez Mrs Wright suffisaient amplement à remplir ses journées. Quand on la déposait enfin à la maison, une fois le dîner préparé pour Bubbles et elle, la jeune fille filait directement au lit. Elle regrettait à présent de ne pas être restée à la maison ce soir. Elle aurait pu passer une soirée tranquille à lire le nouveau bouquin que lui avait prêté Mrs Wright.

Assise sur la première marche de la véranda, elle revit Hank en train de se démener pour les convaincre, pour le sit-in. Ils s'étaient tous mis à le taquiner, à lui demander s'il se prenait pour Martin Luther King ou quoi, mais il n'arrêtait pas de rétorquer que, lui, il était violent. Sur le moment c'était marrant, mais parfois quand elle y réfléchissait, elle se demandait à quel point il était sérieux. Hank acceptait volontiers les boutades, mais aucun de ses amis, pas même Jenny, ne se serait risqué à l'asticoter trop longtemps.

En tout cas, il ne restait plus beaucoup de jeunes de leur âge à Spring Gap. Presque autant que de clous dans la marche sur laquelle elle était assise ce soir-là. Certains de leurs amis étaient partis travailler dans le Nord, mais la plupart de ses copines s'étaient mariées, et ses camarades d'école primaire avaient déjà des bébés. Elle fit courir ses doigts sur les cinq clous plantés dans le bois. Parmi les sept jeunes gens restants, quatre iraient en ville demain, pour essayer de se faire servir au salon de thé Rose Crest.

Elle avait souvent entendu Mrs Wright parler du salon de thé Rose Crest, le seul endroit en ville où elle voulait bien déjeuner. Mr Wright et elle laissaient régulièrement les enfants à Jenny pour s'y rendre. Brusquement, celle-ci gloussa tout haut. Ha ! Elle imaginait la tête de Mrs Wright si elle avait l'audace de s'asseoir à ses côtés, dans le merveilleux salon de thé Rose Crest.

« Excusez-moi, dirait-elle, prenant crânement un siège, vous pouvez me passer le menu ? » Les yeux de Mrs Wright jailliraient sûrement de leurs orbites quand elle commanderait un poulet à la royale. Oh là là, la pauvre femme deviendrait plus rouge que jamais.

Soudain, elle se rendit compte qu'elle avait mal au doigt, à force de le frotter contre la marche en bois. Jenny n'avait encore jamais été arrêtée. Une fois, en cours d'éducation civique, elle avait visité le tribunal du comté, mais c'était au collège. La prison avait l'air tellement miteuse qu'elle avait eu peur de descendre l'escalier branlant qui menait au sous-sol. Jenny songeait aux cafards qui pullulaient dans la cellule, à ce qu'on disait, quand elle se raidit soudain. Quelqu'un l'appelait. Elle grimpa précipitamment les marches de la véranda et ferma silencieusement derrière elle.

Une fois dans sa chambre, elle distingua une voix furieuse qui venait de la cuisine. « Bubbles, tu ne t'es pas encore débarbouillée ? » Jenny comprit alors que ce n'était pas à elle que sa mère s'adressait. « Mais Maman, répondit une petite voix, j'ai pu d'savon. » La petite et sa mère étaient encore aux prises avec la mousse. En toute honnêteté, elle n'avait jamais vu un enfant détester se laver à ce point. Elle se remémora l'époque où Bubbles aimait bien prendre des bains. Un jour que Maman était sortie de la cuisine, la petite fille avait balancé une demi-boîte de lessive Rinso Blue dans la baignoire avant de s'y plonger. La pauvre avait pelé pendant des semaines.

Jenny suivit les voix, s'entendit accepter de coucher Bubbles et, vingt minutes plus tard, la maison était silencieuse. Elle se mit à errer d'une pièce à l'autre, pour réfléchir. Enfin, elle attrapa un exemplaire du *Time* qui datait du mois de décembre, feuilleta quelques pages et se décida à se mettre en pyjama, emportant la revue au lit pour s'endormir.

Quand un beau soleil inonda son visage, Jenny décida que le matin venait trop tôt. Tandis que Bubbles dormait d'un air béat de l'autre côté du lit, elle se tortilla sous les draps. Se tournant du côté de la porte, elle guetta le pas traînant de sa mère dans la cuisine. La robe de chambre amidonnée approchait en bruissant.

« Tu veux ton petit déjeuner tout de suite ? » La voix lui parut fatiguée.

« Nan nan, bâilla-t-elle, pas tout de suite, Maman. Je ne commence pas avant dix heures aujourd'hui. Je mangerai plus tard. »

Jenny se sentait vaguement mal à l'aise. Elle était contente que Maman ne puisse pas voir son visage, car quand l'une de ses filles mentait, celle-ci le savait toujours. Elle se retourna et enfouit sa tête sous l'oreiller, jusqu'à ce qu'elle soit certaine que sa mère était partie au travail.

Alors elle se leva, fit griller du bacon et frire un œuf pour Bubbles. Tout en cuisinant, elle réfléchit à sa tenue pour aller en ville. Elle se souvint que Mrs Wright ne sortait jamais déjeuner sans couvre-chef, mais son chapeau de paille du dimanche était déjà emballé et elle ne pouvait pas prendre le risque de le salir. Jenny déroula le papier brun qui enveloppait ses souliers en cuir noir et les enfila. Elle espérait que personne ne remarquerait ses jambes nues. Elle décida finalement de se coiffer avec un des rubans de Bubbles, comme ça pas besoin de chapeau.

À dix heures trente, elle peigna les cheveux de sa petite sœur et étala quantité de confiture de pêche sur une tartine, pour que la fillette n'ait pas trop faim en attendant le retour de Maman. Elle savait que Mrs Johnson nourrirait Bubbles si celle-ci passait la journée chez les voisins. Elle fourra un fruit entier dans la main de l'enfant, lui donna une tape sur les fesses et l'y expédia.

Il fallait exactement trois cent quatre-vingt-deux pas pour gagner la route principale en suivant la piste qui courait au milieu des plantations de coton. Jenny les avait comptés, un jour où elle n'avait rien de mieux à faire. Cette fois, elle traîna des pieds tout du long, comme engluée dans la terre rouge. Elle s'arrêta pour examiner un plant de coton, tira doucement sur la boule duveteuse entre les feuilles brunes et desséchées. Il faisait vraiment un drôle de temps, encore suffisamment frisquet pour porter un chandail. Elle marcha jusqu'au bout du champ pour attendre Hank et la voiture.

Quand celle-ci apparut, Willie Mae et Bobbie se trouvaient déjà sur la banquette arrière. Hank décida qu'il valait mieux se garer dans le quartier des gens de couleur plutôt que sur la grand-rue, au cas où quelque chose arriverait. Ainsi, personne ne toucherait à la voiture de son père. Ils abandonnèrent donc la Chevrolet devant l'église baptiste pour parcourir à pied les huit cents mètres qui les séparaient du centre-ville. Jenny se demandait si les autres étaient aussi nerveux qu'elle. Hank et Bobbie ouvraient la marche, tandis qu'elle suivait avec Willie Mae, quelques pas derrière. On aurait presque dit une formation militaire.

Elle promenait son regard autour d'elle, contemplant les plantations qu'elle avait déjà vues des centaines de fois, quand elle repéra par hasard un drôle de renflement dans la poche revolver de Bobbie. Elle observa attentivement le jeune homme tandis qu'il déballait un caramel, fourrait le bonbon dans sa bouche puis jetait le papier par terre. Tout au long du chemin, il continua à s'empiffrer de friandises et elle faillit éclater de rire. Malgré toutes les bonnes manières que lui avait inculquées sa mère, Bobbie ne se rendait même pas compte qu'il avait oublié d'en proposer à ses amis. Jenny se sentait beaucoup mieux.

À mesure qu'ils traversaient le paysage rural, Jenny se souvint combien elle aimait cette époque de l'année. Les plantations débordaient de coton, et certains paysans avaient commencé à rentrer les foins. Ils saluèrent Mrs Nelson, qui mettait des bocaux de tomates à refroidir sur la balustrade de sa véranda et voulut savoir où ils allaient comme ça. Jenny lorgna à nouveau la poche de Bobbie, et la bosse qui s'aplatissait de plus en plus. Elle fut soudain tentée de dire quelque chose ; il venait d'y replonger la main, et le dernier bonbon disparut. Elle se retint de rire mais, quelques minutes plus tard, son hilarité s'était muée en une drôle de sensation effervescente qui l'avait envahie tout entière.

Ils approchaient du centre-ville. Hank et Bobbie prirent Lee Street, dépassèrent l'église méthodiste et l'ornière boueuse où elle avait fait tomber ses livres de bibliothèque, en sixième. Celui qu'elle n'avait pas retrouvé s'y trouvait sûrement encore. Ils parvinrent au niveau de la bouche d'incendie à la peinture écaillée où ils avaient gravé leurs initiales à tous les quatre. Cela faisait dix-sept ans qu'elle parcourait cette rue, et elle était certaine de pouvoir le faire les yeux fermés. Comme lorsqu'elle était petite et qu'elle jouait avec Willie Mae, chacune guidant l'autre à tour de rôle. Mais pas cette fois : elle voulait tout voir, pour bien se rappeler, si jamais.

Le petit groupe avait atteint le centre-ville, et son cœur se mit à battre plus vite en imaginant qu'ils pourraient s'arrêter là, au niveau du panneau, et faire demi-tour. Pourtant, elle continua à avancer d'un pas mécanique, à monter la côte, longeant le square municipal avec ses gracieux saules pleureurs, jusqu'au monument de pierre érigé en mémoire des soldats confédérés tombés au combat.

« OK tout le monde. » Hank avait pris la parole. « On y est presque. Les filles, vous vous refaites une beauté, et on sera fin prêts. » Jenny baissa les yeux et se rendit compte qu'elle ne portait qu'un seul gant. Elle enfila promptement le deuxième. Puis elle sortit un mouchoir et épousseta ses chaussures. Willie Mae redonna un peu de bouffant à sa coiffure, et elles furent prêtes à y aller.

Les cigarettes mentholées Salem étaient en promotion au drugstore Knox. Les filles de l'affiche, alanguies sur une pelouse verdoyante, lui firent prendre conscience qu'elle-même brûlait de l'intérieur. Ils laissèrent la boutique derrière eux et s'arrêtèrent au feu. Personne ne leur prêtait attention. Sans savoir pourquoi, elle en était soulagée. Ils longèrent une enfilade de vitrines pleines de filles souriantes emmitouflées jusqu'aux oreilles dans leurs manteaux d'hiver et leurs fourrures en raton laveur. Voilà une histoire à raconter à Bubbles – les mannequins ressemblaient comme deux gouttes d'eau aux petites souris de son livre d'histoires.

Sept pas de plus, et ils étaient arrivés devant chez Seller's, le grand magasin. Les chasseurs leur ouvrirent la porte et ils trouvèrent l'escalier sur la droite. Tandis qu'ils montaient au premier, les marches recouvertes de moquette rouge se brouillaient devant les yeux de Jenny. Elle entendit Hank dire quelque chose à Bobbie, d'une voix qui lui parut trop forte. Elle se demanda si son nez brillait, repoussa une mèche qui lui tombait en travers du visage, trébucha sur la dernière marche. Ils étaient parvenus au deuxième étage. Là, devant leurs yeux, se trouvait le salon de thé. Les enceintes placées à côté de l'entrée diffusaient la même musique feutrée et cristalline que dans ses souvenirs.

Hank chercha une table sur le côté, et ils lui emboîtèrent le pas dans la salle de restaurant. Quelques clients s'arrêtèrent de manger pour les fixer du regard, avant de quitter les lieux. La plupart, qui n'avaient pas encore levé le nez, poursuivaient leur repas. Hank lui avança une chaise, Bobbie aida Willie Mae à s'asseoir, et ils s'attablèrent tous les quatre.

Une serveuse qui s'avançait avec une poignée de menus s'arrêta en pleine course, les dévisagea, et battit précipitamment en retraite dans la cuisine. Elle se hâta de refermer la porte battante sur elle, mais Jenny eut juste le temps d'apercevoir l'homme grand et massif qui lui avait emboîté le pas. La serveuse, lorgnant par l'interstice entre la porte et le mur, pointait le doigt dans leur direction. L'homme hocha la tête, et se dirigea vers leur table.

Hank parla le premier, très vite. « Nous prendrons quatre menus Grand Magasin, dit-il.

– Vous devez faire erreur, l'interrompit son interlocuteur. Votre cafétéria se trouve en bas. Maintenant, si vous voulez bien partir…

– Nous voulons le menu Grand Magasin, insista Hank.

– Je suis désolé, mais nous n'accueillons pas les gens comme vous ici. » L'homme sourit. « Maintenant, partez s'il vous plaît, quelqu'un va vous raccompagner en bas. Nous serons ravis de vous servir au sous-sol. »

Nul ne bougea. L'homme disparut par la même porte battante. Jenny, assise en face de Hank, fit courir ses doigts sur les carrés roses de la nappe à carreaux. Tant que le type était parti, elle en profita pour regarder autour d'elle. Il était mignon, ce salon de thé. Toutes les lampes étaient rose pastel, projetant une lumière diffuse sur la nappe. Même les choux de Bruxelles devaient avoir bon goût dans un endroit pareil, se dit-elle. Elle se retourna pour observer les gens qui se tamponnaient la bouche avec leur serviette rose pâle, abandonnant leur assiette à moitié pleine. Ils regardèrent les clients quitter progressivement le salon de thé, seuls ou en petits groupes. À un moment, une femme frôla leur table, les bousculant presque, et Jenny eut la certitude qu'elle l'avait fait exprès. En quelques minutes à peine, il n'y avait plus un seul client blanc au salon de thé Rose Crest. Les jolies lampes brillaient toujours, mais il ne restait que des tables silencieuses et des chaises désertes pour profiter de leur chaude lumière.

Ils restèrent à leur place, et Hank essaya de plaisanter. « On aurait peut-être dû apporter un pique-nique », fit-il, la mine sérieuse. Tous s'esclaffèrent d'un rire nerveux. Le menu Grand Magasin n'arriva jamais. Et pourtant, ils demeurèrent dans le salon de thé, à la quatrième table en partant du fond.

Deux policiers arrivèrent. Jenny n'eut pas besoin de se retourner pour les apercevoir, plantés à l'entrée de la salle. Il y avait un grand type bedonnant, tandis que l'autre était un Blanc d'allure ordinaire, qui paraissait presque blafard ainsi adossé au mur rose. Dans sa tête, elle le baptisa immédiatement Pétale de Rose.

Elle regarda le gros policier se pencher et murmurer quelque chose à Pétale de Rose, qui se positionna immédiatement à la porte, au garde-à-vous. Puis, l'autre se dirigea vers leur table.

« C'est qui le responsable, ici ? » Jenny remarqua que son badge avait besoin d'un coup de polish.

« Il n'y a pas de responsable, monsieur l'agent, répondit Hank. On est venus déjeuner.

– Bon, eh bien rassemble ta bande, mon gars, on descend au bureau. »

Ils ne firent pas d'histoire – il leur avait demandé de partir, alors les filles se levèrent et Hank et Bobbie rangèrent les quatre chaises à leur place.

Les agents les escortèrent vers l'escalier. Dans le salon de thé, plus personne n'était là pour voir passer leur cortège. Mais une petite foule s'était massée derrière la rampe du deuxième étage à l'arrivée de la police. Jenny détourna le visage pour regarder les marches ; elle espérait qu'on ne l'avait pas reconnue. Non qu'elle eût honte, mais elle voulait prévenir sa mère elle-même. Ce serait affreux si celle-ci l'apprenait sans ménagement par un voisin.

Jenny distinguait à peine les murmures de la foule. À un moment, elle entendit quelqu'un crier, une histoire de « moricaud ». Du coin de l'œil, elle repéra un adolescent qui avait à peu près son âge. Quelque chose de dur, une boulette de papier mâché, sûrement, vint heurter son dos. Elle entendit : « nègresse » et le mot ne la troubla pas, mais en baissant les yeux, elle se rendit compte qu'elle s'était arraché un bout d'ongle du pouce avec ses dents.

Au rez-de-chaussée, l'officier leur fit emprunter l'allée principale. Ils passèrent devant le comptoir de parfumerie où Bubbles aimait qu'on l'emmène tous les samedis matin, juste pour humer l'air. Ils sortirent dans la rue et elle faillit s'arrêter machinalement pour déposer un penny dans le tambourin de Markie l'aveugle. Mais on la poussa à avancer et à dépasser la bijouterie, puis le supermarché Sears. Les lames du ventilateur électrique qui décorait la façade de la quincaillerie Meyer brillaient tel de l'argent poli, dessinant des courbes aveuglantes qui lui donnaient la migraine. Ils s'immobilisèrent. À quelques pas devant eux se trouvait le tribunal du comté.

À cette heure de l'après-midi, le soleil brillait à l'aplomb du bâtiment, chauffant les bardeaux recouverts d'asphalte. Elle s'arrêta un instant pour se demander si le goudron du toit était aussi collant que celui de la chaussée. Jenny baissa les yeux sur ses chaussures parfaitement cirées, et fut soulagée de ne pas avoir à traverser la grand-rue. Elle avait entendu le policier blafard interpeller l'autre sous le nom de Johnson. Et ce fut justement Johnson qui ouvrit la porte de service du commissariat et les poussa sans ménagement à l'intérieur.

La pièce était bien rangée et, d'après son œil expert, propre. Jusqu'au sable qui remplissait les cendriers en métal, d'un marron gris terne. Elle observa le mur bleu, les rayons de soleil qui filtraient par les stores vénitiens, projetant des lames d'ombres profondes sur le sol en linoléum gris. Elle ne repéra qu'un seul policier en service, qui leva à peine le nez quand tous quatre firent leur entrée.

« Bonjour, capitaine Waymer », dit Johnson. Waymer posa son exemplaire de *Sports Illustrated* et pivota sur sa chaise, face au bureau. « Qu'est-ce que tu nous amènes là ? » fit-il en les dévisageant, avec le même regard noir que celui de l'adolescent aperçu par Jenny au grand magasin. Le policier les fit asseoir sur la rangée de chaises pliantes placées devant la fenêtre. Il en restait une libre, et elle y posa son sac à main.

Avant que l'officier n'ait pu commencer à les interroger, le téléphone sonna. Jenny devina que c'était le gérant du Seller's, car le capitaine répondit qu'il rappellerait s'il avait besoin d'une signature. Les quatre jeunes gens répondirent aux questions à tour de rôle, mais quoi qu'ils disent, l'un des agents s'arrangeait pour déformer leurs propos. Au bout d'une heure, Jenny cessa tout bonnement de parler, et alors ils se mirent à lui hurler dessus. Quand Bobbie essaya d'expliquer qu'elle était fatiguée, ils lui crièrent dessus à son tour.

Puis le policier au teint pâle se mit à les affubler de sobriquets, tout particulièrement Willie Mae, dont il moquait le « nez en patate ». Jenny s'efforça d'empêcher sa voix de lui parvenir et entreprit de se concentrer sur le carrelage qui recouvrait le sol, mais elle avait l'impression que les lignes et les taches se confondaient et dut s'agripper à sa chaise pour ne pas basculer.

Elle regarda Hank porter la main à sa poche, machinalement sans doute, et en sortir une cigarette. Il n'eut que le temps de craquer l'allumette : Johnson la lui ôta immédiatement de la bouche. Sans dire un mot, il prit sa main avec la cigarette allumée et lui écrasa lentement les doigts dans le cendrier. Nul n'osa passer un mouchoir à Hank, qui refusait de s'essuyer les mains sur son beau costume.

Puis Waymer reprit : « Qui vous a entraînés là-dedans, les jeunes ?

– Personne, répondit Hank, marquant une pause pour souligner qu'il avait omis le "Monsieur".

– Bon, je vous embarque quelque part où vous allez pouvoir réfléchir. » À ces mots, il ouvrit un tiroir de son bureau et en sortit des menottes qu'il referma sur leurs poignets, chacun à leur tour. Un autre agent empoigna Hank et Bobbie par les épaules. Quant à Jenny et Willie Mae, on les poussa dans l'escalier en file indienne, jusqu'à un sous-sol sombre et qui sentait le moisi. Elle se remémora l'histoire que son professeur d'anglais leur avait lue une fois, sur les enfers et la déesse des saisons. Ses jambes ne flageolaient pas tout à fait, mais elle se sentait comme lorsqu'elle était petite et qu'elle avait fait une bêtise qui allait lui valoir une fessée. Elle inspira profondément, et se décida à se retourner d'un coup pour embrasser l'endroit du regard. Dans la pénombre, elle constata que seule une partie de la cave avait été aménagée en cellules, mais qu'il y en avait assez pour que chacun d'eux soit enfermé séparément.

Elle fut la dernière à être conduite dans la sienne, la plus éloignée de l'unique soupirail. Bien que ses yeux se soient accoutumés à la pénombre, ses oreilles ne parvenaient toujours pas à discerner les bruits. Elle resta derrière les barreaux, guetta les pas du policier qui remontait au rez-de-chaussée, au-dessus de leurs têtes. Elle essaya un instant d'imaginer que les agents jouaient à se tenir en équilibre au sommet de son crâne. Puis elle commença à compter en silence, pour laisser passer dix minutes avant de dire quelque chose.

Une fois rassurée sur l'absence du policier, elle appela Hank à voix basse. Elle ne savait pas vraiment pourquoi, à ce moment-là, si ce n'est pour entendre le son de sa voix. Mais elle n'eut pas le temps de lui demander quoi que ce soit, car les pas revenaient déjà. « Silence là-dedans », lança la voix. Le policier se rapprocha, assez pour qu'elle distingue sa main campée sur sa hanche. Jenny comprit soudain qu'il était resté planté en haut des marches à attendre que l'un d'eux parle.

L'agent fit mine de s'éloigner à nouveau mais, incapable d'avoir la certitude qu'il était parti, elle ne prononça plus un mot. Le silence qui régnait dans la prison commençait à la tourmenter. Elle guettait un signe quelconque de l'extérieur, de la musique, les cris du livreur de journaux, ou même simplement le claquement des semelles des passants. Elle aurait voulu trouver de quoi s'occuper l'esprit, s'empêcher de se demander ce qu'allait faire le type de chez Seller's.

Un jour qu'elle était plus jeune et s'était disputée avec la fille des voisins d'en face, son père avait tenté de lui remonter le moral en jouant à faire des vœux. C'était bien mieux que de s'énerver comme ça, disait-il. « Quand je serai grande, avait-elle déclaré, je voudrais être une hache et couper tous les cheveux de Maggie. » Son père avait éclaté de rire en rétorquant que les petites filles sages ne devenaient pas des haches en grandissant. Elle se demanda s'il aurait imaginé que les petites filles sages puissent aller en prison.

Jenny réfléchissait à d'autres jeux auxquels elle aimait jouer, quand elle perçut un bruit de pas. Elle découvrit Johnson, à la porte. « Le capitaine dit qu'il veut vous parler seul à seul, les garçons. » Les mots s'égrenaient lentement, comme s'il prenait le temps de sourire entre chaque syllabe. Faisant danser ses clés, il déverrouilla les cellules de Hank et de Bobbie et les poussa dans l'escalier. Jenny sentit ses genoux ployer sous son poids, et se recroquevilla au fond de sa couchette. Quelques minutes plus tard, elle distingua un va-et-vient de pas traînants. Puis il y eut un raclement atroce, comme si on traînait quelque chose par terre. Elle savait que les murs étaient trop minces.

Jenny entendit le même raclement pendant ce qui lui parut des heures. Elle n'arrêtait pas de se demander l'heure qu'il était, et regrettait que sa mère ne l'ait pas autorisée à porter la montre qu'elle avait reçue pour son diplôme avant son départ à l'université. Elle s'enfonça davantage dans sa paillasse, jusqu'au moment où elle se souvint des punaises de lit. Inquiète, elle se leva et commença à examiner sa jupe, mais les menottes ne cessaient d'entraver ses gestes et elle avait besoin de s'asseoir.

Cela devait faire des heures qu'elle était assise dans cette cellule, à se demander à quoi pensait Willie Mae. Ses doigts tapaient doucement en rythme, accompagnant l'air qui résonnait dans sa tête. Au meeting dont Hank leur avait parlé, les jeunes chantaient des *freedom songs* mais elle n'en connaissait aucune, hormis la plus connue. « We shall overcome, we shall overcome » : un jour nous vaincrons. Les mots répondaient au bruit sourd de ses doigts sur le matelas. Il lui arrivait de fredonner cet air en travaillant. Et Mrs Wright, qui lui avait demandé si tous les Noirs chantonnaient dans leur barbe. Sauf qu'elle n'avait pas vraiment dit Noirs, mais plutôt nègres, sans doute.

Jenny pensa à la fac et se demanda si d'autres étudiants de première année auraient un casier judiciaire. Dans sa famille, personne n'avait jamais été arrêté. À part ce cousin, du côté de Maman, et ça ne comptait pas car en vérité c'était un cousin par alliance. L'image de la nouvelle résidence étudiante qui figurait dans la gazette de la fac lui traversa l'esprit. Et puis elle se demanda si elle serait là pour la rentrée des classes.

Elle retint son souffle et écouta attentivement. Dans le sous-sol faiblement éclairé, elle entendait distinctement un bruit de respiration, dans la cellule située à l'opposé.

Elle espérait que Willie Mae n'avait pas la migraine autant qu'elle. La douleur sourde et palpitante était de plus en plus intense, et elle se rendit compte qu'il n'y avait pas que sa tête qui était douloureuse. Elle aurait voulu dormir, mais son corps lui semblait presque friable, comme s'il allait se briser en mille morceaux si quelqu'un s'avisait de la toucher. Jenny ignorait depuis combien de temps ils étaient enfermés dans ce sous-sol poussiéreux et surchauffé, mais quand elle entendit des pas dans l'escalier, le ciel s'était assombri et la chaleur torride avait cédé la place à une tiédeur étouffante.

Johnson prit tout son temps pour déverrouiller la cellule de Willie Mae, puis la sienne. Il les escorta toutes deux à l'étage, dans la pièce principale. Tout de suite, elle repéra Hank ; il avait l'œil poché et des ecchymoses sur la joue. Bobbie était à côté de lui, la tête légèrement inclinée, laissant voir l'entaille qu'il avait au-dessus du sourcil. Elle suivit du regard la ligne imaginaire esquissée par le sang qui lui avait goutté du front, maculant sa chemise déchirée. Elle sentit revenir la nausée, même quand Hank se pencha pour lui effleurer le bras. Il allait lui chuchoter quelque chose, quand ils repérèrent le petit homme noir qui venait de pénétrer dans le bureau et se tenait à la porte.

« Bonsoir les enfants, lança ce dernier. Monsieur l'agent me dit que vous êtes un peu perdus. Je lui ai dit que vous ne faisiez que jouer, rien de plus. »

Jenny ne bougea pas d'un pouce. Ils s'étaient entendus pour ne parler de leur projet à personne. Elle ne comprenait pas ce que le révérend Honeycutt venait faire là. C'était bien la dernière personne à qui ils se seraient confiés.

« Comment ça se fait que vous n'êtes pas au travail, les enfants ? demanda-t-il. Vous savez bien que les jeunes de couleur comme vous, ça doit travailler pour éviter les bêtises. J'ai pas raison ? »

Elle dévisagea le pasteur, qui leur souriait comme s'il venait de faire une bonne blague. Sa mère aurait dit que le révérend Honeycutt était le genre de personne qui vous laissait un goût amer. Jenny était bien décidée à ne pas l'écouter. Pasteur ou pas, elle savait que Dieu lui pardonnerait pour cette fois.

Ils restèrent un quart d'heure dans le bureau, observant le pasteur. Il s'était entretenu avec le monsieur de chez Seller's et avec les agents, déclara-t-il. Tout le monde était tombé d'accord pour se dire qu'engager des poursuites ne ferait que déclencher une publicité dont personne ne voulait, ni eux ni vous autres, les enfants. Le révérend Honeycutt parlait sans les regarder, les yeux rivés au mur blanc, droit devant lui.

Comme le pasteur reprenait son souffle, le capitaine Waymer prit la parole à son tour. Jenny regarda les veines rouges qui palpitaient à l'encolure de sa chemise. Honte… honte – ses mots jaillissaient par bouffées – ils devraient avoir honte de chercher à créer des problèmes comme ça. Jenny se concentra sur une fissure du plafond, ne la lâcha pas des yeux tant qu'il parlait. Puis le capitaine jeta un coup d'œil à la pendule sur son bureau, leur retira les menottes et désigna la porte. « La prochaine fois », dit-il, sans avoir besoin de finir sa phrase.

Le révérend Honeycutt referma doucement derrière lui, et ils se retrouvèrent dehors, dans la lueur du crépuscule.

Aucun ne daigna lui adresser la parole, et pourtant il s'échinait à vouloir faire la conversation. « Les enfants, ne cessait-il de marmonner, les enfants, je sais bien ce que vous vous dites… » mais Hank et Bobbie entraînèrent Jenny et Willie May et tous quatre plantèrent le vieil homme devant le kiosque à journaux, près du tribunal.

Ils empruntèrent un chemin détourné, à travers les plantations de coton, pour regagner l'endroit où Hank avait garé la voiture. Le trajet leur parut beaucoup moins long cette fois. Tandis qu'ils cheminaient entre les rangs de cotonniers, Jenny sentait le vent murmurer dans son dos. Pourtant, pas une feuille ne bougeait. Puis elle baissa les yeux et constata qu'elle avait la chair de poule. Ils avaient atteint la voiture. La maison de Willie Mae était la plus proche du centre-ville, ensuite Hank déposa Bobbie chez lui, et ils se retrouvèrent seuls tous les deux.

« Il paraît que la première fois est toujours la plus difficile », dit-il, les yeux fixés droit devant lui. Jenny hocha la tête, ce qui aurait pu vouloir dire oui ou non, et plongea son regard par la fenêtre. À peine la veille au soir, cette route lui était apparue si différente. Dans la lumière du crépuscule, elle voyait qu'il n'y avait nulle part où se cacher. Tandis qu'ils roulaient, assise sur le siège passager, Jenny songea à cette drôle de manière qu'avait l'obscurité d'envelopper toute chose, et soudain, elle fut sur le point de hurler… la prochaine fois, oh bon sang, la prochaine fois. D'un coup, toutes les émotions qu'elle avait retenues pendant l'après-midi se déversèrent. Jenny essaya bien de refouler les premières larmes, mais en quelques secondes à peine, tout son corps était secoué de sanglots.

« Hé, est-ce que ça va ? Ils ne t'ont pas embêtée, toi et Willie Mae, hein ? » Hank ralentit et se gara sur le bord de la route. Il farfouilla d'abord dans sa poche en quête d'un mouchoir propre, puis détourna les yeux vers le pare-brise, en attendant qu'elle soit prête à repartir. Quelques minutes plus tard, elle ouvrit son sac à main et en sortit un mouchoir souple.

« Ça va, chuchota-t-elle, je réfléchissais, c'est tout. »

Quand il mit le clignotant pour tourner vers chez elle, Jenny attrapa le volant. « C'est bon, je peux marcher jusqu'à la maison. » Comme s'il comprenait, Hank immobilisa la voiture.

« Tu veux que j'attende que tu sois arrivée à la véranda ? demanda-t-il.

– Non, essaya-t-elle de sourire, mais merci quand même. »

Elle attendit au bout du dernier rang de coton, jusqu'à ce que la voiture de Hank se fonde dans la poussière, au loin sur la grand-route. Sa mère, elle le savait, ne rentrerait sans doute pas avant un moment, car le jeudi la réunion du club de bridge l'obligeait à rester tard. Malgré la distance, elle apercevait déjà Bubbles assise sur les marches de la véranda.

Jenny contempla la vaste campagne qui l'entourait. L'air était sec et, en levant le nez, elle se sentit écrasée par le ciel. Elle était là, à l'air libre, à savourer l'un de ses moments préférés de la journée : celui où le soleil était couché mais l'heure pas encore assez avancée pour que l'obscurité dévore toute la lumière du jour. Elle regarda les cotonniers, plus lourds, plus indolents que ce matin. Elle s'accroupit et toucha la terre rouge et sèche, labourée et désherbée avec tant de soin. Elle se dit qu'ils auraient bientôt de la pluie. Septembre apportait toujours la pluie.

Jenny rejeta la motte de terre qu'elle venait de ramasser dans le champ, et descendit le chemin. Elle vit Bubbles bondir de la véranda, et la fillette se précipita à sa rencontre.

« Jenny, cria-t-elle, courant de toutes ses forces. Comment ça se fait qu'tu rentres que maintenant ? » La petite ne ralentit que pour prendre de l'élan et se jeter contre les genoux de Jenny.

« Arrête espèce de bébête de Bubbles, tu vas me salir ma robe ! »

Elles riaient toutes les deux, tandis que Jenny essayait de sauver un de ses gants blancs tombé par terre.

« Bébête toi-même, fit la petite fille, riant toujours. J'ai pas aimé le dîner de Tatie Johnson, alors je suis rentrée. Tu sais quoi ? fit-elle, levant les yeux sur sa grande sœur. Je t'ai attendue au moins un milliard d'heures.

– Un milliard d'heures au moins, c'est sûr », répondit Jenny en écho.

Poussant Bubbles devant elle, elle contourna le tas de cendres et se dirigea vers la porte d'entrée, en se demandant ce qu'elle allait bien pouvoir préparer à dîner, et comment elle expliquerait ça à Maman.

Dispensaire

« Maman, chuchota George Frederick, c'est quand qu'on fait une pause ? » La sueur lui dégoulinait sur le front, formant de minuscules ruisselets entre les touffes de ses cheveux, et elle remarqua qu'il avait grand besoin d'une coupe.

« Où est ton chapeau, George Frederick ?

– Je sais pas, fit-il en haussant les épaules, j'l'ai pas trouvé quand on est partis. »

Libby lui fit les gros yeux et cala le bébé sur son épaule, veillant à bien tirer le bonnet fleuri tout dépenaillé pour protéger son petit visage du soleil. Si son fils avait porté un chapeau, au moins personne n'aurait pu voir qu'il avait besoin d'aller chez le coiffeur. Elle contempla les enfants agglutinés autour d'elle, avec une furieuse envie de presser le pas jusqu'au panneau blanc à moitié écaillé qui indiquait « Dispensaire ». Au-dessus de leurs têtes, elle ne voyait que la route plate et poussiéreuse, et la terre d'un rouge grisâtre qui s'insinuait entre ses orteils et raidissait la toile crasseuse de leurs tennis.

« Maman, je suis fatigué. » Wicker lui attrapa la main et tenta de la ralentir.

« On y est presque. Arrivés à la station-service, on fera une pause. Et ne commencez pas à me réclamer des Coca, vous autres, on n'a pas de quoi se les offrir. »

Les enfants la regardèrent, la mine triste. « Même pas un seul à se partager ? » demanda Wicker.

Sa mère tapota le dos du bébé, et l'ignora. La petite troupe poursuivit son chemin d'un pas nettement ralenti et, quelques centaines de mètres plus loin, Libby aperçut l'entrée de la station-service, bordée d'une rangée de margousiers.

Elle se sentait toujours un peu mal à l'aise lorsqu'elle s'arrêtait à la station Esso. À l'époque où elle était jeune mariée, quand Hal allait encore un peu au lycée, il travaillait là après les cours. Mais cela restait un endroit pratique pour faire étape à mi-chemin de la ville, et les gosses aimaient bien regarder les voitures monter et descendre sur le pont élévateur.

Elle marchait lentement, faisant passer le bébé d'un bras à l'autre, mais n'eut pas le temps de le réinstaller confortablement sur son épaule avant d'atteindre la station. Immédiatement, les enfants se précipitèrent vers les arbres pour jouer sous leur feuillage vert profond qui offrait une agréable canopée de verdure. Libby préféra s'asseoir sur le trottoir, à l'écart de l'atelier, pour bercer son petit qui commençait à s'agiter.

Le nourrisson pesait sur ses genoux, masse compacte, mais elle avait trop chaud pour s'en soucier. Libby regarda ses enfants qui, maintenant qu'ils avaient l'occasion de se reposer, se poursuivaient entre les margousiers. Elle n'avait pas bougé, tête basse sur le trottoir, quand soudain le visage souriant de Matt apparut dans son champ de vision tandis que sa main lui faisait signe.

À l'école, Matt et Hal étaient les meilleurs amis. Quand Matt avait terminé le lycée, ce Blanc, Mr Sommers, l'avait gardé à la station. Il avait un bon job, et Libby et lui étaient ensemble à l'école primaire. L'été dernier, Matt les avait invités à son mariage, quand il avait épousé cette fille originaire du comté de Chesterfield, mais elle n'avait pas pu s'y rendre car ils n'avaient pas les moyens d'acheter un cadeau.

Elle vit Matt vérifier qu'il n'arrivait pas de nouveaux clients, puis contourner les pompes dans sa direction. Il se baissa pour faire coucou au bébé.

« Heureusement qu'il tient de toi. » Comme s'il avait prononcé un mot magique, Calvin sourit et suivit de ses yeux noirs le doigt graisseux que Matt agitait au-dessus de son crâne.

« Et ton gars, il est revenu ? » demanda-t-il, soudain sérieux.

Elle fit non de la tête.

« Tu sais où il est ? »

Elle secoua de nouveau la tête.

« Quel salo… » Il n'eut pas le temps de finir, car Libby lui tira le bras en désignant les enfants, qui avaient interrompu leurs jeux et observaient leur mère.

« Je ne veux pas qu'ils entendent ce genre de saletés. » Les petits s'attardaient, mais leur mère leur fit signe de déguerpir.

« Il t'a pas envoyé d'argent non plus, je parie. » Matt s'accroupit à ses côtés. « Si t'as besoin de quoi que ce soit là tout de suite, tu me dis, et si Hal te donne pas bientôt des nouvelles, va donc voir les gens du comté.

– On se passe très bien de l'aide sociale, l'interrompit-elle.

– Bon sang, n'importe qui peut avoir des problèmes à un moment de sa vie, et puis faut bien que tu les nourrisses, ces gosses.

– Je me suis trouvé un boulot en ville. » Elle faisait de son mieux pour empêcher sa voix de se briser.

« Ta mère ne va pas garder ce bébé éternellement, elle se fait vieille pour s'occuper d'un tout-petit.

– C'est pas tes oignons, répondit vivement Libby. Personne t'a demandé de te mêler de mes affaires.

– D'accord, d'accord. » Matt se leva et, sous le soleil, il lui fit l'effet d'une ombre noire planant sur elle et le bébé. « Mais si t'as besoin de quoi que ce soit, promets-moi de me faire signe. »

Libby resta assise sur le trottoir, sans le regarder, s'efforçant d'empêcher ses larmes de rouler sur le bébé. Elle s'était juré de ne pas perdre son temps à penser à Hal, et voilà qu'elle pleurait comme une écervelée. Tandis qu'elle demeurait immobile et laissait la chaleur sécher ses larmes, Matt offrit des sodas aux quatre petits. Il demanda à Meetrie d'en apporter un à Libby, puis tous furent prêts à se remettre en route.

Le dispensaire du comté se trouvait au premier étage, au-dessus du tribunal. Pendant que les enfants gravissaient les marches, elle essaya d'arranger leur tenue. Elle rentra le pan de chemise de Wicker et tenta de faire tenir Hamlet tranquille le temps de frotter les traces de Coca-Cola qui maculaient son pantalon. C'est seulement en passant devant une porte de bureau vitrée qu'elle découvrit son propre reflet. Sa robe de coton était trempée à l'épaule, à cause des régurgitations du bébé. Elle rassembla sa petite troupe et laissa Meetrie ouvrir la marche pour grimper jusqu'au cagibi où l'on recevait les gens de couleur, après la salle d'attente principale.

Neuf autres personnes étaient déjà installées, et il ne restait plus que deux sièges disponibles. Elle en prit un, tandis que Meetrie et Wicker se tassaient sur le deuxième. Libby tendit la main pour attraper un exemplaire du *Post* par-dessus la tête de Wicker, avachi sur l'accoudoir. C'était le même numéro que le jour où Wicker avait eu le rhume des foins. Maggie Haliday, qui faisait le ménage ici, lui avait raconté un jour que les magazines n'échouaient dans cette salle que lorsque les Blancs les avaient tous lus. Elle aperçut un *Life*, à l'autre bout, mais n'eut pas le courage d'aller le prendre ni de faire lever un des petits, qui avaient choisi ce moment pour se tenir tous tranquilles.

Elle observa les autres patients qui attendaient le docteur, essaya de voir si elle en connaissait certains. Parmi les femmes, celle qui avait des bouclettes lui rappelait la tante de Hal. Bien sûr, ce n'était pas elle : la tante de Hal habitait Bethel. La dame en question leva les yeux et lui adressa un sourire. Libby le lui rendit.

« Ce sont vos enfants ?

– Oui. » Libby fit pivoter Calvin sur ses genoux. « Celle-ci, ajouta-t-elle en désignant Meetrie, ira à l'école l'année prochaine.

– Une de moins sur les bras, commença la dame en gloussant, mais j'imagine que ça vous en fera bien assez comme ça. »

Elle souffrait d'une maladie de la thyroïde, expliqua-t-elle, et le traitement donné par le médecin ne l'avait pas du tout soulagée. Hier encore, elle avait fait une crise, et elle s'était donc présentée à la première heure ce matin. Et voyez, elle était là depuis huit heures et demie, et il était déjà dix heures moins onze.

Tandis qu'elle parlait, une infirmière se présenta pour demander à qui le tour. Une femme enceinte se leva et se traîna vers la porte battante qui séparait la salle d'attente de l'un des cabinets de consultation. Une fois la patiente installée, l'infirmière fit volte-face et pointa un doigt sur Libby.

« Vous, dit-elle d'une voix atone, empêchez cet enfant de toucher au cendrier. »

Libby tourna la tête, pile au moment où George Frederick plongeait ses doigts dans le sable d'un grand cendrier en ciment. Honteuse, elle ne put que l'attraper pour le faire asseoir à côté d'elle. Les autres enfants commençaient à s'impatienter, et elle savait que si le docteur ne les recevait pas bientôt, ils allaient vite devenir ingérables dans un espace aussi étriqué.

« Vos enfants sont tous malades ? » lui demanda la même dame.

Libby pressentait que son interlocutrice avait juste envie de parler à quelqu'un.

« Non, ils sont en forme, répondit-elle. Mais Mr Johnson a été catégorique, Meetrie ne peut pas aller en camp de vacances sans recevoir je ne sais quelle injection. Et vu que les autres passent leur temps dehors, eux aussi feraient bien d'avoir une piqûre, qu'il a dit. J'imagine que l'infirmière saura quoi leur donner.

– Elle n'a pas l'air bien vieille pour partir toute seule comme ça. » Sous le regard plein de prévenance de la dame, Meetrie commençait à se tortiller sur sa chaise.

« Oh, elle ne part pas, elle ira juste la journée. Monsieur Johnson, il travaille au Fonds communautaire, il lui a obtenu une bourse, expliqua Libby avec fierté.

– Les Blancs passent leur temps à expédier les enfants des autres en camps de vacances. Ils pourraient trouver de meilleures façons de dépenser leur argent, vous ne trouvez pas ? »

Libby hocha la tête, et elles se turent toutes les deux.

« Votre mari travaille dans le coin ?

– Non, dans le nord de l'État.

– Comment ça se fait qu'il vous a laissée toute seule ? »

Libby se sentit soudain lasse d'écouter cette femme. Elle n'avait aucune envie de laisser une parfaite inconnue s'immiscer dans sa vie.

« Calvin était trop petit pour faire le voyage, alors je suis restée avec les enfants. » Son ton était sec, mais la dame n'y prêta aucune attention.

« J'imagine qu'il vous manque, mais avec tous ces enfants, c'est une bonne chose qu'il ait un emploi dans le Nord. Je suis sûre qu'il vous envoie plus d'argent que ce qu'il rapportait à la maison quand il travaillait dans le coin. »

Libby ne répondit pas, mais changea Calvin d'épaule et s'empara du vieux numéro du *Post*. Sa perception toute personnelle du temps lui indiquait qu'ils étaient dans cette salle d'attente depuis plus d'une heure. Un homme qui avait le pied enflé se mit à fumer et, comme la pièce n'était pas ventilée à moins d'ouvrir la porte, l'atmosphère fut bientôt chargée d'une épaisse fumée.

Libby avait envie de demander au type d'éteindre sa cigarette, qui faisait tousser le bébé, mais il était bien plus âgé qu'elle, et elle finit par se résoudre à faire un tour dans le couloir pour prendre un peu l'air. Elle dit à George Frederick et Meetrie de surveiller les plus petits, et sortit de la salle.

Elle repartait pour un second tour de couloir quand la même infirmière à la mine sinistre passa la tête par la porte. Immédiatement, Libby entendit un bruit de reniflements.

« Votre gosse est en train de mettre du sable partout, dit l'infirmière. Vous ne devez pas abandonner vos enfants tous seuls dans la salle d'attente. S'il n'y en a qu'un de malade, pourquoi vous ne laissez pas les autres à la maison ?

– C'est Meetrie qui a commencé ! » C'était la voix de Wicker.

Au moment précis où l'infirmière refermait la porte, elle vit Meetrie balancer un coup de pied à George Frederick avant de lui tomber dessus et de le bourrer de coups avec ses maigres poings.

« Meetrie ! hurla Libby, debout, tout de suite ! »

Elle chercha un endroit où poser Calvin mais elle avait peur de le laisser sur sa chaise, au cas où il basculerait. George Frederick était toujours par terre à faire mine d'être blessé, et elle se sentit envahie par une rage noire. Prestement, elle se pencha pour relever les deux gamins et faillit laisser échapper le bébé.

George Frederick avait son pantalon jaune maculé de saleté après s'être roulé par terre. Elle rassembla les enfants et les fit asseoir sur la chaise. Le plus drôle, c'est qu'ils n'avaient dérangé personne dans la salle d'attente ; les gens étaient tous assis en silence, à espérer qu'arrive leur tour de voir le docteur.

Libby sentait s'égrener les minutes, et commençait à souhaiter que certains quittent la salle d'attente bondée pour revenir le lendemain. Si l'infirmière ne les appelait pas bientôt, elle savait qu'ils allaient devoir rentrer. Elle n'avait pas pensé à apporter de quoi déjeuner, et ils ne pouvaient pas se permettre d'acheter quelque chose au distributeur automatique.

Elle entendait du mouvement dans la pièce voisine, et chaque fois que les pas se rapprochaient, elle sentait ses muscles se tendre. Les enfants commençaient à être à cran, et George Frederick s'était mis à sucer son pouce, celui de la main qui lui avait servi à remuer le sable. Elle s'apprêtait à le lui ôter de la bouche, mais se ravisa : au moins, comme ça, il se taisait.

Elle se redressa et s'assit au bord de sa chaise pour soulager les tensions de son dos, sentit le tissu de sa robe coller au plastique. Calvin s'était endormi, mais on aurait dit qu'il était plus lourd encore quand il cessait de gigoter. Libby savait qu'il aurait faim à son réveil, mais il n'y avait rien pour le nourrir, rien qu'elle puisse payer en tout cas. Elle se surprit à prier pour que son tour vienne enfin. À cet instant, elle aurait été prête à promettre n'importe quoi au Seigneur, pourvu qu'ils puissent quitter ce dispensaire au plus vite.

Libby s'aperçut qu'elle avait tellement anticipé et appréhendé cette journée que ça n'avait fait qu'attiser sa nervosité. Sa mère n'allait pas manquer de demander si Hal lui avait envoyé une carte d'anniversaire, et elle avait passé toute la semaine à espérer des nouvelles de lui. Et puis ce matin était arrivé, et elle était restée dix minutes sur la véranda à guetter le facteur, qui n'était pas descendu de sa bicyclette, même pas pour lui laisser un de ces habituels prospectus publicitaires. Elle sentit son estomac gronder et déglutit aussi fort qu'elle put pour l'empêcher de faire du bruit. Si elle-même avait faim, les enfants allaient bientôt réclamer leur repas, voilà qui était certain.

En dernier recours, elle décida de ne penser qu'à des choses joyeuses mais, là aussi, impossible d'y parvenir. C'était comme si les seuls souvenirs qui lui revenaient en tête dataient d'après son mariage, jamais d'avant. Elle contempla le bébé sur ses genoux, se rappela le jour où elle s'était trouvée dans cette même salle, enceinte de Meetrie. À l'hôpital, sa mère, venue voir la fillette pour la première fois, avait glissé sa propre alliance toute tordue au doigt de Libby, parce que Hal ne lui en avait pas encore acheté une. Elle contempla son doigt et le mince anneau d'or terni par ces six dernières années. Parfois, elle avait l'impression que la seule chose qu'elle possédait, c'était cette alliance.

Elle sentit quelqu'un la tirer par la manche, interrompant le cours de ses pensées.

« Maman, chuchota Wicker, faut que j'aille aux toilettes.

– Demande à Meetrie de t'accompagner et de déboutonner ton pantalon. »

Meetrie leva le nez. « J'veux pas y aller toute seule. »

Libby ne pouvait pas vraiment lui en tenir rigueur. Généralement l'ampoule était grillée, et malgré le désinfectant, les toilettes puaient terriblement.

« Maman, faut vraiment que j'y aille. » Wicker se trémoussait en dansant d'un pied sur l'autre.

Libby se leva et l'attrapa par la main. Elle ne pouvait pas emmener tous les enfants avec elle sans risquer de perdre son tour. Mais si elle les laissait seuls, ils feraient forcément du grabuge. Les toilettes réservées aux Noirs se trouvaient tout en bas, au sous-sol, et si elle n'y conduisait pas bientôt Wicker, il allait sûrement finir par se faire pipi dessus en plein milieu de la salle d'attente.

Soudain, la femme avec qui elle avait discuté plus tôt apparut à ses côtés.

« Emmenez-le donc en bas, dit-elle en prenant Calvin, moi je les surveille et je vous garde votre place. »

Libby lui adressa un sourire reconnaissant et se dépêcha de pousser Wicker vers la sortie. Sachant que George Frederick aurait besoin d'y aller aussi le temps qu'elle revienne, elle l'embarqua également.

Libby se hâta tellement de remonter qu'elle avait les jambes douloureuses en parvenant à l'étage. Elle ne pouvait pas courir le risque que les garçonnets aperçoivent tous ces distributeurs d'en-cas et de friandises. Peut-être que s'ils ne voyaient rien à manger, ils n'auraient pas faim. La grosse horloge au-dessus de la porte principale affichait midi quarante-cinq – cela faisait déjà plus de trois heures qu'ils attendaient.

La dame avait été bien gentille de garder Calvin, et Libby se sentit obligée de se présenter.

« Moi c'est Alma Courts, répondit son interlocutrice, et il a été adorable. » Elle s'installa confortablement, s'attendant à ce que Libby poursuive la conversation.

Discuter avec Mrs Courts aidait certes à faire passer le temps, mais Libby n'avait pas envie qu'on lui pose trop de questions. Elle retrouva sa page dans le vieux magazine et se mit à lire.

Elle était encore plongée dans le premier article quand l'infirmière passa une tête dans la salle d'attente.

« Vous, là, rentrez chez vous et revenez lundi, dit-elle.

– Hein ? fit un homme, tandis que quelques personnes bondissaient de leur siège. J'peux pas revenir lundi. » Un chœur de « moi non plus » lui répondit.

Libby dévisagea l'infirmière comme si elle était folle, avec une furieuse envie d'envoyer valser sa coiffe amidonnée à la noix. Elle ne pouvait pas revenir lundi et les ramener tous ici. Impossible de savoir quand elle aurait de nouveau un samedi de congé : les Nelson ne partaient pratiquement jamais en week-end.

« Les médecins finissent plus tôt, continua l'infirmière, comme si personne n'avait interrompu son discours. Revenez lundi, ils essaieront de vous recevoir. » Puis elle referma la porte battante, et les occupants de la salle d'attente entendirent une clé tourner dans la serrure.

« Bon, eh ben on peut rien faire, dit l'homme à la cheville enflée, à part revenir. J'ai déjà perdu trois jours de boulot, j'imagine qu'un de plus, ça fera pas de différence. » Il se mit debout en grimaçant de douleur, reportant son poids sur son pied valide.

Libby se leva, et le bébé se mit immédiatement à brailler. Elle tâta sa culotte en caoutchouc et constata qu'elle était pleine. Pas le choix, elle allait devoir le changer dans la salle d'attente. Mrs Courts lui adressa un regard compatissant et essuya la bouche baveuse de Calvin avec un Kleenex légèrement souillé. « Parfois je me demande pourquoi il n'y a pas davantage de morts parmi nous. Mon appendice pourrait être en train de se rompre, ça ne ferait aucune différence à leurs yeux.

– Vous savez si quelqu'un va à Fir Town ? » Libby avait parlé assez fort pour que toutes les personnes présentes l'entendent.

« Non, répondit Mrs Courts, je ne connais personne qui a une voiture et qui va par là. » Personne d'autre ne semblant lui prêter attention, Libby se posta à la sortie de la salle. Aucun patient n'allait dans sa direction, ne serait-ce que pour faire une partie du chemin.

Libby donna une bourrade à George Frederick pour le faire avancer, et tendit la couche emballée à Meetrie pour qu'elle la descende au rez-de-chaussée. En bas, l'horloge affichait quatorze heures trente, une très mauvaise heure pour trouver quelqu'un pour les ramener. Parmi ses connaissances qui travaillaient en ville, personne ne terminait avant seize heures le samedi. Elle fit sortir les enfants et se dirigea vers le carrefour. Meetrie s'écarta soudain d'elle, et fit mine de traverser en courant. Libby tira la fillette d'un geste si brutal que la petite manqua perdre l'équilibre.

Meetrie resta plantée sur le trottoir à se frotter le bras, et parut sur le point d'éclater en sanglots. Libby savait que dès qu'un enfant s'y mettait, les autres aussi trouvaient une bonne raison de geindre. Elle se pencha pour caresser la tête de la petite, attendit avec angoisse que celle-ci veuille bien s'arrêter de renifler.

L'espace d'un instant, Libby envisagea de continuer tout droit et de remonter la grand-rue pour faire un tour dans le centre commercial. Cela faisait des décennies qu'elle n'avait pas fait de lèche-vitrines, mais le plaisir de regarder les vêtements ne valait pas la peine de se coltiner les enfants. En plus, l'heure de leur déjeuner était passée depuis belle lurette, et plus tôt ils croiseraient un pêcher dans le jardin de quelqu'un, mieux ce serait. Elle changea le bébé de bras, attrapa Wicker, le plus lent de tous, et prit le chemin du retour.

Ici on ne sert pas de mint julep

La maison, nichée à l'abri d'un bosquet de sapins, était tout en bois, enduite d'une peinture laquée si bien qu'elle scintillait presque dans l'obscurité. Le matériau abondait tellement que la plupart des habitants des alentours de la réserve forestière préféraient les maisons en briques. Seuls ceux qui vivaient dans les bois possédaient des maisons en rondins, et ils n'étaient guère nombreux. Si les agents du recensement avaient eu vent de leur existence, Mr Mack, le chef de famille, aurait été rangé dans la catégorie des glaneurs. L'abattage étant interdit dans la réserve, il lui fallait attendre qu'une calamité naturelle, un orage par exemple, vienne déraciner les arbres et les arbustes. Il traînait alors le tronc mort jusqu'à son jardin, ou débitait autant de bois qu'il pouvait en emporter. Une fois l'an, généralement au printemps avant le début de la saison touristique, Mr Mack venait déposer les animaux et les poupées qu'il avait sculptés dans ce bois à la principale boutique d'artisanat de la bourgade.

Les femmes qui tenaient le magasin étaient toujours heureuses de le voir. Ses écureuils et ses cochons plaisaient beaucoup aux gens qui parcouraient les routes de l'Ouest et s'arrêtaient pour acheter des souvenirs. Mr Mack ne prononçait jamais un mot, à part pour négocier les prix et demander une avance sur commission. Il ne levait pas son chapeau, ne disait pas merci, n'appelait même pas ces dames par leur nom. Mais bien sûr, on ne pouvait pas attendre grand-chose des gens de son espèce, malgré son allure tout à fait respectable – et elles le savaient bien. Ainsi, quand les clients voulaient en savoir davantage sur l'artiste, les sœurs répondaient promptement qu'il s'agissait du citoyen noir le plus talentueux du coin.

« Nous nous entendons à merveille, disait la plus grosse.

– Oui, complétait généralement sa sœur, on peut compter sur lui pour se présenter chaque année, avec la régularité d'une horloge. Je ne comprends pas ces gens du Sud. Nous n'avons jamais eu de problèmes raciaux ici. »

Mrs Mack ne venait jamais en ville. La dernière fois qu'elle avait descendu le chemin remontait à plusieurs printemps. Mr Mack avait sorti la bicyclette de l'appentis pour emmener sa femme à l'hôpital, pour la naissance de leur fils Alvin. Alvin, l'un des deux êtres vivants avec lesquels ils étaient venus du Mississippi, était mort trois jours après sa naissance. Son médecin n'avait pas compris ce qui avait pu étouffer les faibles pleurs du bébé. Tandis qu'elle contemplait pour la dernière fois le petit corps tout raide, Mrs Mack entendit les docteurs discuter dans le couloir de cet hôpital rutilant.

« C'était presque comme si ce petit bonhomme avait peur de respirer », dit l'un d'eux.

Mrs Mack se boucha les oreilles, car elle savait que ce médecin disait la vérité. Elle n'y pouvait rien, hormis trouver une consolation à l'idée que son nourrisson soit enterré dans ce pays tranquille. Leur autre fils, baptisé Rabbit, grandit et devint un garçon plein de santé, avec de longs membres pareils aux branches des arbres auxquels il grimpait. Maintenant qu'il n'avait plus besoin d'une attention constante, elle consacrait ses journées à cuisiner et à faire le ménage – dans cette maison qui lui appartenait.

Elle pensait rarement à sa famille blanche du Mississippi. Les petits garçons dont elle changeait les couches en plus du ménage et de la cuisine ne faisaient plus partie de ses pensées. Depuis le jour où Mr Mack et elle avaient fermé la porte de leur cabane pour la dernière fois, elle était parvenue à se sortir cet endroit de la tête. Cette ville pleine de visages pâles qui avaient démoli son petit garçon lui faisait peur et la mettait en rage. Mais avec Mr Mack, ils étaient trop avisés pour se laisser gagner par la colère à l'endroit où ils habitaient.

Au début, ils avaient décidé de rester, espérant faire oublier à leur fils, à force de caresses et de câlins, les visages hilares qui l'avaient encerclé dans cette plantation du Mississippi. Sorti jouer, il était revenu la chemise déchirée, le pantalon maculé de terre rouge sur laquelle les garçons de la ville l'avaient forcé à s'asseoir avant de lui boucher le nez, menaçant de l'empêcher de respirer. Ils s'étaient amusés à se faire des passes, le jetant en l'air et le laissant régulièrement choir, comme un gosse joue avec une balle de caoutchouc. Par miracle, il était parvenu à se traîner jusqu'à la maison, mais ces gamins lui avaient ravi sa voix.

Pas question d'exposer d'autres enfants à cela. Un enfant muet est un enfant impuissant, au bout du compte. C'est pourquoi, pendant la foire du comté, alors qu'elle était de nouveau enceinte et que la ville entière était en proie à la confusion, ils avaient enfilé leurs plus beaux habits, abandonné leurs meubles et leurs uniformes amidonnés dans la cabane, et s'étaient rendus en ville. À l'arrêt de bus, ils prirent des billets pour Jackson. Rien d'extraordinaire – tous leurs amis y avaient des proches à qui ils rendaient régulièrement visite. À la gare routière de Jackson, ils se dirigèrent droit vers la carte affichée au mur. Mrs Mack ferma les yeux et désigna l'État où ils iraient s'installer. Quand le bus les déposa en ville, ils la quittèrent immédiatement et trouvèrent intuitivement le chemin de la réserve forestière.

Pendant l'été, les journées étaient chaudes. Habiter la forêt ressemblait à leur ancienne vie, sauf qu'ils dormaient sur un lit de feuilles. Quand l'automne arriva, Mr Mack avait commencé à bâtir la maison de deux pièces, qu'il agrandirait année après année. C'était une bâtisse robuste, dont il avait lui-même transporté les rondins avant de les peindre en blanc. Il s'était débrouillé Dieu sait comment – Mrs Mack ne comprenait rien à ces choses – pour tirer un câble électrique, si bien qu'ils avaient l'électricité pour alimenter leur petite cuisinière. Le côté spartiate ne dérangeait pas Mrs Mack ; s'éclairer à la bougie, ce n'était pas cher payé pour avoir une vie à soi.

Et c'était une bonne vie. Elle éprouvait du réconfort en songeant qu'Alvin reposait en paix dans son nouvel univers, et que Rabbit semblait trouver une forme de quiétude dans les bois, loin des visages pâles qui hantaient son esprit. S'il ne tenait qu'à elle, il ne croiserait jamais personne de l'autre espèce – en tout cas pas avant d'être assez grand pour comprendre que certaines couleurs étaient naturellement mauvaises.

Elle entendait à présent Rabbit dans sa chambre, occupé à cogner les deux gobelets en étain. Ils lui servaient d'ustensiles de mesure jusqu'au jour où elle les avait fait tomber : le fracas qu'ils avaient fait en heurtant le plancher lisse avait mis son fils en transe. Il refusa de rendre les gobelets et, quand il en découvrit d'autres de différentes tailles, il insista pour les prendre dans ses mains potelées, faisant mine de mesurer les deux personnes qui l'entouraient. Le cliquetis lui parvenait de la chambre voisine, étouffé par les madriers de bois qui séparaient celle-ci de la cuisine, un rappel constant que son fils était à la maison, en sécurité auprès d'elle, jusqu'au jour où il serait assez grand pour se protéger tout seul.

Rabbit était assis par terre, les jambes repliées sous lui, à califourchon sur un rayon de soleil qui filtrait par la fenêtre ouverte. Il avait le visage tourné vers la moustiquaire, le soleil de l'après-midi réchauffait ses larges narines et le faisait cligner des yeux. Il était temps de nourrir cet ours. Mélangeant le lait en poudre avec les mouvements vifs qu'il avait observés chez sa mère, il versa l'air liquide dans le plus petit gobelet. Bearlie refusait d'ouvrir la bouche, et il finit par glisser un doigt dans la fente orange et forcer le nounours à accepter de boire. Il le tint juste comme il fallait, jusqu'à ce que Bearlie ait tout fini, puis il fit tourner le récipient à la lumière, lentement, le lavant et le rinçant d'un même geste, la jolie couleur argentée faisant des cabrioles dans sa main. Il porta le gobelet à son oreille et écouta les pas de sa mère, dans la pièce voisine. Elle ne tarderait pas à venir, quand son balai cesserait son doux bruissement sur le parquet. Ses pieds approcheraient, chaussés de ses pantoufles bleues. Il sentait déjà son ombre dans son dos.

« Tu es bien calme aujourd'hui, Rabbit. »

Sa voix, des bouffées de souffle caressant qui venaient lui chatouiller la nuque.

« Tu veux regarder l'album ? »

Non, il n'avait pas envie de regarder l'album, mais parce que ça voulait dire qu'elle venait s'asseoir près de lui, il voulait bien tourner les pages, ses doigts se déplaçant au ralenti pour s'arrêter sur les images, jusqu'à ce qu'elle se lasse et range le numéro d'*Ebony* dans la bibliothèque.

« Viens avec moi dans la cuisine. »

Elle parlait comme on chante, debout près de la porte, à l'attendre. Il jeta un bref coup d'œil à sa mère, puis à la fenêtre, la comparant au soleil qui brillait derrière le rebord. Enfin, lentement, il rassembla ses jambes trapues et bondit sur ses pieds, tandis que Bearlie rebondissait dans ses bras.

« Puis-je avoir le lait, Mrs Mack ? »

Son mari effleura doucement la main de son épouse. Elle l'avait devancé et lui tendait déjà le pichet. Ils n'avaient guère besoin de mots pour se comprendre. Mais pour Rabbit, qui devait apprendre que ses parents étaient un monsieur et une madame, ils se parlaient. Le garçonnet était trop occupé à secouer une boîte de lait au-dessus de son porridge, transformant la mixture en véritable soupe, pour leur prêter attention. Mr Mack portait sa cuillère à sa bouche quand le drôle de bruit fit trembler sa main. Il regarda sa femme pour voir si elle avait entendu et vit son regard se figer, la peur de son époux reflétée dans ses yeux. Non, impossible qu'une voiture se soit aventurée dans leur coin de réserve. Ils ne bougèrent pas de leurs sièges, les muscles raidis, l'oreille tendue pour voir si le bruit revenait, alors que Rabbit semblait ne s'être rendu compte de rien. Il continuait à touiller ses céréales en décrivant de larges cercles, versant le sirop dans de minuscules puits de porridge. Quand il termina son bol, nettoyant les bords à deux doigts, le bruit ne s'était plus manifesté. La famille termina son repas en silence. Jours et nuits défilaient sans qu'on les compte, l'obscurité s'invitant chaque soir un peu plus tôt à la table de leur souper.

Les feuilles commençaient à tomber, parfois par paquets entiers, abandonnant les arbres qui se dressaient derrière leur bosquet de pins, les bras en l'air. D'après sa mère, les arbres devaient se déshabiller pour l'hiver. Au fil du temps, Rabbit avait fini par croire tout ce qu'elle lui disait. Les choses se passaient toujours comme elle l'avait annoncé. Bientôt les arbres seraient couverts de verdure, leur offrant des coins de fraîcheur, avec Bearlie, bien à l'abri du soleil.

Il se promenait avec son ours, s'arrêtant de temps à autre pour guetter une feuille frémissante. Et puis, juste au moment où elle descendait vers lui, rouge et froissée, le vent la soufflait au loin. Il était parvenu au sommet de la colline, et contemplait le sentier en contrebas que son père désherbait régulièrement. Il aperçut la femme qui montait à pied, et sut immédiatement qu'elle avait un rapport avec le drôle de bruit qu'il avait entendu par-delà les arbres. Il avait tendu l'oreille pour écouter le craquement des feuilles et des brindilles – les pas d'une personne qui ne savait pas s'orienter dans ces bois.

Elle cheminait dans les rayons du soleil, et les derniers éclats du couchant jouaient dans ses cheveux, s'y entremêlaient. Immédiatement, il eut envie de tendre la main pour toucher ses boucles, voir si le soleil partait sous ses doigts, mais quelque chose dans l'attitude de la femme le poussa à se taire. Quelle étrange personne, avec cette drôle de couleur. Peut-être avait-il déjà vu quelqu'un comme elle, mais son cerveau refusait de faire le point sur le tourbillon d'images qui vrombissaient dans sa tête. S'il pouvait la toucher, peut-être qu'elle se rappellerait, mais elle ne leva pas les yeux pour voir sa main tendue. Rabbit la regarda poursuivre son chemin au bout de ses doigts, en direction de leur maison. Puis soudain il détala en courant, bien décidé à semer l'étrangère.

Mrs Mack était en train de mesurer l'avoine pour préparer des muffins quand elle le vit arriver au galop, chargeant droit sur elle. Il serrait si fort son ours que toute la bourre s'était agglutinée en haut d'un bras, lui faisant une épaule tombante. Rabbit essayait de lui montrer quelque chose, ses yeux éperdus balayant la réserve forestière avant de revenir sur elle. Quelque chose avait effrayé son bébé. Elle se pencha pour le réconforter, et découvrit la femme qui remontait le sentier dans leur direction.

Elle attira Rabbit contre elle et, dans le même mouvement, l'utilisa comme bouclier pour se protéger de cette créature.

« Chut, Rabbit, tout va bien. »

Voyez ce que vous avez fait à mon enfant. Ses yeux exprimaient des mots plus durs encore, par-dessus la tête de Rabbit.

« Qu'est-ce que vous voulez ? » dit Mrs Mack, surprise par la puissance de sa propre voix.

« Bonjour. » Les lèvres minces tachetées de rose lui adressèrent un sourire. « Je suis Rosemarie Langley, des services du comté. On ne savait pas que vous viviez si loin au fond des bois. Bonté divine, ça fait une sacrée route pour aller en ville. »

Mrs Mack resta plantée devant sa porte. « On n'y va pas.

– Mais votre mari vient pour vendre ses magnifiques sculptures.

– Lui y va, mais nous on reste ici.

– On a découvert votre existence grâce à votre mari. Une de nos assistantes sociales tient la caisse à mi-temps chez Sears, et elle a vu votre mari acheter une combinaison de neige pour garçon. Elle l'a mentionné par hasard devant moi, alors j'ai commencé à me demander pourquoi une combinaison de cette taille n'allait pas à l'école, et me voici. » Elle était soudain essoufflée, mais à chaque nouveau sourire, elle dévoilait des dents plus grandes. « Oh, je ne suis pas là à titre officiel. Il faisait un temps idéal pour se balader, aujourd'hui. Je me suis garée à côté des tables de pique-nique, et je me suis dit que j'allais essayer de vous trouver.

– Notre garçon ne parle pas, alors ce n'est pas nécessaire de l'envoyer à l'école. Autant qu'il n'y aille pas, vu qu'il ne dit jamais rien. »

Miss Langley avança d'un pas, s'approchant de la porte. « Vous avez fait tester son audition ? » Le temps d'un instant, on aurait dit qu'elle s'apprêtait à regarder à l'intérieur du crâne de Rabbit.

« Il entend un tas de trucs que nous autres on n'entend pas. Il n'en parle pas, c'est tout, et on l'aime tel qu'il est. » Le ton était buté, et à chaque pas de l'assistante sociale, Mrs Mack se retranchait davantage dans sa cuisine, entraînant Rabbit dans son tablier.

« Je peux entrer ? demanda Miss Langley.

– On dirait que c'est déjà fait. » Mrs Mack s'étonna elle-même, pour la deuxième fois. Là d'où elle venait, jamais elle n'aurait osé parler ainsi à l'une d'entre eux, mais la femme ne prêta aucune attention à sa brusquerie.

« Maintenant que je suis là, puis-je m'asseoir, s'il vous plaît ? Magnifique, ce bois. C'est votre mari qui a sculpté ce fauteuil ?

– Il a fait tous les meubles.

– Vous avez beaucoup de chance d'avoir un époux aussi talentueux. Votre fils aussi est un artiste ?

– Il aime regarder des livres et il aime nourrir les écureuils. Quand il sera plus grand, eh bien je suppose qu'il apprendra à se servir d'un couteau. »

Rabbit n'avait toujours pas levé le nez, et se tenait parfaitement immobile tandis que sa mère lui caressait les cheveux, chassant sa terreur du plat de la main.

La voix de la femme produisait un bourdonnement étrange, qui portait dans le moindre recoin de la cuisine. « Quand il viendra à l'école, il apprendra à lire et à écrire, bien sûr. Et on pourra lui faire passer des tests, pour voir s'il a un tempérament d'artiste.

– Il n'a pas besoin d'aller à votre école. Quand il décidera qu'il veut lire l'album, l'un de nous deux lui apprendra les mots.

– Oh, vous voulez dire que vous êtes instruits. » Miss Langley s'empourpra, ses joues désormais assorties à ses lèvres roses. « Enfin, vous et votre mari êtes allés à l'école ?

– Je sais lire un livre de cuisine, et il sait lire une carte routière, mais tout ça, c'est du passé. On n'a que faire de votre éducation. Les gens qu'on connaît qui l'ont reçue, ils n'avaient que faire de nous. » Elle extirpa doucement son fils de son tablier. « Vous êtes assise sur son fauteuil. Il n'aime pas les autres, déplacez-vous s'il vous plaît.

– Oh, je suis vraiment désolée. » La femme se leva pour retaper le coussin qu'elle avait aplati.

Mrs Mack souleva un Rabbit frissonnant, et le fit asseoir. Un chocolat chaud le calmerait peut-être, un chocolat avec des marshmallows tout roses par-dessus. Elle tira le fauteuil du garçonnet près de la cuisinière tandis qu'elle mélangeait la poudre. Ensemble, ils surveillèrent l'assistante sociale.

« Comme elle est mignonne, cette petite maison, ça ne vous embête pas si je visite ? » Miss Langley s'écarta de la table, et Rabbit s'agrippa immédiatement aux jupes de sa mère. Elle repoussa le rideau. « Une seule chambre ? Dieu merci vous avez deux lits, fit-elle en secouant la tête. Mais vous pensez vraiment que c'est une bonne chose ? De le faire dormir dans la même chambre que vous ? »

Mrs Mack se sentit rougir. Honte à cette femme de dire des choses pareilles, même si elle n'avait pas exprimé directement le fond de sa pensée devant Rabbit.

« Ce n'est pas bien d'exposer un enfant à trop de choses, lança Miss Langley, depuis la chambre. Vous savez, la moitié des jeunes qu'on voit au tribunal atterrissent là parce qu'ils ont grandi trop vite. »

Mrs Mack continuait à touiller son cacao. Elle était bien culottée, cette assistante sociale, si elle croyait lui apprendre quelque chose. Ce qu'il fallait, c'était les empêcher de grandir tout court, les tenir à l'écart des indiscrets, des gens qui fourraient leur nez dans des affaires qui ne les concernaient pas.

« Je prépare un chocolat pour mon bébé, vous en voulez ? » Voyant que la femme opinait, elle décrocha les tasses et attrapa les marshmallows.

« Oh là là, quels jolis mugs. Je parie que ça aussi, c'est votre mari qui les a sculptés.

– Il va falloir attendre un peu pour le chocolat », répondit Mrs Mack, refusant le compliment. Elle tira une chaise près de Rabbit, et tous deux se mirent à nouveau à observer l'intruse.

Elle avait de si jolis cheveux, ils n'avaient pas la texture grenue, crépue, de ceux de sa mère. Elle se tenait à quelque distance de la porte et malgré tout sa chevelure brillait comme les pages de son livre quand il les tenait à la lumière. Sa mère non plus n'aimait pas cette femme, et pourtant la seule chose qu'elle avait faite était d'entrer dans la chambre de Rabbit. Et puis voilà qu'elle lui souriait, les dents serrées, comme si elles protégeaient un véritable gouffre. Il enfonça ses doigts dans le bras du fauteuil, se demanda quelle allure aurait Bearlie, avec ses cheveux. Il aurait bien aimé en prendre juste une mèche pour recouvrir le pelage gris de son ours. Ainsi, la nuit venue, le nouveau manteau rutilant de la peluche illuminerait l'obscurité qui enveloppait son lit. Rabbit sentit l'odeur du cacao, entendit les bulles éclater dans la casserole, comme si le chocolat avait le hoquet. Puis sa mère remplit trois tasses, et lui permit de se servir le premier. Il prit la boisson à deux mains, et sa langue jaillit pour cueillir une précieuse goutte qui avait coulé le long du bord, jusque dans sa paume.

« Merci, madame Mack. Ça sent divinement bon. »

Il y eut un silence. Mrs Mack regarda les doigts pâles attraper la tasse et pria pour qu'elle se brûle la langue. Pourquoi ces gens refusaient-ils de laisser sa famille en paix ? Pourquoi fallait-il toujours qu'ils essaient d'entrer alors qu'ils n'étaient pas les bienvenus, qu'ils fouinent partout avec leurs yeux de glace qui pétrifiaient tout, qu'ils veuillent que le monde entier soit comme eux ? Ils la rendaient malade, tous autant qu'ils étaient.

« Quel âge a votre fils ?

– Neuf ans, bientôt dix.

– Voyons, Mrs Mack, vous vous rendez compte que les autres enfants de son âge sont déjà en cours moyen ?

– Rien de ce que vous pourrez lui apprendre ne pourra le protéger.

– Voyons, Mrs Mack, nous essayons de veiller à ce que nos enfants deviennent des citoyens utiles. Tout de même, il a bien un patrimoine à préserver. »

Rabbit les lorgnait à tour de rôle, paire d'yeux vifs et brillants par-dessus le rebord de la tasse dans laquelle il gardait le nez plongé.

« Nous avons un formidable groupe de parents qui viennent à nos rencontres familiales. Vous et Mr Mack pourriez peut-être y assister. Nous avons un couple indien qui participe très régulièrement. Je suis sûre que votre présence ne dérangerait pas du tout les autres. » Elle adressa un sourire à Rabbit, et la gorgée de chocolat de Mrs Mack refroidit soudain dans sa bouche.

Elle ne dit pas un mot. Elle aurait voulu que cette femme s'en aille. En vérité, elle n'osait le souhaiter franchement. D'abord, l'assistante sociale reviendrait avec d'autres de son acabit, avec toutes sortes de papiers et de questions, pendant qu'une de ses collègues noterait les réponses de Mrs Mack dans des petites cases. Des souvenirs des recensements lui revenaient en tête – ces femmes de la ville qui franchissaient sa porte sans même frapper, qui se pinçaient le nez et époussetaient les fauteuils avant de s'asseoir. Hors de question de revivre cette époque. Hors de question de les laisser forcer Rabbit à employer leurs mots, leur raisonnement. Son fils se portait bien mieux quand il pourchassait les images qui peuplaient son propre esprit. Il n'avait pas besoin de cette femme au visage pâle.

« Vous revoulez du chocolat ?

– Grands dieux, non, cette tasse est encore brûlante, je ne peux même pas la boire. » Elle sourit de nouveau.

Mrs Mack jeta un coup d'œil à Rabbit, tout somnolent sur son siège. Le chocolat l'avait détendu, et ses mains potelées étaient affalées sur les bras du fauteuil, paumes ouvertes.

« L'heure de sa sieste est largement passée, dit-elle en secouant gentiment l'épaule de Rabbit. Allez, viens, c'est l'heure de se mettre au lit.

– Je peux vous aider à le coucher ? » Miss Langley resta plantée là, prête à emboîter le pas au garçon et à sa mère. Elle regarda Mrs Mack tirer le drap et glisser Rabbit entre les couvertures. « Oh là là, cette tête de lit sculptée est ravissante, fit-elle. Ne me dites rien. Encore une création de votre mari. »

Rabbit s'était endormi, et son visage sur l'oreiller était aussi statique que les canards et les écureuils qui ornaient la tête de lit. Mrs Mack quitta la chambre ; l'assistante sociale la suivit sur la pointe des pieds.

« Bien, dit Miss Langley à voix basse, quand elles eurent regagné la cuisine. À présent, nous pouvons discuter. On ne sait jamais ce que les jeunes enfants sont capables de saisir. » Elle sourit, ne dévoilant qu'en partie ses dents. « Je vous suggère d'amener votre enfant au dispensaire du comté dès le début de la semaine prochaine. On pourra faire quelques examens, et si nécessaire, l'inscrire dans une école spécialisée. Parce que si le comté doit envoyer une assistante sociale vous chercher, vous vous exposez à toutes sortes d'ennuis. »

Mrs Mack opina, tout en regardant son mari remonter le chemin, pile dans le dos de Miss Langley. Il marchait d'un pas silencieux, habitué à chasser le petit gibier. Puis elle le vit s'arrêter, humer l'air. Quand il y en avait un qui traînait dans le coin, il le sentait toujours. « Ils ne sont pas comme nous, avait-il coutume de dire, même leur odeur est différente. » Elle le vit se glisser dans l'appentis, sur le flanc de la maison, où il conservait ses outils de sculpture. Rassurée de ne pas avoir besoin de lui expliquer, elle tourna de nouveau les yeux vers Miss Langley.

« Mon mari ne va pas tarder à rentrer, vous devriez peut-être en parler avec lui. »

À cet instant, Mr Mack franchit la porte. Il posa le sac de noisettes par terre. Le maillet en bois qu'il utilisait comme casse-noix était posé dessus.

« Je suis contente de te voir, dit Mrs Mack. Voici Miss Langley. Elle veut emmener Rabbit au dispensaire, et elle veut qu'on assiste à des réunions. »

Miss Langley fit pivoter son sourire face à lui. Elle vit bien le lourd maillet s'abattre, mais même à cet instant, ses yeux ne purent se résoudre à y croire. Il la frappa à quatre reprises, parce qu'en fin de compte, c'était la quatrième à leur rendre visite.

« J'ai cru que tu ne rentrerais jamais », dit son épouse en glissant des sacs en papier sous la tête du cadavre, pour recueillir le sang. Elle entreprit de récurer le plancher au bicarbonate, sans laisser le temps à la tache de s'incruster dans le bois.

« C'est vraiment dommage que Robert ait dû la voir, répondit-il en ramassant Miss Langley. Je suis vraiment navré. Si j'avais su qu'elle était venue ici vous importuner, je serais rentré directement. » Il ouvrit la moustiquaire. « Tu veux bien apporter la pelle ? Elle est dehors, sur le côté. »

Elle termina de nettoyer et porta le seau sur la véranda, jeta l'eau rose et mousseuse pour qu'elle aille se fondre dans la terre. Ils se mirent en route et dépassèrent les sapins, s'enfoncèrent plus avant dans la réserve forestière.

« Ici ? » demanda-t-il, en déposant le cadavre par terre.

Elle acquiesça et lui tendit la pelle. « Au moins, c'est une adulte, cette fois », fit-elle, se remémorant l'hiver précédent, quand ce garçon avec ses lunettes mouchetées avait perdu son groupe de randonnée. Il s'était présenté à leur porte en quête d'une boisson chaude, si gelé qu'il ne sentait plus ses orteils, avait-il expliqué. Il s'était étonné de voir des gens vivre au milieu des bois, et puis Mr Mack l'avait assommé, avait traîné son corps dans la courette. La réserve forestière était si vaste qu'il savait que les équipes de recherche n'arriveraient pas de ce côté avant le matin. Ce qui lui avait laissé le temps de transporter le cadavre raidi dans une zone proche de la ville. L'article de presse qu'avait lu Mr Mack affirmait que le garçon serait tombé et se serait cogné la tête sur un rocher, avant d'errer dans un état second puis de s'effondrer. Il était mort de froid durant la nuit. Les deux autres ne comptaient pas, des vieilles dames parties cueillir des herbes et des champignons, en tout cas c'est ce qu'elles prétendaient.

Mrs Mack regarda son mari ouvrir le trou, puis déposer des pelletées de terre sur le corps menu, recouvrant totalement la chevelure dorée. Elle aurait aimé qu'il se presse – la nuit n'allait pas tarder à les rattraper. Il fallait qu'elle rentre pour aérer la maison. N'importe quoi, songea-t-elle, pour se débarrasser de cette affreuse odeur avant d'aller se coucher.

Les Clés de la ville

« Nora, ça te dit de prendre le petit déjeuner avec moi ? » Sa mère vint à la porte dans un bruissement d'uniforme amidonné.

« D'accord Maman, je me lève tout de suite. » Elle regarda sa mère écarter le rideau qui séparait sa chambre du couloir. Puis elle lança ses pieds au bord du lit, et se leva. La fillette qui dormait à ses côtés ne bougea pas quand Nora enfila son jean et sortit sur la pointe des pieds.

Dans la cuisine, sa mère était déjà à table. « Babycake dort toujours ? demanda-t-elle. Dis donc, les préparatifs du voyage l'ont complètement lessivée, cette petite. On croirait presque qu'on a déjà fait l'aller-retour à Chicago. »

Nora saisit la poêle et fit glisser son œuf dans son assiette. « Au moins, Mattie ne fait pas autant d'histoires, fit-elle, mais c'est sûr que ces deux-là ne m'aident pas à faire les bagages.

– Je voudrais bien m'y mettre aussi, mais Mrs Anderson ne veut pas me laisser finir plus tôt.

– Elle t'en veut toujours de partir ? »

Sa mère acquiesça, et Nora regarda les rides autour de sa bouche se creuser, formant de tendres sillons bruns. « Il faut que j'y aille. » Elle jeta un coup d'œil au vieux réveil posé au centre de la table. « Écoute, ma chérie, veille à ramasser les œufs avant le réveil des filles. Les poules méritent un peu de tranquillité. » Elle ramassa son sac à main sur la chaise de la cuisine, et s'en fut.

Nora rinça son assiette dans l'évier, prit le panier en osier en haut de la glacière, et ouvrit la porte-moustiquaire. Immédiatement, les poules se pressèrent autour d'elle en gloussant et en caquetant, battant des ailes dans le jardinet. Elle baissa les yeux sur le panier. Elle était là, à ramasser les œufs comme tous les jours de sa vie, et demain la famille partait pour Chicago.

Son père avait un bon boulot à temps partiel, leur avait-il expliqué, mais il était tellement occupé qu'il n'avait plus le temps d'écrire, même pas une carte de félicitations quand elle avait fini le lycée. Ça lui faisait drôle de savoir qu'elle le verrait quelques heures plus tard. Le lendemain matin, avec Mattie, Maman, et Babycake, elles avaient prévu de faire le trajet de Still Creek à Chicago d'une seule traite, sans quitter le bus à part quand elles auraient besoin d'aller aux toilettes.

Maman risquait d'en baver avec Babycake. Sa petite sœur vomissait toujours sur les longs trajets, et c'était compliqué de la débarbouiller dans les toilettes des gares routières. Elle savait que son père viendrait les retrouver à l'arrêt central de Chicago ; il allait être tellement content de les voir. À Still Creek, beaucoup affirmaient qu'il les avait abandonnées, qu'il n'avait pas l'intention de les faire venir, ni même de les revoir un jour. Mais Nora, elle, savait à quoi s'en tenir. Puisqu'il avait promis de faire venir sa famille, il tiendrait parole. D'ailleurs, dès le jour où il avait épousé sa mère, il lui avait juré qu'ils partiraient à Chicago un jour. C'était d'ailleurs la raison qui avait poussé Maman à prendre un autre emploi, plutôt que de rester à la maison auprès de ses enfants. Elle se disait qu'en travaillant tous les deux à plein temps, elle pourrait mettre un peu d'argent de côté.

Lors de la cérémonie de diplôme, le principal avait proclamé les noms des deux élèves de sa promotion qui pourraient poursuivre à l'université. C'est pour que Nora y aille qu'ils déménageaient. Ses parents lui avaient dit qu'elle aurait la possibilité de s'inscrire à la fac de la ville pour presque rien, et compléter ainsi son éducation. Aussi loin que remontaient ses souvenirs, ils avaient toujours prévu de partir « un de ces jours ».

Nora était capable de réciter le mantra familial à l'endroit, à l'envers, et même en diagonale. Ils en parlaient depuis qu'elle était toute petite. Maman et Papa trouveraient du travail dans le Nord et, avec l'argent qu'elle-même parviendrait à gagner, elle irait au bout de ses études. Ensuite, elle financerait celles de Mattie, et enfin Mattie se chargerait des frais de scolarité de Babycake. Et bien sûr, si d'autres frères ou sœurs devaient arriver, on ferait la même chose pour eux.

Elle adressa un signe de la main à Mrs McAuley, la voisine, qui étendait son linge. Sa lessive, comme celle de leur famille, se démarquait par l'absence flagrante de chemises de travail masculines. Nora se demanda si Mr McAuley rentrerait un jour, mais les bruits matinaux du quartier chassèrent le souvenir de son voisin. Derrière le poulailler lui parvenait le ronronnement lancinant du tracteur de Mr Johnson. C'était si étrange de penser que, quelques heures plus tard, elle allait dire adieu à ce bruit familier. Plus qu'un jour avant le départ et, rien que d'y penser, elle avait une drôle de sensation dans la gorge.

Le temps de ramasser les œufs et de les remiser tout en haut de la glacière, Maman était partie au travail depuis un moment déjà. Nora prépara des sandwichs œuf mayonnaise pour le petit déjeuner de Mattie et de Babycake. Une fois le repas terminé, elle tenta de persuader les petites d'aller jouer à la dînette dehors. Mais en moins d'une heure, elles s'étaient lassées, et réclamaient de pouvoir l'aider.

« Allez, Mattie, va jouer dehors. » Nora s'efforçait de ne pas montrer son impatience.

« Mais on a rien pour jouer, rétorqua Mattie, bien décidée à rester. Margie et Tanker-Belle sont déjà dans les valises et t'as dit qu'on les reverrait pas avant d'arriver là-bas. »

Les yeux bruns de Mattie commençaient à se mouiller, comme si elle allait se mettre à pleurer. Margie et Tanker-Belle étaient les deux poupées de la famille. Au départ, Tanker-Belle était une de ces housses pour grille-pain à la mode, un cadeau de Noël envoyé par une tante charitable du côté maternel. C'était gentil, sauf qu'ils n'avaient pas de grille-pain.

Mattie avait littéralement confisqué la poupée et, pour des raisons connues d'elle seule, l'avait rebaptisée Tanker-Belle. Depuis Noël, celle-ci avait passé le plus clair de son temps dans la cabane de jeu derrière le pacanier, et elle était bien abîmée maintenant, après toutes ces nuits à prendre la pluie.

Nora expliquait maintenant aux deux fillettes qu'au moins, la poupée allait pouvoir faire une longue et bonne sieste. Elle avait empaqueté Tanker-Belle tout de suite après le petit déjeuner, pendant que Mattie était occupée ailleurs. Elle était maintenant rangée dans la grande rôtissoire, avec le dictionnaire et les fourchettes de cuisine. Mais Mattie insistait, convaincue que Tanker-Belle se sentait seule dans le plat à dinde.

« Tu sais quoi, Mattie, dit Nora, voulant réconforter l'enfant en larmes, va voir sur ma commode et prends un nickel dans le sac bleu. Va chercher Babycake et allez toutes les deux au magasin de Mr James, prendre un double esquimau à l'orange. Ensuite, vous irez jouer dans la cabane jusqu'au déjeuner.

– Je peux, Nora ?! Je peux ? » Le sourire de Mattie figea les larmes qui roulaient sur ses joues. Elle se précipita dans la chambre en sautant par-dessus les cartons qui encombraient l'étroit couloir, en quête d'un nickel. Une seconde plus tard, elle appelait Babycake et les deux fillettes filaient dans la rue.

Cinq dollars et quatre-vingt-quinze cents, voilà ce qu'il restait de l'argent de son diplôme. Nora tenait mentalement les comptes de ses économies depuis le mois de juin. Cette habitude d'épargner était sa façon de réagir, se disait-elle. Son père avait les meilleures intentions du monde, mais quand elles avaient besoin d'argent, il n'avait jamais ce qu'il fallait. C'était l'une des raisons qui avaient poussé sa mère à se charger elle-même de déménager la famille.

Nora s'accroupit et commença à entasser des livres dans un nouveau carton, pressée de passer à autre chose.

Le temps que les petites finissent leur esquimau, ce serait l'heure de leur sieste. Elle noua une ficelle autour du carton, fit un double nœud. Si seulement elle disposait d'une heure de tranquillité, elle pourrait terminer les bagages.

Elle avait commencé à laver le sol de la cuisine quand, soudain, un bruit qui ressemblait à un caillou heurtant le grillage du poulailler lui fit lâcher sa serpillière pour courir à la porte de derrière.

« Babycake, arrêtez d'embêter les poules, toi et Mattie. On aura plus d'œufs si vous continuez comme ça. Et qu'est-ce qui ne va pas encore, d'abord ?

– Babycake veut manger tout l'esquimau, Nora. Et c'est pour moi que tu l'as acheté, hein, Nora ? »

Le temps que Mattie explique l'histoire de l'esquimau, et comment Babycake s'était fâchée et avait balancé un caillou aux poulets, la benjamine était en pleurs. Mattie, voyant les larmes de sa sœur, se mit à sangloter à son tour, et Nora resta plantée là, dépassée. Voilà qu'elle se retrouvait avec deux gamines en train de brailler sur les bras, en plus de tout le travail qui l'attendait.

« Ce que je vois, déclara-t-elle d'un ton ferme, c'est que c'est l'heure d'aller à la sieste, vous deux. Donnez-moi l'esquimau, vous n'aurez qu'à le finir après dormir. » Elle fit rentrer ses sœurs, s'arrêta pour poser la glace sur la table de la cuisine et fila dans la chambre. Le temps de déshabiller ses sœurs, elle avait oublié l'esquimau.

Au bout d'un quart d'heure, Babycake dormait. Mattie, qui était à deux doigts de se relever, décida qu'elle n'avait pas sommeil et se mit à chantonner toute seule. Nora dut à nouveau interrompre ses cartons pour la faire taire. Elle ne pensait plus à la glace, jusqu'au moment où elle découvrit les gouttes orange et collantes sur son carrelage tout propre. Elle essuya la table, puis le sol, et avala ce qui restait de l'esquimau dégoulinant. Pas moyen d'y échapper, elle allait devoir dépenser un autre nickel pour leur en racheter un.

Nora s'activa toute la soirée, triant les vêtements, pliant les draps, empaquetant les ustensiles de cuisine. Enfin, les cartons furent prêts pour le départ.

Au matin, une odeur de poulet frit flottait dans la maison. Les deux volailles que Maman avait tuées la veille au soir, plus celle apportée par Mrs McAuley, leur feraient le temps du voyage. Au fond du panier de pique-nique se trouvaient trois tourtes à la patate douce et un sac en papier kraft rempli de pêches de Géorgie, qui poussaient à l'état sauvage dans leur jardin.

D'après le planning posé contre une bouteille de lait vide sur la table de la cuisine, une demi-heure plus tard, tout le monde devrait être prêt à s'entasser dans la voiture des Edwards pour se rendre à la gare routière. La même famille Edwards entreposerait leur mobilier dans leur grange, le temps que Maman organise son transport.

Les deux grands lits avaient déjà été démontés, et la couchette pliante de Mattie était rangée près de la porte d'entrée. Nora passa du couloir au salon. Toute la maison paraissait tellement vide, même les cartes postales de son père n'étaient plus sur le manteau de la cheminée. Brusquement, elle sourit. Tous leurs meubles étaient recouverts de vieux journaux mis de côté par leurs voisins, mais même quatre épaisseurs du *Clairon de Still Creek* ne suffisaient pas à redonner forme aux coussins affaissés du canapé.

À sept heures trente, Babycake était débarbouillée et vêtue de frais pour le voyage. Elle avait ordre de ne pas bouger du perron et de les prévenir quand les Edwards arriveraient. Mattie, à qui on avait interdit de se salir, lui tenait compagnie. Les deux fillettes étaient assises sur la première marche, face à la balançoire suspendue au pin. Leurs petites jambes avaient piétiné l'herbe qui poussait dessous, et ici et là restaient quelques mauvaises herbes que les poules n'avaient pas encore picorées.

Babycake se pencha et donna une petite tape sur le pot de la succulente, en guise d'adieu. Les feuilles étaient toutes luisantes car elle les avait aspergées d'eau ce matin – Maman tenait à ce que la plante soit propre pour que Mrs Edwards l'emporte chez elle.

Soudain un coup de klaxon retentit, et un grand garçon efflanqué, l'aîné des Edwards, grimpa le perron quatre à quatre.

« Papa demande si vous êtes toutes prêtes. » Sans leur laisser le temps de répondre, il commença à entasser des paquets dans le coffre de la voiture. Babycake et Mattie avaient tellement peur de se salir ou qu'on parte sans elles qu'elles obéirent à Nora au doigt et à l'œil.

« Mattie, prends la petite boîte à chaussures… Babycake, vérifie qu'on a bien le pique-nique. Non, je m'en occupe, prends ce carton à chapeaux, là. » Leur petite maison n'avait jamais été si encombrée, puis si vide. À bien y penser, leur quartier avait rarement connu pareille excitation.

Tout Still Creek était rassemblé à la gare routière pour dire adieu à la famille Murray. Inutile de demander aux gens comment ils s'étaient débrouillés pour venir. Les rares propriétaires de voitures avaient embarqué autant de voisins qu'il était possible d'en entasser dans leur véhicule. Oncle Ben, le mari de Tante Mabel, était parmi ceux qui avaient fait le trajet à pied, plus d'un kilomètre. Sa femme, elle, avait pu se faire déposer. Enfin bref, ils étaient tous là, masse d'humanité noire tassée dans la petite salle d'attente réservée aux « personnes de couleur », qui était pleine à craquer.

Dans un coin sur le côté du terminal de bus de Still Creek, Mattie était assise sur un carton posé à la verticale, tandis que Tante Mabel donnait un petit coup de brosse à ses couettes. Quand elle eut fini d'attacher chacune avec un ruban jaune vif, Mabel tapota la nuque de la fillette et la fit descendre pour suivre la voix de Maman, qui s'efforçait de rassembler la famille.

Nora vit Tante Mabel chercher le regard d'Oncle Ben. Puis elle prit la parole, élevant la voix pour se faire entendre dans le vacarme ambiant.

« Y avait pas eu autant de monde ici depuis qu'ils ont ramené le corps du petit Jackson, lança-t-elle, celui qui a été tué à l'étranger il y a trois ans de ça. »

Tandis qu'Oncle Ben et Tante Mabel passaient en revue les occasions qui avaient rassemblé la communauté à la gare routière au cours des cinq dernières années, Maman se préparait à acheter leurs billets. Quelqu'un se leva pour qu'elle puisse prendre un siège et sortir l'argent des quatre allers simples pour Chicago.

Mattie se penchait par-dessus son épaule, les yeux écarquillés.

« Maman, souffla-t-elle, est-ce qu'on est riches ?

– Tais-toi ma petite, j'essaie de compter. » Après avoir recompté quatre fois la somme nécessaire, elle noua ce qui restait dans un mouchoir qu'elle rangea dans son porte-monnaie en jean, lequel fut rangé à son tour dans son sac en authentique simili cuir de vache. L'esprit toujours à ses calculs, elle se dirigea vers le guichet. Quand l'homme eut délivré les billets et compté la monnaie, Nora eut envie de pousser un alléluia triomphal et soulagé. Dans les moments de ce genre, elle était toujours convaincue que quelque chose se passerait de travers. Elle voyait très bien le tableau : le tarif aurait augmenté, elles n'auraient pas assez d'argent et seraient obligées de rentrer.

Tandis que Maman discutait avec Tante Mabel, Nora se faufila par la porte latérale pour jeter un dernier regard à sa ville natale. Le paysage de la Géorgie était sans relief, monotone et, pour elle qui n'avait jamais connu d'autre région, d'une infinie beauté. Même à cette heure matinale, l'atmosphère était déjà épaisse, enveloppant la campagne d'un voile de fine poussière rouge. Elle tâta son porte-monnaie dans sa poche. Six dollars, voilà ce qu'elle possédait désormais – Mrs Edwards lui avait donné dix cents pour s'acheter des friandises, si jamais elle avait faim pendant le trajet.

Le brouhaha des voix dans la salle d'attente parvint à ses oreilles. Elle entendit les sanglots de Tante Mabel, de plus en plus sonores. C'était comme si les voix lui tendaient les bras pour l'entraîner avec elles. Le bus… le bus était sûrement arrivé. Vite, elle referma son porte-monnaie et rentra en courant.

Et effectivement, voilà que sa mère, éperdue, embrassait et étreignait tout le monde, remerciant chacun pour tout ce qu'ils avaient fait pour les Murray. Mattie la tira par la main et la supplia de se dépêcher, de peur qu'on les abandonne à quai. Apercevant Nora, Maman lui fit signe de venir et lui demanda d'emmener Mattie et Babycake une dernière fois aux toilettes.

Le temps de faire sortir tout le monde de la salle d'attente, les hommes avaient chargé l'essentiel des bagages dans les soutes. Puis, ce fut l'heure des ultimes embrassades, et d'une énième série d'étreintes et d'échanges de cadeaux. Nora sentit qu'on lui glissait un billet d'un dollar dans la main. Elle ne put retenir ses larmes : Oncle Ben n'avait vraiment pas de quoi se permettre une telle largesse. Elle se pencha pour embrasser le vieil homme sur la joue.

Le chauffeur de bus regarda sa montre et annonça d'un ton sec et indifférent que tous ceux qui partaient feraient bien de se presser de monter à bord, car il démarrait deux secondes après, pas une de plus. Enfin, la porte en acier se referma. Au fond du bus, le nez collé à la vitre, les quatre membres de la famille Murray agitèrent la main pour dire adieu à leurs amis, à leurs voisins, et à Still Creek, « berceau des fameuses pêches de Géorgie ».

Au fil des heures, Nora perdit le fil des villes qu'ils traversaient. Still Creek paraissait si loin, et les cahots réguliers du bus avaient cessé de lui donner la migraine. Le voyage tout entier s'était mué en kaléidoscope de bruits et de couleurs. Les villages environnés de maisons de style ranch et de pelouses verdoyantes étaient des fragments épars qu'elle enregistrait comme si elle tournait mentalement les pages d'un livre.

À la pause suivante, Nora décida de s'étirer les jambes dans l'allée centrale. Maman emmena les petites dans la gare routière pour prendre un verre de lait et se rendre aux toilettes. Quand le bus repartit, elle venait de commencer à raconter un conte de fées à Mattie quand, soudain, ce fut l'accident. La petite Babycake s'était trop empiffrée de flan de patate douce, et rendit tout son dîner sur la banquette du fond. Elles essayèrent bien de nettoyer avec du vieux papier paraffiné, mais c'était compliqué de s'en sortir alors qu'il fallait en même temps s'occuper de Babycake.

La petite se mit à pleurer. Elle avait mal au ventre et voulait rentrer à la maison. Maman essaya de la faire taire, mais plus elle lui tapotait la main, plus Babycake sanglotait. Quand l'odeur aigre se fut répandue dans tout le bus, Maman envoya Nora demander au chauffeur s'il voulait bien s'arrêter, le temps que Babycake se sente mieux.

Nora se leva et s'accrocha aux sièges, remontant l'allée avec précaution en direction du dos du conducteur en costume gris bleu. Malgré les heures de trajet, sa veste restait impeccable, et il ne leva même pas le nez pour la regarder approcher dans son rétroviseur.

« Ma petite sœur est malade, expliqua-t-elle. Si elle pouvait sortir prendre l'air, ma mère dit qu'elle se sentirait mieux. » Elle se cramponnait à la barre près des marches de l'entrée, s'adressant à la nuque grisonnante du conducteur.

Celui-ci marmonna quelque chose d'inintelligible, et refusa. Il avait déjà perdu assez de temps comme ça, et de toute façon on ferait halte bientôt. Elles n'avaient qu'à attendre, comme tout le monde.

Alors que Nora se tenait debout dans l'allée, le bus prit de la vitesse et s'engagea dans un virage serré. La jeune fille se sentit basculer contre deux vieilles dames. Au mépris de l'air conditionné, l'une d'elles était en train de batailler pour relever la vitre.

« Ah, ces nègres », souffla la vieille dame, d'un ton acerbe qui se confondit avec le grondement du moteur.

Nora n'était pas certaine de ce qu'elle avait entendu, mais le seul fait de penser à ce mot lui heurtait les oreilles. Personne ne l'avait encore jamais traitée ouvertement de négresse. En tout cas, pas avec une telle rage. Elle plongea son regard dans celui de la femme, vit l'expression féroce que son père prêtait souvent aux Blancs. Une férocité qui confinait à la haine. Elle sentit le bus avancer, freiner brutalement puis se remettre en branle, mais elle n'entendait rien, seulement ce qu'avait dit cette femme. C'était comme si ses mots l'avaient drapée dans un voile invisible, et que le seul moyen de ne pas se laisser étouffer, c'était de s'arc-bouter mentalement contre lui.

Elle aurait voulu voir son père, là tout de suite – qu'il vienne tirer sa femme et ses filles de cet horrible bus, qu'il les emmène dans un endroit qu'ils n'auraient plus jamais à quitter. Oui, mais si… Non, il ne ferait pas ça, pas après les mots durs qu'il avait eus pour Mr McAuley, qui avait abandonné sa famille, alors qu'ils venaient de le rejoindre à Chicago six mois plus tôt. Les McAuley n'étaient même pas restés un an ; ils étaient rentrés en décembre. Même avec la somme supplémentaire qui leur avait été octroyée à la suite de la disparition de Mr McAuley, ils n'avaient pas de quoi manger. Elle n'osait même pas y songer.

Nora n'aurait pas su dire combien de fois le bus s'était arrêté. À un moment, comme elle se tournait vers la fenêtre, elle se rendit compte que l'obscurité avait chassé le jour. Elle oublia même de guetter le panneau annonçant qu'ils avaient franchi la frontière de l'État d'Illinois. Mattie voulait jouer à « Qui a volé mon biscuit », mais Nora était incapable de se concentrer pour taper dans ses mains en rythme, tant elle s'efforçait d'oublier ces mots. Elle s'était presque endormie quand le bus franchit un portail, se rangea contre un trottoir, et s'immobilisa.

À cause de tous leurs paquets, elles furent les dernières à descendre. Babycake l'aperçut la première. Elle attrapa la main de Maman, cria « On est là ! On est là ! » et s'élança dans la gare en courant, à la rencontre du monsieur en imper noir. Nora dut la retenir. L'homme que Babycake avait repéré n'était pas leur père. Il était un peu trop grand et, en les croisant, il se contenta de leur jeter un drôle de regard.

Elles restèrent devant la grande porte vitrée avec leurs petits paquets, attendirent, scrutèrent chaque petit groupe, mais personne ne vint.

« Vous avez besoin d'aide, peut-être ? » demanda une femme. À sa démarche, on sentait qu'elle connaissait le terminal comme sa poche. « Si vous cherchez un taxi, je peux vous montrer où le prendre. »

Nora secoua la tête. « Non merci, on attend quelqu'un. » Elle baissa le nez, les yeux rivés sur la chaussée, et pendant un temps tout ce qu'elle voyait c'étaient des chaussures, de toutes les couleurs imaginables et qui défilaient sans jamais s'arrêter. Au bout d'un quart d'heure et de deux « Besoin d'aide ? », Maman les poussa vers la porte à tambour et un banc situé au milieu de la gare.

« Comme ça, il nous verra quand il viendra », dit-elle en s'asseyant. Nora refit les nattes de Mattie et de Babycake une fois de plus, puis il n'y eut plus d'autre choix que d'attendre.

Oh, pourquoi n'était-il pas venu ? Il aurait dû être là, elles avaient envoyé la lettre vendredi dernier. Nora lui avait indiqué l'heure exacte à laquelle elles arrivaient. Deux fois, elle l'avait écrit.

Et voilà que Babycake avait de nouveau sommeil. « Où est Papa ? demanda-t-elle. On est arrivées, non ?

– Chut, tais-toi donc. » Sa mère fit signe à Nora de délacer les chaussures de la petite. « Peut-être qu'il a du mal à nous trouver », chuchota-t-elle par-dessus la tête des fillettes.

Une heure s'écoula. Nora se leva. « Où vas-tu ? demanda Mattie. Tu vas pas disparaître à ton tour, hein ?

– Jeter un coup d'œil aux bagages, je ne serai pas longue. » Nora entreprit de longer le terminal, du côté du distributeur de cigarettes rutilant et du stand de magazines. Tout scintillait d'un éclat métallique, mais les néons ne faisaient que souligner le sentiment de vide qui l'étreignait. Elle leva le nez et vit un panneau avec une publicité pour une formation professionnelle – *apprenez la sténo*... Puis elle croisa le regard d'Elizabeth Taylor sous la pancarte qui indiquait la cabine téléphonique.

Immédiatement, elle comprit ce qui s'était passé. Il travaillait tellement, il avait eu une panne de réveil. Elle avait le numéro de téléphone de sa résidence, dans une de ses premières lettres. Elle allait l'appeler, et la personne qui décrocherait lui indiquerait comment le joindre, et alors il viendrait les chercher. Les doigts collants, elle sortit une pièce de dix cents de sa collection de sous, et décrocha le combiné. La sonnerie ne retentit qu'une fois, et une voix répondit :

« Pharmacie McConnell... Allô ? Ici la pharmacie McConnell.

– S'il vous plaît, murmura Nora, pourrais-je parler à Monsieur Joseph Murray.

– Désolé mademoiselle, aucun Joe Murray ne travaille ici.

– Vous êtes sûr, vous ne le connaissez pas ?

– Non ma petite dame, mais si vous voulez attendre, je vais vérifier la liste des gens qui travaillent dans l'immeuble. »

Et puis il revint, trop vite, et il était navré mais aucun Murray ne figurait sur sa liste.

Nora quitta la cabine et resta plantée devant les consignes, à se demander s'il fallait chercher dehors, quand elle sentit quelqu'un lui rentrer dedans. Elle se retourna promptement, découvrit une femme qui traînait un jeune garçon. « Excusez-moi », marmonna la femme, poussant le petit devant elle.

S'écartant abruptement, Nora se rua vers la porte, le trottoir et l'obscurité du dehors. Elle voulut chasser quelques cheveux de son visage, mais les doigts qui effleurèrent ses cils revinrent humides. Elle resta plantée là, les paupières hermétiquement closes, luttant pour ne pas les voir, ces trois silhouettes pelotonnées sur le banc. Et puis ses joues séchèrent.

Nora retourna au banc et s'adressa à voix basse à sa mère, qui restait silencieuse, la tête de Babycake posée sur ses genoux.

« Maman ? Oh, Maman, tu savais depuis le début ? »

Sa mère secoua la tête et attrapa la main de sa fille.

« Je n'étais pas sûre, répondit-elle. Il fallait bien qu'on aille vers quelque chose. Tu ne comprends pas ? Jamais on n'aurait réussi à partir, si on n'allait pas vers quelque chose. » Sa voix était triste et basse, comme si elle était sur le point de fredonner doucement une berceuse pour endormir Babycake.

« Qu'est-ce qu'on va faire, Maman ? Ils vont finir par nous demander de partir d'ici.

– On va rester exactement là où on est, répondit-elle en couvrant Babycake avec un manteau, juste au cas où. » Elle détourna le visage en direction des valises, et Nora, voyant que sa mère était au bord des larmes, regretta sa question.

« Demain, on pourra appeler les gens de l'aide sociale. Quelqu'un de là-bas pourra nous aider à trouver un endroit où aller. » Sa mère ne quittait pas des yeux les publicités de voyage, à l'autre bout de la salle.

Le fait qu'elle n'ait encore jamais eu besoin de demander de l'aide ne faisait aucune différence pour Nora. C'était comme si elles étaient les pièces d'un gigantesque puzzle, des formes biscornues qui ne trouveraient plus jamais à s'assembler. Et sa mère qui restait là, parfaitement tranquille, refusant de se laisser atteindre. Mais en même temps ce n'était pas si sorcier. Nora elle-même n'avait pas l'impression de ressentir grand-chose. Il les aimait, forcément. Après tout, elles étaient siennes, mais parfois l'amour pouvait devenir un fardeau. Et s'il était venu les chercher à la gare routière, elles auraient peut-être fini par être un poids pour lui. Mais tout de même, ils étaient censés former une famille, non ? Elle n'était plus sûre de rien.

Enjambant les valises empilées près du banc où dormait Babycake, Nora se mit à trier les affaires. Elle regarda l'horloge au mur du terminal, avec ses aiguilles argentées qui paraissaient figées. Bizarre que ce soit déjà le matin, car dehors le ciel était encore sombre.

Elle devrait sûrement garder les petites un moment, le temps que Maman trouve un travail et un endroit où les laisser pendant la journée. Elle se mit à triturer les ficelles des cartons. On était samedi, et les robes du dimanche de Mattie et de Babycake allaient avoir besoin d'un coup de fer, mais elle s'en soucierait plus tard. Les rubans pour leurs cheveux, ça pourrait aller, si elle parvenait à se rappeler où ils étaient.

Lentement, Nora reposa le carton. Ses épaules s'affaissèrent contre le dossier. Elle ne pouvait rien repasser, elle ne se souvenait même pas de l'endroit où était rangé le fer.

La Visiteuse

Le prochain horaire qu'Alice avait inscrit sur son tableau serait celui du train de départ. Elle ne comprenait vraiment pas pourquoi Katie avait choisi ce mode de transport, mais elle n'allait pas s'en plaindre. Jack n'avait pas eu besoin de payer un billet d'avion à sa fille. À présent, plus rien n'empêcherait Alice de l'accompagner au Congrès national des médecins.

Ils avaient pris sa voiture à elle pour se rendre à la gare. Dans la décapotable, le vent l'aurait toute décoiffée, et elle se refusait à rencontrer l'enfant de Jack avec une tête de phénomène de foire. Son propre bébé, Jack Junior, était encore à l'école. Son père aurait préféré qu'il ne s'y rende pas, mais Alice ne voyait pas de raison de chambouler ses habitudes. Cette fille n'était jamais que sa demi-sœur. Jack était déjà au volant quand elle était sortie, le soleil du soir faisant briller ses bas à travers ses escarpins ajourés. Il l'attendait, tripotant avec impatience le bouton de la radio.

« Eh ben, t'en as mis du temps. »

Hors de question d'entamer cette épreuve sur une dispute. Elle se pencha pour l'embrasser dans le cou et, d'un geste machinal, il y porta la main pour chasser son baiser.

« Désolée mon chéri, c'est si long de s'habiller quand on est une fille.

– Vraiment, Alice ? » Ses yeux étaient pareils à ceux de Little Jack, à la photo de Katie, aussi, du même brun intense. « Il te faut vraiment une journée entière pour t'habiller, alors que tu n'as rien fichu de tes dix doigts ? »

Il allait encore être désagréable. C'était pourtant lui qui avait insisté pour qu'elle ne reprenne pas le travail tant que Jackie ne serait pas assez grand pour se gérer tout seul. Et ils n'avaient pas besoin d'argent. Il était le seul généraliste noir admis dans l'équipe de médecins blancs de l'hôpital, alors forcément, il gagnait beaucoup. Mais il voulait savoir : comment Alice pouvait-elle rester cloîtrée à ne rien faire, à part grignoter toute la journée et grossir à vue d'œil ? Même avec une gaine, son tailleur le plus confortable était une taille L.

Elle avait bien essayé de s'investir dans la communauté, mais les réunions de quartier avaient le chic pour tomber pendant ses parties de belote. Jackie était trop petit pour lui apporter une aide quelconque à la maison. Bien sûr, elle avait eu une ribambelle de bonnes, mais ces filles n'étaient vraiment pas fiables. Madge avait démissionné deux mois plus tôt, pour aller donner naissance à son troisième enfant illégitime. Quand Alice avait voulu lui faire cadeau de quelques vieilles taies d'oreiller, elle avait ouvert l'armoire à linge et découvert que Madge s'était déjà servie, emportant presque tous les nouveaux draps de couleur pastel. Tous ces mois durant, elle avait pillé peu à peu leur domicile, pour regarnir le sien avec les biens d'Alice. Depuis ce jour-là, celle-ci avait décidé de s'occuper de la maison sans l'aide d'une bonne.

La gare n'était qu'à vingt minutes de route, et ce ne serait pas difficile de trouver une place de parking. Si besoin, Jack n'avait qu'à faire comme elle, depuis qu'elle avait collé un de ses macarons « Urgence médecin » derrière son pare-brise. Seigneur Dieu, cela faisait si longtemps qu'elle n'avait pas pris le train qu'elle avait oublié à quel point la gare était sale. Elle attrapa le bras de son mari et, tandis qu'ils cheminaient, se rendit compte qu'il avait cessé de le lui offrir en public. On aurait plutôt dit qu'il la traînait, la tirant par le coude. Cette fois c'était décidé, il était temps de faire un régime, mais elle avait beau se le répéter plusieurs fois par jour, l'image d'une Alice svelte n'était guère plausible, même à ses propres yeux.

Le train de Katie avait du retard. Le groupe d'Alice devait être en plein déjeuner belote chez Linda Knight, mais ce n'était pas plus mal qu'elle n'y assiste pas. Tout le monde savait que Linda servait des collations insipides. Jack proposa d'aller s'asseoir à l'intérieur, mais les sièges avaient l'air dégoûtants, et elle ne voulait surtout pas salir son nouvel ensemble. Alice s'apprêtait à lui demander d'aller lui acheter un Coca-Cola au distributeur, quand un chariot à bagages s'arrêta brutalement à sa hauteur.

« Ça va, madame Wilson ? Z'êtes venue chercher la petite du docteur ? »

Elle était convaincue que ce garçon avait quitté Columbia depuis belle lurette, et pourtant voilà qu'elle avait devant elle la face transpirante de Monroe Jefferson Turner.

« Ça alors, Monroe, je pensais justement à toi, tout à l'heure. Ça fait longtemps que tu travailles ici ?

– Oui m'dame, depuis le mois de septembre. »

S'il savait, pour Katie, alors la nouvelle de son arrivée devait s'être répandue dans toute la ville. Les vieilles rumeurs allaient ressurgir. Elle observa la chevelure noire et hirsute de Monroe : il n'avait pas tellement changé depuis le cours élémentaire. Elle avait entendu ce qui se disait au moment où elle s'était installée à Columbia pour enseigner à l'école primaire, tout près de l'hôpital des Noirs. D'après les gens, Jack avait épousé Sondra sans être sûr que le bébé était de lui, parce qu'il se refusait à le laisser commencer sa vie sans père. À l'époque, tout cela ne concernait guère Alice, qui consacrait l'essentiel de son temps à sa classe de CE1, dont les fenêtres donnaient sur des taudis répugnants. Cette année-là, les enfants avaient tous la peau très foncée et de grands yeux qui lui paraissaient sans expression, jusqu'à ce qu'elle connaisse leurs prénoms et soit contrainte de lire leur dossier pour remplir ses bulletins.

Et puis, un beau jour de printemps, Monroe Jefferson Turner avait reçu un coup de batte de base-ball en plein sur la bouche. Sans réfléchir, elle l'avait attrapé et s'était précipitée aux urgences, le gamin à sa traîne, avec une seule idée en tête : ce gamin n'avait déjà rien pour lui, pitié, qu'il garde au moins ses dents. Mais les incisives de Monroe Jefferson étaient bel et bien cassées, et il était resté édenté jusqu'au lycée, quand il avait enfin réussi à se payer un bridge. C'est aux urgences qu'elle avait rencontré Jack pour la première fois. Elle ne connaissait pas son nom, à l'époque, mais elle s'était employée à le découvrir.

Demander à ses collègues plus âgées de faire les présentations à l'occasion d'un gala de fin d'année n'avait posé aucun problème. À l'époque, n'importe quel homme aurait été fier d'être vu en sa compagnie. D'ailleurs, après toutes ces années, elle avait gardé son teint de jeune fille – pas assez clair pour passer pour une Blanche, mais d'un agréable marron clair. Elle était mince, à l'époque. Ah ! Quelle plaisanterie, si quelqu'un avait cru pouvoir prédire alors qu'elle devrait un jour se contorsionner pour rentrer dans une taille L, et avec sa meilleure gaine, encore ! Mais Jackie allait sur ses dix ans, et ils avaient attendu trois ans avant d'avoir un enfant.

Alice avait insisté. C'était trop dommage de devoir supporter une telle prise de poids alors que pour la première fois de sa vie elle avait de quoi se payer de vrais beaux vêtements. Elle prenait encore du plaisir à se rendre dans les boutiques, rien que pour entendre les jeunes vendeuses insolentes la désigner comme la femme du docteur Wilson.

Elle n'avait porté que des vêtements de grossesse de luxe, Jack y avait veillé. D'un coup, elle se rendit compte qu'elle dévisageait fixement Monroe. Seigneur, tout cela était si loin.

« Oui, répondit-elle, nous venons chercher la fille du docteur Wilson. »

Alice sourit, espérant qu'il irait raconter à tous ses copains qu'il avait revu son institutrice de CE1 et qu'elle était toujours aussi jolie. Taille L ou pas. Tout en renvoyant d'un geste le jeune Monroe à sa bagagerie, elle tendit la main pour prendre le bras de Jack, et éprouva d'un coup sa solitude en ne rencontrant que du vide. Quelle sottise de s'obstiner ainsi à vouloir lui coller aux basques. D'autant qu'elle l'apercevait, maintenant, penché sur l'étal de magazines, avec son manteau tout froissé. Il discutait à voix basse avec le vendeur.

Alice avait eu une bonne vie, jusqu'alors, par rapport aux attentes qu'on lui avait inculquées enfant. Elle avait consacré les premières années de leur union à se couler dans le moule de la femme de docteur, tel que l'avait façonné la première épouse de Jack. Au fil du temps, elle s'était installée dans son rôle – intégrant le corps auxiliaire des épouses, et même les organisations paroissiales. Ce printemps, enfin, elle avait cru être parvenue à effacer pour de bon le souvenir de Sondra. Elle venait d'être élue présidente de sa sororité, et la nouvelle avait fait l'objet d'un article dans l'édition nationale d'*Afro*. Et puis la lettre était arrivée. Dieu merci, Katie ne devait rester que pour les vacances de printemps. Alice se savait incapable de supporter plus longtemps la visite d'une étrangère.

« Si elle est comme sa mère, avait-elle dit au téléphone à Trude Williams, elle a l'étoffe d'une véritable garce. J'imagine qu'elle pense comme Sondra, et tu sais ce qu'on dit, dans les petits sacs, les pires poisons. »

Et puis Jack était apparu à la porte, le visage grave, comme s'il avait entendu. Il avait fallu qu'elle s'esclaffe bruyamment – en passant dans sa gorge, l'air avait rendu un son creux – pour lui montrer qu'elle plaisantait, bien sûr. Mais c'était la vérité – Sondra était une garce, même Joan, la sœur de Jack, ne l'aimait pas. Et il y avait toutes les raisons de croire que cette fille, cette Katie qui avait grandi auprès d'elle, serait pareille que Sondra, non ?

Oh, elles ne se ressemblaient pas tellement, par ailleurs, mais les photos ne disaient pas tout. Des portraits à la pose soigneusement étudiée leur parvenaient chaque année. Toujours ces yeux bruns si sérieux, à moitié dissimulés sous une tignasse de cheveux noirs… cette gamine n'avait absolument aucun style. Mais en uniforme d'écolière, avec le tampon de la date en bas de la photo, comment s'attendre à mieux ? Ces photos que Jack conservait dans son portefeuille, superposées les unes sur les autres, rappelaient à Alice les avis de recherche placardés au bureau de poste.

Cette année-ci, quand l'heure était venue de voir si l'enfant avait bien grandi, il n'y avait pas eu de photo. Des passages de la lettre de Sondra étaient restés gravés dans sa tête, des bribes de phrases qui surgissaient toujours au moment où elle avait besoin de mobiliser toutes ses méninges pour jouer à la belote. « Cinq ans, c'est long, il faudrait qu'elle connaisse la ville où elle est née. » Comment concluait-elle, déjà ? (Comme si Alice pouvait l'oublier). « J'aimerais qu'elle ait de bonnes relations avec son frère. » Jamais cette fille ne deviendrait proche de Little Jack, et l'effet que sa visite risquait de produire sur le garçon inquiétait sa mère. Il connaissait l'existence de Katie mais, pour lui, elle faisait simplement partie des babioles que son père gardait dans son portefeuille, nettement moins intéressantes que les cartes de base-ball que contenait sa propre poche.

Pour elle, Alice avait fait le ménage dans la chambre d'amis, placé des housses de protection sur les fauteuils en velours, et puis n'avait rien préparé d'autre de spécial. Rares étaient ceux qui avaient déjà séjourné dans cette chambre. Les amis de Jack qui venaient en visite à Columbia étaient généralement accompagnés de leurs enfants et, connaissant l'aversion d'Alice pour le bruit et les animaux domestiques, ils dormaient à l'hôtel du coin. Malheureusement, la fille de Jack allait fêter son anniversaire au cours de son séjour, il serait donc impossible de rester discrets sur sa présence.

Alice avait déjà engagé l'orchestre Larson pour une soirée d'anniversaire, qui aurait lieu à l'Adelphi. Ses nièces Carol et Cicely avaient promis d'inviter quelques amies, parmi ces jolis enfants qui traînaient toujours dans la maison de sa belle-sœur. Elle n'était pas du genre à s'arrêter à la couleur de peau, bien sûr, mais les enfants au teint clair faisaient toujours meilleur effet lors d'une fête de printemps. Et celle-ci devait être absolument parfaite.

La gare était vraiment crasseuse, et la suie grisâtre semblait coller aux vitres et ternir les rails, dans le soleil de l'après-midi. Peut-être que Katie ne viendrait pas. Sondra était tout à fait le genre de vipère capable de les obliger à tout remuer pour l'accueillir et lui faire une place, avant de décider que la jeune fille était trop jeune pour voyager toute seule. Elle devait être à peu près présentable pour voyager, cette petite ; Dieu sait que Jack avait envoyé quantité d'argent pour la vêtir et la nourrir.

Elle se tourna et vit son mari quitter le stand de magazines, puis s'arrêter au guichet. Il remercia d'un signe de main, et revint dans sa direction.

« Le train de Memphis sera là d'une minute à l'autre. Ne prends pas cette mine chagrine, Katie est une grande fille à présent. Elle ne nous gênera pas. »

C'était précisément le problème – elle était assez grande pour tout observer et faire un rapport complet à Sondra dès son retour. Elle pourrait parler à sa mère de la grosse femme de Jack, qui ne ressemblait pas du tout aux photos de leurs cartes de Noël. Elle pourrait lui décrire dans ses lettres le fond de teint confectionné sur mesure dont l'épouse du docteur aimait plâtrer ses rides. Et elle pourrait lui raconter que Mrs Wilson était obligée de rester dans des endroits climatisés, parce que parfois elle avait l'impression d'être en feu, même dans sa tête.

« Bien sûr qu'elle ne nous gênera pas. J'espère juste qu'elle va bien s'entendre avec Jackie. Il est trop sensible pour se faire taquiner par les autres enfants.

– Si tu le laissais jouer avec les gamins du quartier, il ne serait pas aussi sensible à propos de ce que tu persistes à appeler ses rondeurs de bébé. »

Non, ils avaient tenu jusque-là. Pas question de se disputer maintenant. Elle n'allait pas le laisser se fâcher contre elle, pas tant que cette petite ne serait pas repartie d'où elle venait. Alice n'eut pas le temps de répondre, car le train entrait en gare.

Le cliquetis de ses talons aiguilles accompagnant Jack, ils dépassèrent les chariots à bagages et les rares personnes venues accueillir des passagers, et parvinrent sur le quai. Katie fut bien sûr la dernière à descendre de voiture, avec l'aide du contrôleur. Naturellement, étant donné qu'elle avait grandi à Memphis, Sondra avait dû veiller à ce qu'elle ne prenne jamais la moindre initiative. Elle avait dû rester plantée à la fenêtre, terrorisée à l'idée de descendre, jusqu'à ce que le conducteur vole à son secours.

Katie n'était pas vilaine, un peu trop maigre pour ses presque seize ans, et elle manquait de formes. Mais certains enfants mettaient plus de temps à se développer, et elle avait tout de même un atout, de beaux cheveux – un peu trop longs pour être élégants, même pour une ado, mais la coiffure était une chose facile à arranger. Aussitôt, Jack lui agrippa le bras et l'entraîna à la rencontre de sa fille.

« Ma chérie, je suis tellement content que tu sois venue. Le train était confortable ? »

Elle s'écarta de son père, sans brusquerie, mais presque comme si elle avait l'habitude d'esquiver les étreintes.

« Oui, merci. »

Ainsi, elle ne comptait pas l'appeler « Papa ». Elle passerait probablement ces quinze jours à lui coller au train, veillant à ne pas le quitter d'une semelle pour ne surtout pas avoir à l'interpeller par son nom.

« Ah, ma chérie, tu ne connais pas encore Alice. »

Le regard brun et froid se reporta sur elle, l'étudia, impatient de faire son rapport à Maman.

« Bonjour Katie, nous sommes enchantés que tu aies décidé de venir. » Devait-elle l'embrasser ? Katie tendit la main, sauvant Alice qui put se contenter de la serrer, un peu trop chaleureusement peut-être. Elle sentit le mouvement de recul de la jeune fille, mais Jack n'avait pas besoin de le savoir.

Elle resta seule avec Katie, tandis que Jack allait attendre les bagages.

« Mon Dieu, tu dois être épuisée, c'est un voyage affreusement long pour quelqu'un qui vient à peine de finir ses partiels.

– Comment savez-vous que j'avais des examens ? Vous lisez les lettres que j'écris à mon père ? »

Ces yeux, qui la regardaient sans ciller : Alice était mal à l'aise. « Bien sûr que non, mais mon mari me raconte ce que tu fais, tu sais. Cela me gêne un peu, Katie, mais Jack s'est dit que tu te demanderais peut-être comment m'appeler. La plupart de mes amies m'appellent Kitty, tu peux peut-être utiliser ce surnom ? » Elle adressa un sourire à Katie, dont le regard semblait se perdre par-dessus son épaule.

« Je préfère vous appeler Mrs Wilson, si ça ne vous fait rien. Je vous ai toujours connue sous ce nom. »

Alors voilà ce qu'elle pensait d'elle. La seconde Mrs Wilson, comme dans l'émission de radio. Et c'était une minuscule gamine maigrichonne qui lui assénait ça, inséparable de l'ennemie de Memphis, et dont le père était voué à prendre le parti contre sa belle-mère.

« Allons prendre un Coca-Cola pendant que ton père charge les bagages dans la voiture. » Ni l'une ni l'autre n'auraient besoin de parler pendant qu'elles sirotaient leur boisson, et ces yeux-là n'auraient qu'à contempler leur propre reflet dans le miroir placé en face du distributeur de sodas.

« J'espère que tu aimes la limonade, dit Alice. Little Jack est allergique aux boissons gazeuses, alors nous buvons beaucoup de jus de fruits. »

Katie but une grande gorgée. « Il est allergique à beaucoup de choses ? » Alice crut détecter un sourire légèrement narquois. Ce qu'elle pouvait être agaçante, cette gamine, elle lui faisait penser à une petite vieille ratatinée dans un corps d'enfant. Elle s'apprêtait à énumérer les allergies de Jackie, quand son mari reparut.

« Allons-y », ordonna-t-il, les prenant chacune par le coude. Katie se glissa sur la banquette arrière et resta silencieuse tout le trajet, à l'exception des quelques « mm – mm » polis qu'elle lâchait chaque fois que Jack lui indiquait une curiosité locale. Vingt minutes plus tard, ils étaient arrivés, et n'avaient plus qu'à attendre que Jackie rentre de l'école et rencontre sa sœur.

Katie ne parut guère impressionnée par la chambre d'amis. Elle accrocha ses vêtements dans la penderie et resta assise en silence dans le salon, sans toucher aux albums que lui avait apportés Alice, et qui contenaient les photos de Jackie quand il était bébé.

Sans Alice, l'anniversaire de Katie aurait sûrement été une journée comme les autres. Elle ouvrit ses cadeaux tout de suite après le petit déjeuner, dit merci, puis alla les remiser dans sa chambre. Alice espérait que la fête lui ferait retrouver un peu d'entrain.

« Hé, Katie, Maman a dit que t'avais envie de nous accompagner en ville ? Oh, allez, viens, quoi. Elle a dit qu'on peut déjeuner chez Honey, et si tu viens pas, je vais devoir rester à la maison avec toi. »

Tout en faisant tomber les restes d'omelette dans la poubelle, Alice écoutait son fils. Sans bouger, elle pouvait apercevoir le sommet de son crâne alors qu'il sautillait devant la porte de Katie. Quel contraste entre les deux enfants, même si la ressemblance était certaine. Jackie paraissait plus vivant. Oh, Katie ne manquait pas de vie non plus, mais une vie incapable de s'épancher au grand jour, de briser la carapace de défiance que lui inspiraient les autres.

Quand Alice l'avait interrogée sur la chevalière de lycéen qu'elle portait autour du cou, elle avait haussé les épaules : « C'est juste un copain. » La petite supportait mal les taquineries, mais Alice pensait que c'était parce qu'elle n'avait pas beaucoup d'amis. Elle semblait apprécier Carol et Cicely, et passait presque tous ses après-midi chez ces dernières, mais le soir, elle préférait rester à bouquiner sur le fauteuil recouvert par une housse. Même la perspective de la fête d'anniversaire prévue ce soir-là n'avait pas su faire naître le moindre enthousiasme.

Alice voulait l'aider à s'habiller convenablement, pour qu'elle ne détonne pas parmi les enfants du quartier, mais ses efforts étaient systématiquement contrariés. Cela avait été une longue suite d'incidents semblables à celui de la veille.

« Katie, avait déclaré Alice, je dois aller chez le coiffeur ce matin. Ils font des choses absolument adorables pour les filles de ton âge, ça te dirait de te faire faire une coupe ? Irene est une professionnelle. »

Elle aurait dû se douter que sa proposition serait vaine en voyant le regard brun se figer.

« Je préfère ne pas me couper les cheveux, en tout cas pas sans demander à Maman si elle est d'accord.

– On peut l'appeler ce soir, si tu veux.

– Oh non, ça coûterait trop cher. De toute façon je crois que je préfère garder les cheveux longs.

– Katie, tu peux au moins venir pour qu'on te les arrange un peu. » Alice était en train de perdre rapidement son sang-froid. « Ça ne peut quand même pas te faire de mal de lâcher ton bouquin le temps d'une heure. Tu as de si jolis cheveux, il serait temps que tu soignes un peu ton image. »

Quand elle s'était repassé la scène plus tard, elle avait eu envie de se gifler. Katie avait posé son livre, avec une parfaite nonchalance.

« Si ça ne vous fait rien, répondit-elle, affichant un profond ennui, je préfère rester à la maison. J'ai quelques lettres à écrire. »

Ce qui sonna le glas des tentatives de coiffure. Si Jack n'était pas gêné de la présenter à ses amis telle qu'elle était, alors Alice n'avait aucune raison de s'offusquer. Elle n'était pas sa mère, après tout.

À présent, tandis qu'elle lavait la vaisselle du petit déjeuner, elle songeait à la fête d'anniversaire de Katie. La soirée serait de bonne tenue, quand bien même ce n'était pas le cas de Katie. Il ne leur restait qu'une chose à faire, prier pour que le temps reste au beau. L'idée de Dieu prenant son parti fit sourire Alice. Par tous les saints, Il était probablement bien le seul.

« Jackie, appela-t-elle de la cuisine, n'embête pas ta sœur. C'est son anniversaire, laisse-la faire comme elle veut. »

Les guirlandes clignotantes roses et vertes avaient transformé la salle en kaléidoscope de couleurs. Des rais de lumière s'attardèrent sur Alice, plantée à la porte du grand salon de l'Adelphi. La fête ne commençait que dans une heure, mais elle n'avait pas l'habitude de laisser à d'autres le soin de peaufiner les derniers détails – un reste de son enfance dans une famille monoparentale – et elle était venue s'assurer que tout était en ordre. Il fallait que la fête soit réussie. Comme chacun disait, Alice était une perfectionniste.

L'aînée de Joan, Carol, avait promis d'arriver à l'heure pile et de veiller à ce que Katie rencontre les jeunes gens que Cicely et elle avaient invités. Impossible de convaincre la star de la soirée de venir en avance. Elle n'aurait rien à faire, avait rétorqué Katie, et puis Alice voulait qu'elle se fasse un chignon banane, n'est-ce pas ? Que personne ne s'inquiète, elle serait là, son père l'amènerait juste avant vingt et une heures trente. Carol proposa de l'aider à se faire une beauté, mais Katie n'avait jamais porté de maquillage et ne voyait pas de raison de s'y mettre. Rien que de penser à cette gamine, Alice se sentait épuisée. Franchement, elle n'avait jamais vu quelqu'un d'aussi ingrat.

La veille, après le dîner, elle avait tenté de dessiller les yeux de Jack sur le manque de savoir-vivre de sa fille, mais exposer des faits pourtant évidents s'était révélé être une erreur.

« J'ai passé toute la matinée en ville avec ta fille. Toute la matinée, je te dis, on lui a cherché une robe de soirée, et elle n'en a pas trouvé une, pas une seule qui lui plaise. Ce n'était pas une question d'argent, je lui ai dit que la robe serait un cadeau d'anniversaire de notre part. »

Pile à ce moment-là, Katie était entrée dans la pièce pour ramasser un nécessaire de correspondance sur le canapé. Ce jour-là, elle avait déjà surpris Alice au téléphone par deux fois, pile au moment où celle-ci racontait, d'abord à Trude, puis à Joan, que Katie était aussi plate qu'une limande, et avait pourtant refusé qu'elle lui achète un soutien-gorge rembourré. La fille de Jack l'avait ignorée et avait quitté la pièce.

Son mari ne posa même pas son journal du soir. « Pourquoi tu ne l'as pas laissée choisir ce qu'elle voulait comme cadeau ? demanda-t-il. Peut-être qu'elle n'a pas envie de nouveaux vêtements.

– Un peu de sérieux, enfin, Jack. Une nouvelle robe, de marque, sans rien exiger en retour ? Franchement, à son âge, je n'ai jamais eu une telle chance. Le moindre penny que ma mère économisait devait servir à financer mes études. Même quand j'ai refusé de poursuivre, elle n'a pas voulu que je dépense cet argent.

– Il est clair qu'elle n'est pas comme toi. »

Sa manière de le dire lui avait fait mal. Se mordant les lèvres pour s'empêcher de répondre, elle avait apporté les saladiers dans la cuisine et s'était mise à briquer le réfrigérateur, jusqu'à ce que Jack parte voir un patient à l'hôpital. Il n'avait même pas pensé à commander des fleurs, pour la fête. À la dernière minute, elle avait donc appelé la boutique et commandé une orchidée pour elle, et un petit bouquet de boutons de rose pour Katie. Elle n'aurait qu'à les porter pour attirer l'attention sur son buste, et avec un peu de chance, personne ne remarquerait que sa robe était trop longue de plusieurs centimètres.

Alice lissa la nappe et s'essuya les mains sur les pans de sa robe. Ce n'était plus son problème, désormais. Elle fit le tour de la salle en attendant que les membres de l'orchestre se mettent en place. Elle les avait entendus répéter en bas à son arrivée.

« Coucou Tante Alice, je te l'ai amenée à l'heure, et en un seul morceau. » Carol déboula dans la salle, traînant Katie dans son sillage. « Qu'est-ce que je fais de l'invitée d'honneur, je la fais monter sur scène ? » Étonnamment, l'intéressée gloussa.

« Tu es très jolie, Katie », dit Alice. Ce n'était pas le cas, bien sûr, mais l'ombre à paupières de Carol était une nette amélioration.

« Maman et Papa viendront plus tard, Tante Alice. Ils attendent le cavalier de Cicely qui doit passer la prendre. Ah, voilà quelqu'un. »

Katie resta à la porte, encadrée par Alice et Carol, jusqu'à ce que le dernier invité soit là et que les lumières roses soient voilées par un halo de fumée. Une fois tous les noms cochés sur la liste, Alice demeura seule à surveiller l'assistance.

Cicely avait relevé sa robe au-dessus des genoux et, le lendemain, quand Alice mentionnerait ce comportement peu convenable pour une dame, sa nièce prétendrait qu'elle ne pouvait pas danser avec une jupe aussi raide. Elle repéra Jackie, qui se resservait en punch pour la énième fois, mais ce verre était peut-être pour quelqu'un d'autre. Satisfaite du tableau, elle décida de rejoindre Joan et son mari à table : ils étaient venus, comme disait Pete, assister à l'orgie.

« Bonsoir, bonsoir, je suis contente que vous ayez pu venir. Qu'est-ce que ça fait d'être la mère vieillissante de deux magnifiques jeunes filles ?

– Chérie, je n'ai même pas envie de parler de ces deux-là. Ce sont les filles de Pete. Je suis trop jeune pour être leur mère. Je veux bien assumer Pattie, c'est tout. Elle voulait venir ce soir, ça lui a fait beaucoup de peine de ne pas être invitée.

– Eh bien tu penseras à lui rapporter une part du gâteau d'anniversaire, je suis sûre qu'elle préfère le glaçage aux soirées dansantes. » Alice prit une chaise. Leur table était placée presque au cœur de la fête, et elle se sentait comme une reine sur son trône.

« Où est Jack ? » Pete se pencha par-dessus l'épaule de sa femme, son coude s'égarant dangereusement au-dessus du bol de sauce.

« À l'hôpital, où veux-tu qu'il soit ? On aurait cru qu'il serait là pour le bal de débutante de sa fille, mais apparemment, un bébé a décidé de venir au monde.

– Dommage, répondit Joan, c'est vrai qu'il a la manie de quitter les soirées avant même que ça commence. » Elle s'esclaffa, d'un rire spontané qui partait du fond du cœur et qu'Alice lui avait toujours envié. « Fais attention mon chou, tu es en train de rendre cette sauce impropre à la consommation humaine. » Joan déplaça le bol au centre de la table avec mille précautions.

Si quelqu'un était capable de détrôner Alice, c'était Joan. Parfois, sa belle-sœur l'agaçait profondément. Rien ne semblait jamais l'atteindre, et Alice se demandait comment elle faisait pour faire toujours si bonne figure. Pete et elle étaient de simples instituteurs, et leurs deux aînées, qui n'avaient qu'un an d'écart, iraient en même temps à l'université. Elle avait toujours pensé qu'ils empruntaient régulièrement de l'argent à Jack, mais elle craignait de poser la question, car elle était presque sûre que son mari parlait d'elle avec sa sœur.

« J'ai vu Katie au milieu des invités, elle est vraiment trop mignonne. Est-ce qu'elle avait l'air contente de faire la fête, Alice ? Je n'ai pas pu m'empêcher d'avoir l'impression qu'elle aurait préféré un peu moins de monde. »

Joan avait toujours tellement de bon sens. Trop. En tout cas, elle n'avait pas la vision nécessaire pour organiser un événement de ce genre. « Toutes les filles devraient avoir une grande fête, un jour, répondit Alice. J'ai toujours regretté que personne n'ait les moyens de m'offrir ça. »

Les yeux de Joan suivaient le bâtonnet de carotte que Pete trempait dans la sauce.

« Où est-elle passée ? On aimerait lui souhaiter un joyeux anniversaire.

– Elle est quelque part au milieu de tous ces gens, et je compte sur tes filles pour veiller à ce qu'elle s'amuse.

– À mon avis, elles ne tiennent tellement pas en place qu'elles ne se rendront même pas compte de son absence, si jamais Katie s'en va. Cicely est venue me montrer un garçon de son cours d'histoire, et ce n'était pas son cavalier de tout à l'heure, j'en mettrais ma main à couper. On n'a pas vu Carol depuis qu'elle a quitté la maison. » Joan s'esclaffa à nouveau.

Parfois, Alice aurait voulu être aussi insouciante que Joan. Sa maison était toujours sens dessus dessous, mais le désordre semblait attirer d'autant plus de monde.

L'orchestre entonna un morceau rock and roll qui sonnait vaguement familier. Elle regarda les invités se trémousser : on aurait dit qu'ils ne savaient faire que ça, sauter et s'agiter dans tous les sens sur la piste de danse. L'une de ses nièces avait lancé une sorte de chorégraphie, les bras en l'air, et tout le monde lui emboîta le pas. Elle repéra Carol et le fils des Williams. En voilà un joli garçon… mais bien sûr, Katie ne lui trouvait rien de spécial. Où était-elle passée, celle-là, d'ailleurs ? La moindre des choses aurait été de venir danser et faire semblant de s'amuser. Alice se leva pour tenter de la trouver au milieu de la masse de gens qui se pressaient sur la piste. Katie n'était pas parmi eux.

Elle ne pouvait pas vraiment en vouloir à la fille de Jack. Alice aussi se serait sentie mal à l'aise, entourée de tous ces jeunes bien habillés. À l'époque où elle-même avait été introduite dans la bonne société de Columbia, elle craignait toujours de dire quelque chose de déplacé, ou de se comporter comme celle qu'elle était, une fille originaire d'Ebston, en Géorgie. Désormais, elle savait comment ne pas faire tache au milieu des gens importants.

« Hé, Maman. » Jackie la tirait par la manche et, sans réfléchir, elle le repoussa.

« Maman. » Il avait un ton insistant.

« Oui Jackie, qu'est-ce qu'il y a ? » Elle avait parlé sèchement et, au cas où on l'aurait entendu, elle se pencha pour lui caresser les cheveux. Elle le regarda froncer les sourcils et se frotter le crâne avec sa main potelée.

« Bonsoir Maman. Je voulais juste te dire qu'il y a une dame qui veut voir Katie, sauf que je la trouve nulle part. Elle m'a envoyé te demander.

– Je croyais qu'elle était à une des tables, sur le côté. Tu ne l'as pas vue du tout ce soir ? »

Jackie secoua la tête. « Maman, quand est-ce que je pourrai rentrer ?

– Tu t'amuses bien, non ? » Elle observa ses yeux enfoncés dans son visage joufflu. « Max va bientôt servir le dîner, tu vas pouvoir manger un morceau et ensuite on verra pour rentrer. Va parler à ces gens, maintenant, je vais voir si Katie n'est pas dans le salon des dames.

– Très jolie fête, Alice. »

Elle salua de la main Winston et Trude Williams, ainsi que quelques invités qu'elle croisa en sortant. Pour le moment, elle était satisfaite de sa soirée. C'était le genre d'occasion où elle en voulait au *Clairon* de ne jamais rien publier sur les soirées mondaines des personnes de couleur. Un reporter de la gazette du quartier les avait bien photographiées, Katie et elle, en train d'accueillir les invités. Elle avait rédigé la légende elle-même. « Alice Wilson, la charmante épouse du docteur Jack Wilson, avec son adorable… » Elle poussa la porte du salon des dames.

Katie était assise sur le canapé, les jambes en tailleur sous sa jupe midi en coton. Alice ramassa les longs gants blancs qui avaient glissé par terre.

« Est-ce que ça va ? Si tu ne te sens pas bien, pourquoi tu ne m'as rien dit ? »

Katie ne leva pas les yeux. « Ça va, répondit-elle. Ces gens suffiraient à rendre malade n'importe qui. »

La meilleure chose à faire eût été d'ignorer la jeune fille. Alice ne pouvait clairement pas la forcer à descendre, mais si elle la laissait là, la première personne qui passerait par ici irait rapporter à tout le monde que Katie n'était pas contente. C'était un miracle qu'on ne l'ait pas encore trouvée. Peut-être Alice parviendrait-elle à lui faire honte, pour qu'elle regagne la salle.

« Tu ne crois pas que tu devrais redescendre pour saluer les retardataires ? Ils sont venus pour te voir. »

Katie secoua la tête. « Non. » Les cheveux bouclés de frais se repenchèrent sur le bouquin.

« Quand on parle à une adulte, la moindre des politesses, c'est de la regarder. » Alice fit la grimace. Sa réplique n'avait pas sonné comme elle voulait – on aurait dit une vieille institutrice coincée.

« Ah oui ? » Katie referma son livre sur son index, et regarda Alice bien en face. Ses yeux étaient rieurs, unique signe de vie dans son visage aux traits figés.

« Dis quelque chose, au moins ! Quand je pense que Jack a dépensé tout cet argent pour te faire rencontrer des gens comme il faut, et toi tu préfères bouquiner. Maintenant debout, tu descends, et tu vas te comporter comme si tu t'amusais à ta fête.

– Je pense que je vais rentrer. » Katie se leva et attendit, comme si elle escomptait qu'Alice s'efface pour la laisser sortir.

« Si tu quittes cette pièce, c'est pour aller en bas parler à ces gens. » Cette gamine maigrelette avait le culot de se montrer têtue, en plus.

« Je ne me sens pas d'humeur sociable. J'ai envie de rentrer.

– Bon, écoute, Katie, sois raisonnable. Au moins, reste assez longtemps pour souffler les bougies et couper ton gâteau d'anniversaire.

– Ces gens n'ont qu'à manger tout mon gâteau si ça leur chante. Jackie peut souffler mes bougies et s'étouffer avec le glaçage, je m'en fiche. Je suis prête à rentrer.

– Oh que non, certainement pas, tu descends. » Alice tendit le bras pour ramener la gamine à la raison.

Katie se dégagea sèchement. « Lâchez mon bras. Vous me faites mal au bras. »

Alors, elle ouvrit la bouche, et Alice eut la certitude qu'on pouvait entendre son cri d'en bas, par-dessus la musique de l'orchestre, qui Dieu merci jouait un autre morceau tonitruant. À l'instant même où Katie hurla, Alice lâcha prise. Elle se retrouva plantée là, muette, tandis que Katie se précipitait dehors, la frôlant au passage. Elle irait tout raconter à Jack, c'était certain, et Alice se refusait à imaginer la réaction de ce dernier. Elle s'assit sur le canapé en cuir rouge, s'efforçant de recouvrer son calme. Elle ne se leva qu'en entendant des voix qui approchaient dans l'escalier.

« Ah, voilà notre hôtesse. » Trude Williams et Ingrid Hamer apparurent à la porte.

« Jack est en bas, dit Trude. Il a un bébé qui arrive, il est juste passé en coup de vent voir comment ça se passait. »

Alice se déroba dans le couloir. « Je vais tout de suite aller veiller à ce qu'on serve un verre de punch à mon beau mari. S'il est de garde, il va avoir besoin de carburant !

– Je compatis. » Trude opina d'un air entendu. « Où est Katie ? On ne l'a pas vue en bas. » Elle avait les yeux rivés à son poudrier, et Alice se demanda si elle avait entendu le cri.

« Katie ne se sentait pas bien, elle a préféré partir tôt.

– Quel dommage qu'elle rate sa propre soirée. »

Désormais, elle n'avait plus qu'à croiser les doigts pour que Jack n'apprenne jamais que Katie avait fait tout ce trajet à pied, toute seule. Elle était au moins soulagée sur un point

– apparemment, elles n'avaient pas entendu la jeune fille hurler. Peut-être que son cri n'avait pas porté jusqu'en bas. C'était curieux comme l'atmosphère semblait plus lourde, en sortant du salon des dames, comme si la pesanteur de la soirée s'était insinuée jusqu'à l'étage à travers la cage d'escalier. Jack discutait avec sa sœur quand elle le rejoignit, en veste de costume froissée, ses cheveux aplatis par sa casquette de golf.

Il se retourna en la voyant. « Épargne-moi ce genre d'histoires », fit-il, et comme toujours, elle était incapable de savoir s'il était sérieux. Un sens de l'humour différent, cela faisait partie des problèmes, quand on épousait un homme plus âgé. Elle décida de jouer la carte de la sécurité, et sourit.

« Katie a voulu rentrer.

– Rentrer ? Au beau milieu de sa soirée ?

– Elle ne se sentait pas bien, Jack, et un des garçons a proposé de la raccompagner. Rien de grave, je pense que l'air fera du bien à sa migraine. »

Alice jeta un coup d'œil à sa belle-sœur et à son mari, mais rien dans leur attitude ne laissait entendre qu'il s'était passé quoi que ce soit d'extraordinaire.

« Je crois que je vais l'appeler, fit Jack. Tu es sûre qu'elle a une clé ? » Il attrapa un deuxième sandwich dans l'assiette de sa sœur, et fila en direction de l'office.

« Trop d'excitation, murmura Joan. La pauvrette, elle n'a sûrement pas l'habitude de veiller si tard. »

Alice passa les deux heures qui suivirent à circuler de table en table pour expliquer que Katie ne se sentait pas bien. Elle était sur le point de s'endormir quand Jack avait téléphoné pour voir si elle allait mieux. Passez dans la semaine, si vous pouvez. Non, Katie ne restait pas très longtemps, ses cours reprenaient dans quelques jours.

Mensonges, toujours des mensonges, toute sa vie tournait autour. Un jour elle arrêterait de jouer à ces petits jeux, mais quand ce serait terminé, cela signifierait aussi la fin pour elle. La conscience qu'elle en avait était la seule chose qui lui donnait la force de continuer ce manège ridicule.

À minuit, les robes jaunes et les robes bleues commencèrent à quitter la salle, jusqu'à la dernière, s'arrêtant pour remercier l'hôtesse et souhaiter un prompt rétablissement à Katie. Alice était à deux doigts de se mettre à hurler. Jack était reparti à l'hôpital depuis longtemps, il avait laissé un message à la réception pour dire qu'il ne fallait pas l'attendre. Little Jack ne dormait toujours pas, il remplissait un gobelet en papier avec les fruits frais qui décoraient le saladier de punch. Elle demanda à l'un des serveurs d'aller prendre leurs manteaux au vestiaire.

« Allez, viens mon chéri, emmène ce gobelet, on rentre. Je meurs d'envie d'aller au lit, et toi aussi tu dois être crevé. »

Le soleil filtrait entre les lames des stores vénitiens, zébrures horizontales qui tranchaient sur le dessus de lit en organdi. Alice attrapa le réveil posé sur sa table de chevet. Comment avait-elle pu dormir si tard ? L'autre lit était intact : Jack avait sûrement passé la nuit à l'hôpital, encore une fois. Elle ferait bien de l'appeler mais, s'il avait faim, il pouvait toujours envoyer quelqu'un lui chercher un plat chaud.

« Maman ? » Jackie passa la tête à la porte, et le soleil se refléta sur les verres de ses lunettes. « Maman, tu ferais bien de venir voir Katie. Elle dit qu'elle rentre chez elle. »

Alice porta une main à son visage. Ça y est, la mémoire lui revenait, elle savait d'où venait cette sensation engourdie qui parcourait tous ses membres. La gamine allait sûrement faire une scène.

« Elle a dit pourquoi elle partait ?

– Nan, elle a juste dit qu'elle rentrait à la maison.

– Va jouer dehors, Jackie, je m'occupe de Katie. »

Elle sortit instantanément de sa torpeur et s'élança dans le couloir en pantoufles, direction la chambre d'amis. Les deux valises de Katie étaient par terre, grandes ouvertes, et la jeune fille se tenait devant la commode, en train de trier soigneusement ses affaires. Les vêtements qu'elle avait apportés formaient une pile prête à être rangée dans ses bagages.

« Bonjour Katie. Mais qu'est-ce que tu fabriques à faire déjà tes bagages ? Il y a tout le temps d'ici mardi prochain.

– Je ne reste pas jusqu'à mardi. Je pars ce soir.

– Mais pourquoi ? » Alice se sentait lasse à l'idée de devoir se livrer à ce petit numéro. Elle avait fait tellement attention à ne pas manifester son déplaisir. Et exception faite de la veille au soir, elle avait réussi. Peut-être parviendrait-elle à convaincre Jack que la gosse avait des hallucinations ? Katie avait déclaré elle-même qu'elle ne se sentait pas bien.

« Tu sais que ton père sera très déçu si tu ne restes pas jusqu'à la fin de ces deux semaines. Il était tellement content, quand tu as décidé de venir. Tu ne lui en as même pas encore parlé, reste donc un peu. »

Katie leva le nez un instant, comme si elle était en train de décider en toute conscience si elle allait ignorer cette question. « Quand il rentrera pour dîner, je lui parlerai. Le train ne part qu'à dix-neuf heures.

– Katie, tu ne peux pas partir sans argent, comment vas-tu payer le billet ?

– Mon billet est pour l'aller-retour, et quand j'ai téléphoné, l'agent a dit qu'il n'était pas nécessaire de réserver. »

Bon, donc il s'agissait bien d'une rébellion : loué soit son entêtement. Alice allait tenir son rôle, une étape après l'autre, jusqu'au bout.

« D'accord Katie, tu es assez grande pour savoir ce que tu veux. J'appelle ton père. »

Le combiné était aussi léger qu'une plume dans sa main, et elle composa le numéro sans même y penser.

« Bonjour June, c'est Mrs Wilson, passez-moi le docteur. »

Puis il y eut le cliquetis familier quand June transféra l'appel, suivi d'un brusque « Allô.

– Katie s'en va, Jack. Elle veut partir ce soir. Oui, ça va, mais je crois qu'elle a vraiment le mal du pays. Chéri, tu ne peux pas lui demander de s'habituer si facilement à notre vie. » Alice n'avait pas conscience de ce qu'elle disait ; la voix qui parlait était détachée de son corps.

« Deux semaines loin de chez elle, pour la première fois de son existence… ça fait long. Je ne vois pas comment elle aurait pu ne pas s'amuser. Ce n'est pas tous les jours qu'une jeune fille de seize ans profite d'une grande fête organisée rien que pour elle. Elle a envie de rentrer, c'est bien normal. »

Après avoir raccroché, elle demeura parfaitement immobile, tapotant le combiné du bout des doigts.

À son retour, la chambre d'amis était presque entièrement rangée. Sur le lit de Katie, à côté de la jeune fille et du livre dans lequel elle était plongée, se trouvait une pile d'affaires, toutes les tenues qu'Alice lui avait achetées.

« Tu n'emportes pas tes nouveaux vêtements ? demanda-t-elle.

– J'ai pris les miens.

– Si tu n'as pas la place, on peut mettre ça dans une malle. »

Katie ignora sa proposition.

« Ton père rentre à quinze heures, il aurait voulu venir plus tôt mais son cabinet déborde de patients. Tu sais à quel point il est occupé pendant la semaine. » Alice se tut un moment.

« Est-ce que tu as besoin de quelque chose ? » La gamine refusait de prononcer le moindre mot.

« On ferait bien d'appeler ta mère pour lui dire que tu rentres.

– Je lui ai déjà téléphoné. » Katie leva les yeux. « Ne vous en faites pas, j'ai passé l'appel en PCV »

Il y eut un autre silence inconfortable, puis Katie reprit la parole.

« Si ça ne vous dérange pas, j'aimerais terminer ce livre, surtout que je dois faire une fiche pour les cours. »

Alice resta plantée au bout du lit. Katie ne bougea pas d'un cil, même pas pour tourner une page. Enfin, Alice quitta la chambre, referma doucement derrière elle et s'attarda devant la rambarde de l'escalier, la main sur la poignée en cuivre. Elle était incapable de convaincre ses pieds de se mouvoir, et quand elle entendit les sanglots étouffés, si près d'elle, elle se sentit coupable et en même temps horriblement ravie. Sa main commençait à tourner la poignée, mais elle suspendit son geste. Ça n'était pas de son ressort ; c'était la fille de Jack, et son problème à lui.

Alice prépara le dîner, un menu de fête, d'après elle, en l'honneur du départ de Katie. Celle-ci resta enfermée dans la chambre d'amis jusqu'à ce qu'on lui demande de venir à table. Malgré le jambon décoré de morceaux d'ananas, le repas fut très silencieux. Alice essaya bien d'animer un peu la tablée, mais Katie restait muette sur sa chaise, picorant sa nourriture et ne parlant que lorsqu'on l'interpellait directement.

« Ma chérie, tu es sûre que tu ne veux pas prolonger encore quelques jours ? Tu n'es pas obligée de rester jusqu'à mardi. Tante Ethel et Oncle Roger ne t'ont pas vue depuis que tu étais bébé. Ils vont être terriblement déçus de t'avoir ratée. » Jack avait repoussé son assiette pour se pencher par-dessus la table. « Alice, Jackie et moi, on avait tellement hâte de ta venue. S'il te plaît, tu veux bien envisager de rester ?

– J'ai déjà dit à Maman que je rentrais. » Katie pliait et dépliait sa serviette.

« On peut la rappeler.

– Non, je ferais mieux de rentrer.

– D'accord, Katie. » Jack parut s'être résigné, et le repas se termina dans le silence. Seuls Alice et Jackie prirent une part de fraisier et se servirent un peu de crème fouettée rose bonbon. Jack proposa à Alice de faire ses adieux à Katie à la maison. Il l'emmènerait seul à la gare.

« Je n'ai pas pu passer beaucoup de temps avec elle. Je comptais sur ces deux semaines.

– Vous feriez bien de vous mettre en route, si vous voulez avoir ce train. » Alice entreprit de débarrasser les assiettes dans l'évier. « Jackie, tu veux bien aider Katie et ton papa à charger ses bagages dans la voiture ? »

Alice regarda Katie disparaître dans la chambre d'amis. La gamine serait sans doute trop intimidée pour aller manger à la voiture-restaurant, quand bien même elle était accessible aux Noirs. Alors, vu le long voyage qui l'attendait, elle avait emballé des sandwichs, des fruits et des restes du gâteau d'anniversaire dans un vieux sac cabine estampillé Eastern Airlines. Avec un peu de chance, ça ne se verrait pas trop qu'il s'agissait d'un pique-nique.

Devant la porte, elle tendit le sac à la jeune fille.

« Reviens vite nous voir, ma puce. » Alice se pencha pour embrasser la joue lisse de Katie, mais ses lèvres atterrirent sur un crâne hérissé de cheveux drus.

Tandis que Jack rangeait les bagages dans le coffre et ouvrait la portière à Katie, sa femme et son fils les regardaient depuis le perron. Alice avait le bras passé autour de la taille de Jackie, les doigts sur le bourrelet qui dépassait de la ceinture de son pantalon. Le silence n'était pas nécessaire, et pourtant autour d'elle l'air était desséché.

La maison, havre placide, se dressait derrière elle. Soucieuse de l'image qu'ils laissaient à Katie à l'heure de son départ, Alice rentra le ventre et se grandit autant qu'elle pouvait. Elle regarda Jack sortir en marche arrière, les traits figés – une expression qu'elle lui connaissait quand il était décidé à endurer une situation qui lui déplaisait.

À l'observer, elle se sentit bizarrement soulagée et, pour la première fois de leur mariage, elle eut la certitude que jamais il ne s'en prendrait à ce qui comptait pour elle. Le départ de Katie était peut-être un bon présage, après tout. Il avait déjà perdu un enfant ; il ne prendrait pas le risque, en perdant quelqu'un d'autre, de laisser s'enfuir un autre morceau de lui-même.

Les doigts d'Alice vinrent soulever en douceur le menton de Little Jack. « Fais au revoir, murmura-t-elle, fais au revoir à Katie. »

Banago Kalt

Dans le train qui la conduisait de Bâle à Zurich, Millie avait à peine pris le temps de s'asseoir. Elle se tenait debout à la fenêtre, le nez contre la vitre, et contemplait les lacs qui émaillaient le paysage à ses pieds. À travers le verre poli, elle découvrait des vallées de carte postale, cernées de montagnes gris-vert et constellées de fleurs.

Maintenant qu'elle était en Suisse, elle n'avait plus aucun doute sur le bien-fondé de sa venue. D'habitude, elle passait ses étés plongée jusqu'au cou dans la lutte pour les droits civiques, mais cette année elle avait ressenti un désir aussi soudain qu'irrépressible de tout quitter. Elle en avait assez de manifester assise, de manifester debout et, depuis que le chien de ce pasteur l'avait mordue, même se mettre à genoux ne lui disait plus rien. La vie dans le Sud lui donnait parfois le sentiment d'être totalement coincée. Tandis qu'à cet instant, il lui suffisait de regarder le pays verdoyant qui s'offrait à ses yeux derrière la vitre pour se sentir libérée d'elle-même.

Plus tôt dans l'après-midi, le groupe d'étudiants américains dont elle faisait partie avait atterri à Bâle. Millie avait tout de suite adoré la Suisse. Elle aurait pu passer sa journée à la terrasse du café où le petit groupe avait fait halte, avant de se séparer pour aller retrouver les familles qui devaient les accueillir. Il y avait tant de choses qui n'étaient pas comme chez eux, jusqu'aux choses anodines comme les publicités, qui aux États-Unis s'étalaient sur des panneaux gigantesques.

Dans toute la gare de Bâle comme le long des trottoirs s'alignaient des affichettes groupées trois par trois, avec la même photo d'un petit garçon en train de siroter un Banago Kalt. L'un des étudiants, qui parlait couramment allemand, avait appris grâce à un serveur que le Banago Kalt était une boisson en poudre façon Kool-Aid, mais que l'on mélangeait à du lait. En voyant les adorables vieilles dames avec leurs longues jupes et leurs tabliers boire de grands verres de Banago Kalt chocolaté, Millie sut immédiatement qu'elle se sentirait bien en Suisse.

Elle jeta un regard par-dessus son épaule aux deux jeunes Américaines qui avaient renoncé à contempler le paysage. Elles n'avaient pas franchement l'air enthousiastes. Millie sourit, songeant aux mots que sa voisine aurait employés pour décrire Karen et Rita : elles étaient blanches, ce qui équivalait à être sans âme. Au début, elle avait un peu peur de Rita, qui venait d'une petite bourgade du Texas, mais toutes trois étaient immédiatement devenues bonnes amies. C'étaient vraiment de chics filles, et Millie était ravie qu'elles s'entendent si bien.

Karen, Rita et elle devaient vivre dans une famille suisse, grâce au programme Amis de la famille. Le programme avait la réputation d'être extrêmement sélectif, et les autres filles étaient épatées que Millie ait été acceptée, alors qu'elle n'avait postulé qu'en mai. Mais la jeune fille ne s'attendait pas à rencontrer des difficultés. Dans la petite université qu'elle fréquentait en Virginie, il arrivait régulièrement que quelqu'un vienne en chercher « une » pour incarner l'école aux yeux de l'opinion publique. Elle s'était dit que le programme Amis de la famille fonctionnerait de la même façon qu'une université qui venait d'abolir la ségrégation.

Et de fait, dans sa lettre d'acceptation, le directeur n'avait cessé de souligner à quel point ils étaient ravis d'avoir une authentique militante pour les droits civiques au sein du groupe. D'après lui, Millie allait pouvoir donner aux Européens une image authentique de la vie en Amérique. Le plus ironique, c'est qu'elle se moquait bien des objectifs de ce programme qui prétendait aider les peuples à mieux se comprendre. Simplement, ses parents n'étaient pas du genre à lui donner de l'argent pour qu'elle aille se balader toute seule en Europe. Et de son côté, elle n'était pas du genre à se tuer à faire des baby-sittings et économiser jusqu'au dernier centime en prévision d'un voyage. Les Amis de la famille représentaient donc un heureux compromis.

Leur famille suisse, les Borbach, les attendait sur le quai, plantée devant trois affichettes Banago Kalt. Mr Borbach était de taille moyenne et dégageait une impression de bonhomie replète. Sa femme le dépassait d'une demi-tête. Ils n'eurent aucun mal à se retrouver – l'attention des filles fut immédiatement attirée par les motifs psychédéliques de la robe en lin jaune et marron de Mrs Borbach. Le couple accueillit les étudiantes dans un anglais soigné, qui ne fit que souligner l'inexistence de leur allemand à elles. Heinz et Ursi, les enfants, étaient souriants, mais ils ne lâchaient pas la main de leur père. Ils ne paraissaient pas surpris de la voir, et Millie supposa donc que le bureau américain avait pris soin de prévenir la famille.

Les filles allaient partager une grande chambre au deuxième étage du domicile des Borbach. De la fenêtre de devant, Millie avait vue sur les flamboyants géraniums rouges dont semblaient déborder toutes les jardinières que les voisins avaient placées à leurs fenêtres. Les enfants, qui les avaient accueillies en rang d'oignon le long de l'allée, étaient restés jouer devant la maison. Ils la dévisageaient, pas de doute, mais cela pouvait aussi bien être Rita. Celle-ci persistait à se crêper les cheveux pour se faire des coiffures ultrabouffantes, et se couchait toujours avec son mascara pour ne pas avoir à se remaquiller le lendemain matin. Karen était plutôt quelconque, et avait la mine de quelqu'un qui boit beaucoup de lait. Millie ignorait ce qu'on pensait d'elle, mais elle supposait qu'elle se situait quelque part entre les deux.

Mrs Borbach avait posé un grand vase de zinnias sur la commode, et même les fleurs lui disaient que cet été allait être formidable. Quel soulagement de pouvoir parler à des gens sans avoir à deviner s'ils étaient pour ou contre la cause. Pour une fois dans sa vie, il se pouvait que personne ne l'oblige à résumer en vingt-cinq mots la vie des Noirs de Cadbury, en Virginie.

« Allez les filles, lança-t-elle en se tournant vers Karen et Rita, allongées sur leur lit, finissons de défaire nos bagages, comme ça on pourra aider Mrs Borbach à préparer le dîner. » En tant que membres de la famille, elles devaient participer aux tâches domestiques. Les filles faisaient la vaisselle quand Mrs Borbach leur annonça dans son anglais laborieux qu'une surprise les attendait ce soir.

« Allez vous asseoir sur les marches du perron », dit-elle en les chassant de la cuisine.

Les filles n'étaient pas plus tôt installées qu'une espèce de carillon discordant retentit dans l'air nocturne. Elles découvrirent soudain un orchestre qui descendait la rue au pas, précédé d'un groupe de gamins qui faisaient rouler une barrique de bière ornée de fleurs en direction du garage des Borbach. Les musiciens étaient suivis par un tas de gens qui affluaient de tout le quartier, et tout ce petit monde se tassa dans le jardin des Borbach pour profiter de ce concert estival. Millie avait bien du mal à contenir son excitation. La scène ressemblait à une brochure touristique : un authentique festival de rue européen, juste sous ses fenêtres.

Le concert débuta avec une marche entraînante. Elle était près de la haie avec Karen et Rita, tapant des pieds au rythme de la musique suisse, quand soudain un étranger surgit, l'attrapa par le bras et la poussa devant les musiciens, jusque sous la lumière du porche.

Avant qu'elle n'ait le temps de comprendre, le voilà qui comparait la couleur de leurs avant-bras, prenant la foule à témoin en gesticulant pour montrer que leurs peaux étaient d'un brun similaire. Il avait l'air absolument ravi d'être presque aussi noir qu'elle. Millie ne voyait vraiment pas pourquoi il était si fier de son bronzage. Elle envisagea de se réfugier dans la maison, mais ils avaient déjà attiré l'attention de la foule tout entière. Comme l'orchestre entonnait une polka, le type l'entraîna dans une valse endiablée au beau milieu de la rue. Pourquoi pas, sauf qu'ils étaient les seuls à danser.

Quand la musique se tut, l'homme refusa de la lâcher et la souleva pour la ramener dans le jardin. Millie appela immédiatement Mrs Borbach à l'aide, qui supposa qu'elle voulait qu'on lui traduise ce que disait l'inconnu. La Suissesse l'écouta attentivement, puis expliqua que Millie était la première fille à la peau sombre qu'il avait jamais vue en Suisse. Il considérait comme un honneur d'avoir dansé avec elle. Mrs Borbach laissa entendre qu'il était « Comment dites-vous ? Enivré ? » Mais ça n'était pas une excuse. Le type passa le reste de la soirée à lui sourire en la pointant du doigt.

Karen trouvait qu'il avait l'air portugais, un truc comme ça, et Millie aurait bien voulu qu'il retourne dans son pays plein de filles à la peau brune, et qu'il lui fiche la paix. Elle passa le reste de la soirée à côté de la barrique de bière, avec Rita et Karen, à attendre que les voisins concluent leur petite fête et rentrent enfin chez eux.

Après cet événement, Millie et les filles passèrent le plus clair de leur temps à se promener dans Herrliberg avec Mrs Borbach. Si la plupart des jeunes partaient travailler à Zurich tous les matins, il y avait beaucoup de personnes âgées qui semblaient sincèrement ravies de se faire prendre en photo par les trois Américaines. En dehors de « s'il vous plaît », « merci » et « bonjour », la seule phrase d'allemand qu'elles avaient apprise, c'était « Puis-je vous photographier s'il vous plaît ? ». Quand aucune de ces expressions n'était appropriée, elles découvrirent bientôt que gesticuler comme des folles suffisait à faire passer le message.

Millie n'aimait pas se promener en ville toute seule. Les gens n'arrêtaient pas de la regarder et, quand elles sortaient toutes les trois, il y avait toujours quelqu'un pour venir montrer du doigt les « Americanos ». Cependant, quand il s'agissait d'elle, le terme changeait : « Indiano », disaient-ils. Un jour, alors qu'elles achetaient de la viande chez le boucher, Mrs Borbach lui expliqua que ce dernier voulait savoir si elle vivait dans une réserve, aux États-Unis. Puis, à la boulangerie, le vendeur demanda en français si elle retournerait en Afrique au mois d'août, ou bien en Amérique. Rita et elle avaient beau être toutes les deux brunes et du Sud, personne ne confondait jamais leurs prénoms. C'était la pauvre Karen, avec ses longs cheveux blonds, que les gens ne cessaient d'appeler « Rita ». En tout cas, tout Herrliberg avait l'air au courant du séjour des deux Americanos et de leur amie africano-indienne chez les Borbach.

Chaque matin, Mr Borbach annonçait le programme du lendemain à son public captif, attablé pour le petit déjeuner.

« Demain après-midi, nous allons faire l'ascension de la montagne », déclara-t-il un beau jour, sur un ton qui ne souffrait pas la contradiction.

Millie, qui était en train de beurrer sa quatrième tranche de pain complet, frotta ses nouvelles chaussures de randonnée sur le parquet. Les filles se les étaient achetées deux jours plus tôt, et elles les portaient à la maison pour que le cuir se fasse.

« C'est à quelle altitude ? » demanda Rita, en se penchant par-dessus le pot de confiture pour fixer Mr Borbach d'un air concentré. Elle ne mettait jamais ses lentilles de bon matin, et les enfants Borbach ne comprenaient pas pourquoi elle les reconnaissait le soir, mais jamais au lever.

« Rien de trop haut pour des Américaines. » Mr Borbach regarda sa femme, et sourit.

Millie et Karen évitaient de se regarder. Elles avaient évoqué la possibilité de se faire porter pâles. Mais Rita avait tué l'idée dans l'œuf, car elle voulait escalader au moins un sommet, pour pouvoir écrire à sa famille et leur narrer ce que Karen avait baptisé sa « Grande Aventure ». Millie et cette dernière se mirent au lit le jeudi soir, en priant pour qu'il pleuve.

Comme l'avait prédit le journal, le vendredi matin, le temps était ensoleillé et dégagé. Avec un peu de chance, d'après Mr Borbach, elles pourraient apercevoir trois sommets le samedi matin, depuis la montagne qu'elles s'apprêtaient à grimper. Le Drusberg allait leur plaire, ajouta-t-il. En hiver, les soldats de l'armée suisse faisaient du ski sur ces sentiers. Il avait prévu qu'ils passent une nuit dans le grenier à foin d'un chalet de ski, pas très haut, pour attaquer l'ascension le lendemain, avant l'aube.

Ils avaient quitté Herrliberg depuis deux heures et le soleil descendait déjà quand Mr Borbach gara sa voiture sur une étroite piste en gravier. Millie balaya du regard la végétation qui entourait la route, mais ce chalet n'était nulle part en vue. Mr Borbach leur tendit leurs sacs à dos, et désigna une petite cabane à flanc de montagne.

« Tout là-haut ? glapit Rita. On doit monter à pied ?

– Il n'y a que quarante-cinq minutes de marche », répondit Mr Borbach avec autorité.

Sa femme et lui se mirent en marche, et les trois jeunes filles leur emboîtèrent le pas. Au bout de quinze minutes, Millie avait l'impression d'avoir les pieds qui collaient au sentier. Plutôt que de monter tout droit vers la cabane, on aurait dit qu'ils slalomaient à flanc de montagne. Elle se demanda ce que pouvait bien contenir son sac à dos, nom d'un chien. Le poids qu'elle avait sur le dos l'empêchait de se tenir droite, et elle devait marcher le ventre incliné vers le sol.

Elle leva le nez pour découvrir que Mr et Mrs Borbach avaient plusieurs centaines de mètres d'avance, et qu'ils les attendaient. Karen suivait à quelques pas derrière, mais Rita, qui avait décidé à la dernière minute de fourrer dans son sac ses bigoudis, son énorme bombe de laque format économique ainsi que sa caméra, n'avançait presque plus. Comme si elles répondaient à un signal, Karen et Millie s'immobilisèrent. « On attend Rita, haleta Millie, espérant que les Borbach comprendraient.

– Allez venez, cria Mr Borbach au bout de dix minutes. On y est presque. »

Quand les filles parvinrent au chalet de ski, dix minutes après les Borbach, plus personne ne parlait. Elles étaient trop occupées à inspirer de grandes bouffées d'air, tout en s'efforçant d'empêcher leurs jambes de trembler. Rita gisait prostrée sur un banc en bois. Karen et Millie, trop épuisées pour contempler le paysage, étaient assises contre la rambarde face à la porte d'entrée. Ils étaient manifestement les seuls à passer la nuit sur place et, depuis la terrasse,

Millie entendait Mrs Borbach discuter le prix du dîner. Elle ne voulait plus jamais bouger. Il fallait être dingue pour escalader une montagne.

Elles étaient assises en silence, quand soudain un petit homme trapu avec une masse de longs cheveux noirs apparut à la porte.

« Comment allez-vous ? » demanda-t-il dans un anglais précautionneux. Il s'arrêta devant Millie et lui sourit : « Si vous parlez lentement, je peux vous comprendre. »

Elle était trop lasse pour réagir autrement qu'en lui rendant son sourire. Alors il marqua un temps d'arrêt et, désignant Millie, s'adressa à Karen : « Dites-lui que je parle un peu l'arabe mais que je ne connais pas le langage du Sud. »

Millie le dévisagea : d'où diable croyait-il qu'elle venait ? Puis il leur fit la révérence, et s'en fut. « Permettez-moi de vous présenter Son Altesse arabe de sang royal. » Karen fit une courbette et un signe de croix. Sans raison, hormis qu'elles n'en pouvaient plus, toute la situation leur paraissait soudain hilarante. Quand Rita se réveilla et demanda ce qui se passait, elles étaient trop mortes de rire pour lui expliquer.

Vingt minutes plus tard, le dîner était prêt, et comme elle n'avait pas encore monté son sac à dos jusqu'à la terrasse, Millie fut la dernière à pénétrer dans le chalet. Elle était en train de traîner son bagage en direction de la porte quand le même homme surgit derrière elle.

« Quand les autres s'en iront, toi, tu restes », dit-il en lui touchant l'épaule comme pour mieux instiller son ordre.

Elle chercha des yeux Karen ou Rita, mais ses compagnes étaient déjà à l'intérieur.

« Il y a un homme sur cette montagne qui cherche une fille noire. » Il désigna ce qui ressemblait à un autre sommet. « Je vais l'appeler », ajouta-t-il en secouant vigoureusement la tête. Elle le regarda, fascinée, décrocher une étrange corne d'animal et s'éloigner vers le bord de la terrasse.

L'incident entama considérablement son appétit. Même Mr Borbach demanda si elle se sentait mal. Elle ne cessait de surveiller la porte malgré elle, guettant l'éventuelle entrée de l'amateur de filles noires. Elle venait juste de réussir à chuchoter quelques bribes de l'histoire à l'oreille de Karen, quand le propriétaire des lieux fit entrer dans la pièce la créature la plus répugnante que Millie ait jamais vue. Il ne devait pas faire plus d'un mètre cinquante, et portait la chemise en coton et le pantalon crasseux qui étaient souvent le costume des authentiques montagnards. Ses pieds nus étaient dégoûtants, presque de la couleur de la barbe noire qui lui tombait jusqu'à la taille, contrastant étrangement avec son crâne chauve.

Le type du chalet le mena à leur table. Millie, ne sachant pas trop comment réagir, renversa immédiatement sa soupe sur ses genoux. Karen était occupée à se bourrer de pain pour s'empêcher d'éclater de rire. Millie écouta les Borbach discuter avec l'homme, s'efforçant de comprendre les mots aux rudes sonorités. Mrs Borbach disait toujours que ces montagnards étaient des gens étranges. Si ça se trouve, ce type s'attendait vraiment à ce qu'elle le suive.

Puis, Mrs Borbach traduisit. L'homme était descendu rencontrer Millie, et il avait eu la gentillesse d'apporter son accordéon, pour jouer un air aux visiteuses américaines.

Millie, prise en sandwich entre Karen et Rita, passa les deux heures suivantes à écouter des chants des montagnes suisses. Durant tout le concert, Karen ne cessa de lui envoyer des coups de coude, et chaque fois, le type la regardait droit dans les yeux.

Elle resta postée aussi près que possible de la porte, et quand vint le moment de se dire bonne nuit, elle le remercia pour ce divertissement de l'autre bout de la pièce. Dans certaines circonstances, Millie estimait qu'il valait mieux ne pas prendre de risques. La perspective de se faire enlever pour passer le restant de ses jours sur la montagne voisine n'était pas un sujet à prendre à la légère.

Le lendemain, il faisait beau et frais, la météo idéale pour randonner selon Mr Borbach. Bien avant le lever du soleil, ils étaient prêts à partir. Les vaches s'étaient manifestement réveillées en même temps qu'eux et, longtemps après avoir croisé les troupeaux sur les alpages, ils continuèrent à entendre le tintement de leurs cloches dans le lointain. Mr Borbach marchait en tête, tandis que Mrs Borbach fermait la marche. Ils parvinrent enfin là où même les vaches ne venaient pas brouter.

Millie était assise sur un coin de terre dégagé, et buvait du vin chaud. À cette altitude, le ciel bleu paraissait écraser tout le paysage, et elle avait l'impression qu'il lui aurait suffi d'un bond pour atteindre l'une des trois autres montagnes et toucher leurs sommets enneigés. Ils redescendirent pour l'heure du déjeuner, retardés seulement par un incident : Rita avait oublié sa caméra au sommet, et elles durent patienter une demi-heure le temps que Mr Borbach retourne la chercher.

Où qu'elles se rendent à Herrliberg, les gens dévisageaient les trois jeunes filles et, généralement, l'objectif de la caméra de Rita les dévisageait en retour. Mrs Borbach leur demandait parfois de passer au nouveau supermarché, à l'autre bout du village, pour acheter quelques bricoles qui ne figuraient pas sur sa liste de courses hebdomadaire. Armées de leurs dictionnaires allemand-anglais et de la liste rédigée avec soin par Mrs Borbach, qui décomposait chaque mot en syllabes faciles à prononcer, elles investissaient le magasin.

Les vendeurs étaient toujours aux petits soins, et s'intéressaient beaucoup à Millie. La dernière fois qu'elles s'y rendirent, Karen était en train de ranger les provisions dans leur cabas quand l'employé les arrêta. Il désigna le bras de Millie, lui sourit, et glissa une énorme barre chocolatée dans leur panier. « Deux chocolats », dit-il.

« J'imagine qu'ils sont un peu surpris de nous voir ensemble, commenta Rita sur le chemin du retour. Millie, tu devrais lancer une émeute raciale. »

La jeune fille médita sur la suggestion de son amie dans une lettre à ses parents où elle leur racontait ce problème qui revenait sans arrêt. Son intention était de les divertir, mais il y avait quelque chose de vaguement perturbant dans le sérieux avec lequel les gens recevaient ses moindres propos. Quand ils rendaient visite aux amis des Borbach, il y avait toujours un Suisse pour l'interroger sur sa vie aux États-Unis. Est-ce qu'elle risquait de se faire lyncher ? Voilà ce qu'ils désiraient savoir. Elle se sentait une lourde responsabilité en s'efforçant de leur répondre, car pour eux ce qu'elle disait était parole d'Évangile. Millie ne pouvait se résoudre à renchérir sur les violences qui faisaient les gros titres du journal de Zurich. Elle fut tout aussi surprise que ses interlocuteurs, le jour où elle s'entendit raconter à un groupe de lycéens qu'elle comptait plusieurs sudistes blancs parmi ses amis intimes.

Les filles se levaient chaque jour pour petit-déjeuner avant le départ au travail de Mr Borbach, mais ce matin-là, Millie fut réveillée par des claquements incessants de portière, au lieu des timides coups donnés par Ursi à la porte. Elle s'extirpa du lit pour identifier l'origine de ce raffut et, de sa fenêtre, aperçut un garçon d'à peu près leur âge, en train de balancer des bagages hors d'une voiture. Le fils aîné des Mossiman, celui que Mrs Borbach tenait tant à leur faire rencontrer, avait dû rentrer d'Allemagne.

La famille et leurs pensionnaires américaines furent invitées à dîner chez les Mossiman, pour fêter le retour de Jurg. Bien que ce dernier ne parle pas anglais, il paraissait vraiment sympathique. Pourtant, Millie fut surprise quand Mrs Borbach lui annonça que Jurg souhaitait l'inviter à sortir. Est-ce que ça lui disait ? voulait savoir son hôtesse. « Il dit que comme il ne parle pas très bien anglais, il va devoir se servir de ses mains. » Millie ravala un sourire et répondit que bien sûr, elle serait ravie de sortir avec Jurg.

Rita, Karen et elle débattirent pour savoir si Millie devait emporter son dictionnaire de poche. Ce n'était pas l'objet le plus romantique à avoir dans son sac à main, mais c'était bien pratique. « Tu n'as qu'à te servir de tes mains », gloussa Rita. Quand Jurg passa la prendre, Millie aurait juré entendre le ronronnement de la caméra de son amie, derrière la fenêtre du salon.

Jurg adorait les chevaux, du moins c'est ce qu'elle parvint à déduire de leur conversation dans un drôle de sabir composé d'anglais, de français et de suisse allemand. Ils allèrent dîner dans un centre équestre, et Millie était tellement habituée aux regards, désormais, qu'elle fit son entrée de fort bonne grâce.

Le propriétaire du restaurant, ami intime de Jurg, était un homme rondouillard, le genre qu'on associe généralement à la bonne chère. Jurg fit les présentations, et bien vite il décida de s'asseoir à leur table. Mr Gachnang non plus ne parlait pas anglais, mais il adressait une question à Millie de temps à autre, en français. Le reste du temps, assis à côté de Jurg, il la dévisageait intensément par-dessus la table.

D'un coup, il s'avança et lui fit la grimace. Après quelques secondes d'hésitation, elle comprit qu'il lui demandait d'ouvrir la bouche.

« Elle a de bonnes dents », dit-il en français, s'adressant à Jurg. Puis il sourit à nouveau, et se leva d'un bond. Quand il reparut à leur table, la voix de Louis Armstrong avait envahi la salle.

Millie aurait voulu engager la conversation mais, sans son dictionnaire, elle était perdue. Mr Gachnang continuait à s'adresser à Jurg, et de temps à autre, elle entendait le mot « Americano ».

« Vous êtes mélangée*[1] ? » demanda-t-il en se tournant vers elle.

1. Les mots suivis d'un astérisque sont en français dans le texte.

Elle resta déconcertée une bonne minute. Elle ne se souvenait plus de ce que signifiait « mélangée* ». Puis, elle comprit. Dieu du ciel, non, elle n'avait rien de mélangé.

Il désigna ses cheveux en faisant de grands gestes. « Ils ne se dressent pas comme ceux des Africanos. Indiano ? s'enquit-il, plein d'espoir.

– Non, afro-américaine. »

Il secoua la tête, pour essayer de lui faire savoir qu'elle ne comprenait pas.

« Amérique du Nord, reprit-il, tu vois ? »

Elle hocha la tête.

« Danemark ? »

Elle opina encore. Ils dressèrent la liste de cinq autres pays avant qu'il n'en vienne à la Suisse, en se désignant du doigt.

Oui, acquiesça Millie, elle connaissait ce pays.

« India ! cria-t-il triomphalement. Toi, toi. » Dans son excitation, il s'était penché de tout son long, à deux doigts de mettre les coudes dans l'assiette de Millie.

Une fois de plus, elle secoua la tête. « Americano Negro. » Elle articula distinctement chaque mot. Le petit homme commençait à l'agacer, et elle aurait voulu qu'il la laisse simplement exister en paix.

Millie regarda Jurg, entre les innombrables bouteilles qui jonchaient la table. Il ne buvait pas grand-chose, il ne valait mieux pas puisqu'il conduisait. Pourtant, Mr Gachnang ne cessait d'apporter des vins à goûter en l'honneur de Millie. Les Suissesses ne buvaient pas, sauf à la maison, et Karen et elle avaient fini par conclure que la plupart des gens étaient tellement surpris de les voir prendre de l'alcool en public que le choc les poussait à leur servir du vin. Mr Gachnang n'avait pas cessé de lui sourire, comme pour lui signifier qu'il savait tout de ses ascendances secrètes. Faisant un effort pour se montrer sociable, elle lui rendit son sourire. C'était sûrement la formule magique, car il se leva sur-le-champ et disparut dans l'arrière-cuisine. Elle espéra qu'il n'allait pas retoucher au juke-box. Elle avait déjà écouté cinq fois le disque de Louis Armstrong.

« Il est hah-hah », dit Jurg, sur le ton de la confidence.

Elle acquiesça. « Hah-hah », c'était effectivement le juste terme pour décrire Mr Gachnang. Soudain, elle sentit une présence dans son dos.

« Un cadeau, pour une fille extraordinaire. » Mr Gachnang était debout, les mains dans le dos. Elle n'eut pas le cœur de se demander de quoi il s'agissait. Les gens n'arrêtaient pas de lui offrir des choses, et Rita menaçait de se plaindre pour discrimination.

Quand Mr Gachnang posa son cadeau à côté de son assiette, elle fut brusquement secouée par un rire silencieux. Elle possédait désormais une authentique boîte de cigares suisses.

Manifestement, Mrs Borbach avait prévenu Jurg que Millie devait rentrer tôt, en prévision de l'excursion du lendemain matin au musée de Zurich. Après avoir écouté Louis Armstrong une fois de plus, il la raccompagna chez elle.

« Comment ça s'est passé ? demanda Karen à Millie, qui enjambait ses pieds pour se mettre au lit.

– Prends donc un cigare », chuchota cette dernière, avant de s'écrouler, hilare, au pied du lit de sa camarade.

Comme leur départ approchait, les amis de Mr et Mrs Borbach organisèrent plusieurs soirées en leur honneur. C'était divertissant de discuter avec les gens, même ceux qui ne parlaient pas anglais, et ça ne dérangeait pas les filles de répondre à leurs questions parfois absurdes. Toutes les jeunes Suissesses, même la petite Ursi, étaient fascinées par leurs tenues. Est-ce que tous leurs corsages avaient ces drôles de cols ? demandaient-elles en tendant la main pour toucher le tissu oxford infroissable. Elles avaient parfois du mal à maintenir la conversation sur un sujet consensuel. Le frère de Mr Borbach, Rato, avait des opinions très arrêtées au sujet de la musique classique américaine contemporaine et, à moins de parvenir à l'esquiver, la discussion finissait généralement par s'échauffer.

Alors qu'elles se mettaient en pyjama, après une soirée grillades chez Rato, Rita se montra soudain étonnamment silencieuse. « Vous savez, finit-elle par dire, quand je m'enflamme comme ça sur ces débats stupides, je me rends compte à quel point je suis vraiment une touriste. Je préfère les trucs américains, juste parce que ça vient de chez nous. Enfin bon, j'adore les Borbach, mais parfois… » Et, brusquement gênée, elle se tut.

Millie leva le nez, surprise. Rita disait rarement des choses qui prêtaient à réfléchir, et quand ça arrivait, ça lui faisait toujours un petit choc.

« Oui, fit Karen, en allant éteindre. C'est comme boire du cacao Hershey plutôt que leur Banago, là. »

Dans l'obscurité, Millie ne dit rien. Elle resta éveillée longtemps après avoir entendu leur respiration s'apaiser à sa gauche et à sa droite. Avant de se laisser aller au sommeil, elle attendit que sonnent les cloches de l'église catholique. Chez elle, il n'y avait pas de clocher, et elle sentit à quel point ce fameux « chez elle » s'insinuait dans ses pensées. Chez elle, il y avait des choses auxquelles elle préférait souvent éviter de penser, mais qui faisaient tellement partie d'elle qu'elle ne pourrait jamais les ignorer tout à fait. Elle songea à l'une de ses amies, qui lui avait demandé, sur un ton mi-badin, mi-sérieux, ce qu'elle comptait faire une fois que les banderoles seraient passées de mode.

Millie se glissa hors de son lit et s'approcha sur la pointe des pieds de la fenêtre qui surplombait le lac. Sur la rive d'en face, les lumières s'étalaient à la surface de l'eau, enveloppant la bourgade dans un halo de sérénité. Ces deux mois étaient passés si vite. Elle connaissait le moindre coin de rue, elle appelait par leur prénom chaque vendeuse de fleurs du quartier de la gare. Et pourtant, elle n'appartenait pas à cette ville, et ne regrettait pas d'y être étrangère. Il lui suffisait de graver dans sa mémoire les lumières qui brillaient sur le lac à travers cette fenêtre pour savoir qu'un jour elle reviendrait en Suisse. Mais ici, elle n'était pas chez elle.

Quand les pommes sont mûres

Mrs Gilley habitait la deuxième maison grise en partant du coin de la rue. Quand Jonnie Anderson jouait dans son jardin, il apercevait cette maison, coincée entre les monticules de terre rouge que les ouvriers du chantier d'élargissement de la route avaient laissés derrière eux. Parfois, la vieille Mrs Gilley sortait sur la véranda, inspectait ses trois pots de gardénias, puis rentrait. Jonnie voyait le toit de la maison de Mrs Gilley plus souvent qu'il ne voyait Mrs Gilley elle-même. Il ne pouvait pas accompagner Doug, le samedi matin, quand ce dernier passait tondre la pelouse de la vieille dame, et parfois l'emmener chez le médecin. Il n'avait même pas de vraie montre, pour savoir quand Doug allait rentrer. Mrs Gilley était souvent malade, et sa mère ne voulait pas qu'il aille l'embêter. Et il n'avait pas le droit de jouer dans le jardin de Mrs Gilley, sauf si elle l'y invitait. Alors, Jonnie grimpait sur la balançoire, et parfois Doug se mettait derrière pour le pousser jusqu'à ce qu'il aille presque aussi haut que la clôture verte qui séparait le jardin des Anderson et celui des Stewart.

Si Jonnie-Boy se balançait de toutes ses forces, il s'envolait assez pour apercevoir le jardin de Mrs Gilley, avec les fruits en décomposition du grand pommier éparpillés sur le sol. Quand le vent soufflait dans le bon sens, leur parfum âcre parvenait jusque chez eux. Parfois, les deux chiens marron se tenaient sur la véranda. Doug disait qu'ils lui attrapaient des lapins pour qu'elle les mange, et que Mrs Gilley chassait elle-même les souris qui remplaçaient le poulet dans sa soupe de riz-souris. Vus du haut de la balançoire, les chiens se confondaient avec les stores toujours baissés.

Très souvent, quand Jonnie ne prenait pas de dessert parce que sa mère n'avait rien préparé, on lui donnait un nickel et on l'envoyait à l'épicerie du coin. En ce moment, avec ses parents qui n'arrêtaient pas de parler de Doug, sa mère faisait rarement des gâteaux. On aurait dit qu'ils lui donnaient des nickels juste pour qu'il débarrasse le plancher.

Chaque fois ou presque, il croisait Mrs Gilley chargée d'un sac en papier kraft et de restes de viande enveloppés dans du journal. Il savait que le sac contenait des os, parce que Mr Potter, qui tenait la petite échoppe, avait expliqué à Maman qu'il mettait de côté les os et les déchets pour les chiens de Mrs Gilley. Elle rapportait tout ça chez elle les soirs où elle passait chercher son traitement. Vu qu'ils habitaient très loin de la pharmacie, c'était Mr Potter qui se chargeait de récupérer les médicaments de Mrs Gilley.

Jonnie était toujours très poli avec Mrs Gilley. Quand il la voyait approcher et qu'il n'avait pas le temps de baisser le nez, il pressait le pas, lui disait deux mots et se dépêchait de filer. Ce n'était pas un froussard, contrairement à ce que Doug prétendait, mais quand on parlait à Mrs Gilley, on avait toujours l'impression qu'elle fixait un truc dans votre dos. Parfois, Jonnie-Boy avait envie de se retourner pour regarder à son tour.

Elle détonnait dans leur rue. Les autres dames âgées qu'il connaissait, même celles qui avaient les cheveux bleus, n'avaient pas l'air vieilles à ce point. Mrs Gilley était en partie chauve. Les rares mèches qui poussaient encore sur son crâne étaient brunes, tirant sur le roux et mêlées de cheveux gris. Plus petit, Jonnie était persuadé qu'elle avait été scalpée.

« Qu'est-ce qui est arrivé à sa tête ? demanda-t-il un jour à sa mère.

– Mrs Gilley est vieille, répondit celle-ci, et parfois les personnes âgées perdent leurs cheveux à force de cogiter sur les choses qui changent. » Mais elle n'avait pas l'air d'y croire ; elle lui demanda le ramasse-poussière et se mit aussitôt à balayer la cuisine.

Sa mère avait pitié de Mrs Gilley. Il l'entendait régulièrement dire à son père qu'elle aurait aimé pouvoir faire quelque chose pour cette vieille dame.

« J'ai bien peur qu'elle ne tienne plus très longtemps, disait-elle en levant sa spatule et en regardant tomber les gouttes de pâte liquide. C'est sûrement une bonne chose, cela dit. J'imagine que ça ne doit pas tellement lui plaire de vivre à notre époque. Tu imagines ce que ça doit lui faire ? Dès qu'on ouvre le journal, partout, ça parle des Noirs. »

Elle désigna l'autre placard. « Jonnie, passe-moi ce saladier. Bon Dieu, je me souviens encore de ma mère qui racontait comment la mère de Mrs Gilley menait ses serviteurs à la baguette. Et ils l'appréciaient d'autant plus, tous autant qu'ils étaient. »

Son père grogna, et replia son journal. « J'imagine que ça doit être agréable de s'installer sur la véranda pour saluer les passants, en sachant que ton unique fils est bien tranquille six pieds sous terre.

– Jim ! » Sa mère fit volte-face, les joues soudain mouchetées de larmes. « Ne t'avise même pas de jouer à ça.

– Je suis désolé, répondit-il. Je ne pensais pas à Doug. Seigneur, Carolyn, tu crois que j'ignore que c'est aussi mon fils ? »

Et puis ils se turent en regardant Jonnie.

Aujourd'hui, sa mère n'avait pas l'air de penser à Mrs Gilley et, quand il vint traîner dans la cuisine, elle ne lui prêta aucune attention. Même Doug était sorti seul sur sa bécane. Comme il rentrait rarement avant l'heure du dîner, Jonnie n'avait pas grand-chose à faire, à part aller se balancer dans le jardin jusqu'à ce que quelqu'un l'appelle à table.

« Tu veux qu'on aille prendre de nouveaux livres à la bibliothèque, ce soir ? » lui demanda son père. Avant que Jonnie n'ait le temps de répondre, la porte d'entrée claqua et Doug pointa le bout de son nez. « J'arrive tout de suite, juste le temps de faire un brin de toilette. »

Sa mère se leva et ajouta un couvert à table. Doug s'installa en face de Jonnie-Boy et se pencha pour lui donner une pichenette sur le crâne.

« Il me semble, dit son père une fois Doug attablé, que tu pourrais arriver à l'heure au dîner. Si encore tu faisais quelque chose de constructif, je pourrais excuser ton retard.

– Je suis désolé, répondit Doug, en attrapant le beurrier, mais le programme d'orientation, c'est important. On ne va quand même pas descendre là-bas sans rien savoir du coin.

– Et tu ne t'es jamais dit que tu n'avais peut-être pas besoin d'y aller ? »

Le père de Jonnie posa sa fourchette et dévisagea son fils.

« Je suppose que tu sais que tout le monde en parle.

– Tout le monde parle de quoi ? » Doug s'exprimait lentement, patiemment, comme s'il s'adressait à un enfant.

« De mon fils qui s'en va dans le Sud aider des gens qui ne sont même pas assez malins pour s'aider eux-mêmes. Un jour ou l'autre, ils finiront par abolir la ségrégation partout, bien sûr. Je le sais. Mais quand on est raisonnable et qu'on a un avenir, on ne s'en mêle pas. » Doug ne répondit rien. « Si tu dois t'engager en politique, pourquoi tu ne t'en tiens pas à un autre coin de l'État ? Il doit bien y avoir quelque chose à faire pour toi dans le Maryland, sans que ton nom se retrouve partout dans les journaux.

– S'il vous plaît, interrompit sa mère. S'il vous plaît, ne discutons pas de tout ça maintenant. Le dîner est le seul moment de la journée où on est tous ensemble. On ne peut même plus manger en paix ? Comme une famille ? »

Ils terminèrent le repas en silence. En débarrassant les assiettes dans l'évier, Jonnie-Boy entendit son père et son frère palabrer au salon. Puis la porte d'entrée claqua, et il comprit que Doug était reparti sur sa bécane. Les sourcils encore froncés, son père pénétra dans la cuisine et regarda sa mère.

« Qu'est-ce que tu fabriques ? demanda-t-il.

– Je prépare une assiette pour Mrs Gilley. Tu ne vas quand même pas trouver à y redire ?

– Bon sang, Carolyn, c'est si étrange que ça de vouloir que mon fils poursuive ses études, plutôt que de finir pendu à un arbre dans le Mississippi ? Tu crois que Mrs Gilley accepterait un repas de ta part, si elle savait que tu élèves un rebelle ? Une Gilley du comté de Jackson ? » Aussitôt il s'esclaffa, mais Jonnie trouvait que ce drôle de bruit ne ressemblait pas tellement à un rire.

Il attendit que sa mère ait emballé l'assiette dans du papier d'aluminium. Certains soirs comme celui-ci, quand ils mangeaient un plat particulièrement savoureux, ou quelque chose de facile à mâcher, Jonnie allait lui porter le dîner, en se dépêchant pour ne pas laisser les légumes refroidir. En regardant le visage de sa mère, il se demanda si elle pensait à Mrs Gilley ou si c'était la discussion avec son père qui lui donnait un air si solennel.

Son père disait toujours que Mrs Gilley ne possédait rien d'autre que ses origines. Et de nos jours, l'héritage familial, ça ne valait pas un clou. Il pouvait compatir avec Mrs Gilley, ajoutait-il, car les Anderson et la vieille dame partageaient un point commun. Peu importait où ils habitaient, ils seraient toujours des gens du Sud. Une grande partie de la famille, de même que toute celle de Mrs Gilley, était restée en Virginie.

Parfois, quand Jonnie venait faire une commission et qu'elle était d'humeur loquace, Mrs Gilley le faisait asseoir sur les marches de la véranda. Puis elle lui offrait une pastille contre la toux à la réglisse qu'elle tirait de sa poche, et lui parlait de sa maison de famille. Bien trop de pièces pour une vieille dame comme elle. Elle se rappelait l'époque où la demeure grouillait de petits boys qui faisaient un sacré raffut, alors qu'elle essayait d'aider sa grand-mère à trouver le sommeil.

Ensuite elle se taisait, car ils avaient vendu la maison. « Oh hé bien, il n'y avait vraiment rien d'autre à faire. Je n'avais clairement pas besoin de toute cette place. » Quelqu'un lui avait dit, ou écrit une fois que les petits enfants de couleur fréquentaient maintenant l'école qui portait le nom de son grand-père. Jonnie-Boy ne savait que dire. Il restait assis à suçoter sa pastille pour la toux, en essayant de ne pas se couper la langue quand le bonbon devenait tout effilé, et il attendait d'être congédié.

La famille dînait à dix-huit heures trente. À l'automne, il faisait donc pratiquement nuit quand Jonnie se présentait avec son assiette chez Mrs Gilley. Le lampadaire du coin de la rue ne brillait pas assez fort pour éclairer tout le jardin de la vieille dame. Jonnie pressait le pas jusqu'à la maison, puis il esquivait les ombres des arbres et courait jusqu'à retrouver l'allée. Les dalles autrefois soigneusement disposées en damier avaient été dérangées depuis belle lurette par les nombreux pieds qui les avaient foulées. Il en manquait à certains endroits, tandis que d'autres étaient brisées, des touffes d'herbes poussant entre les morceaux de pierre.

Il marchait sur la pelouse, tenant l'assiette bien haut car on ne savait jamais quand l'un de ces chiens pouvait surgir et se mettre à aboyer. Une fois, le plus gros, que Mrs Gilley appelait Général Lee, avait voulu le mordre. Il en avait lâché l'assiette. Ce soir-là, les chiens n'étaient même pas visibles. Le Général avait été surpris par une voiture qu'il pourchassait et qui avait soudain passé la marche arrière, et l'avait renversé. C'était un miracle qu'il n'en soit pas mort, mais Mrs Gilley lui avait bandé le corps et lui passait régulièrement une pommade commandée par Mr Potter à la pharmacie.

Ça ne dérangeait pas Jonnie-Boy de porter le dîner de Mrs Gilley de temps en temps ; mais à la saison où les pommes mûres jonchaient le sol, il détestait traverser le jardin. Mrs Gilley n'avait pas d'éclairage sur sa véranda et il ne pouvait pas regarder ses pieds pour éviter les fruits tout mous, au risque de faire tomber le repas. Il finissait toujours les chevilles éclaboussées de jus et ça le démangeait, sauf qu'il ne pouvait pas se gratter tant qu'il tenait le plat.

Ce soir-là, il progressa à pas lent, tâtonnant du bout de ses tennis pour repérer les pommes égarées. Enjambant l'escargot qui s'étalait, tout humide, sur la deuxième marche, il parvint à la véranda et frappa à la porte.

Mrs Gilley, qui était dure d'oreille, mettait toujours beaucoup de temps à répondre. Quand elle vint enfin ouvrir la porte-moustiquaire, elle l'attrapa par le crâne et le poussa dans le coin de la véranda éclairé par le lampadaire. Une fois rassurée – il ne s'agissait pas d'un de ces gamins qui cassaient les tiges de ses tournesols et balançaient les pétales dans la rue – elle l'invita à entrer pour troquer la nouvelle assiette contre celle de la semaine précédente.

Le salon de Mrs Gilley débordait jusque sur la véranda, côté façade. Et si son terrain n'avait pas été aussi petit, elle aurait probablement décoré le jardinet de devant aussi. Le rocking-chair en acajou avec son repose-pied, près de la balustrade, était assorti aux meubles foncés du séjour. Jonnie se planta devant le canapé fané. Les coussins en tapisserie adossés à la fenêtre bloquaient le peu de lumière qui filtrait à travers le store jaunissant.

« Assieds-toi, jeune homme », souffla Mrs Gilley. Jonnie-Boy s'installa sur un pouf près de la cheminée, et leva le nez pour regarder les photos posées sur le piano droit. Il allait jouer à suivre mentalement les losanges du tapis quand il repéra quelque chose qu'il n'avait jamais vu chez Mrs Gilley. Prudemment, il se leva pour regarder les magazines soigneusement empilés sur le plancher. C'était des numéros de cette revue que lisait Doug, celle que son père détestait. Il ne comprenait vraiment pas pour quelle raison Mrs Gilley avait les magazines de Doug. Il s'apprêtait à en feuilleter un quand celle-ci revint de la pièce voisine, et le découvrit le nez par terre.

« Tu as vu une souris ? demanda-t-elle en lui tendant l'assiette propre. Elles sortent souvent quand c'est calme comme ça. »

Il tendit les bras, et elle déposa avec précaution le plat entre ses mains. « Dis à ta mère que je la remercie », ajouta-t-elle en l'escortant vers la sortie. Mrs Gilley resta derrière la moustiquaire jusqu'à ce qu'il ait passé le pommier et retrouvé la lumière du lampadaire, tenant l'assiette bleue à bout de bras.

Le samedi matin, après le petit déjeuner, sa mère le rappela à la cuisine.

« Dépêche-toi, dit-elle. On n'a plus de détergent Spic'n'Span, il faut que tu ailles au magasin. »

La mère du petit Jonnie lui fit épingler le billet d'un dollar dans sa poche de chemise. « *Spic'n'Span comes in a can*, chantonna-t-il dans sa barbe.

– Tiens-toi tranquille », répondit-elle.

Sur le perron, il passa la main sur la boîte aux lettres et attrapa sa casquette sur le porte-revues. Jonnie-Boy l'enfila, se pencha, et entreprit d'écraser toutes les petites fleurs roses qui poussaient le long de l'allée. Il allait remonter la rue quand, soudain, il pensa à la montre. Marrant, il avait même oublié qu'il avait eu une montre. Sauf que si, et elle était enterrée quelque part par là, juste sous les soucis plantés au fond.

Jonnie-Boy tritura la terre brun-rougeâtre jusqu'à ce que ses doigts rencontrent un objet dur. Il avait passé tout le mois précédent à bûcher dur pour apprendre à lire l'heure. Quand il avait enfin réussi et su ce que disait l'aiguille à gauche de l'horloge, il avait demandé une montre à son père. Oh, on lui en avait bien donné une, ça oui… une vieille qui n'allait plus à Doug. Une montre Mickey Mouse débile, avec un bracelet rouge.

Il la repêcha dans le terreau, et l'essuya sur son pantalon. Le bracelet rouge avait pris une drôle de couleur, et le visage du pauvre Mickey arborait maintenant un curieux bronzage. Satisfait de voir la montre presque méconnaissable, il l'enfouit de nouveau dans le même trou. Il égalisa la terre, arracha quelques herbes qu'il planta par-dessus, et fila en courant vers le magasin de Mr Potter.

Il parcourut un pâté de maisons, s'arrêta, et huma l'air. Il n'était toujours pas capable de sentir quand il allait pleuvoir, comme le faisait Mrs Gilley. Sa mère avait sûrement raison.

« La pluie, disait-elle, il y a des gens qui ont ça dans les os. » Il était presque à hauteur de son jardin, à présent, et rien ne bougeait là-dedans. Une fois, il avait entendu son père dire qu'un défilé de nègres marchant sur Washington aurait pu passer sous ses fenêtres à l'aller comme au retour, qu'elle n'aurait pas bougé d'un iota pour venir voir qui chantait « We Shall Overcome ». L'un des chiens était allongé en travers du vieux rocking-chair de la véranda.

Il s'apprêtait à poursuivre son chemin quand il remarqua une horloge qui trônait sur la véranda de Mrs Gilley. De la couleur de la purée d'arachides, elle était montée sur une table basse dotée de quatre roues, comme des patins à roulettes. Deux petites poignées paraissaient fixées à un tiroir, et la longue façade en verre étincelait, incongrue sur cette véranda. Jonnie-Boy n'en était pas certain, mais il avait l'impression que c'était un torchon qui était accroché en haut. Il s'avança au bord du jardin pour regarder de plus près, puis se hâta de remonter la rue jusqu'à l'épicerie. Il n'avait jamais vu une aussi grosse horloge sur une véranda.

Dix minutes plus tard, il était sur le chemin du retour, chargé de deux sacs en papier kraft. Mr Potter lui avait demandé de livrer les os de la veille à Mrs Gilley, car elle n'était pas passée les prendre. Par-dessus les sacs, Jonnie-Boy apercevait maintenant la vieille dame, assise côté pommier, en train de lire un de ces magazines. Elle ne parut pas le remarquer, jusqu'au moment où elle entendit ses pieds écraser les pommes.

Il regarda Mrs Gilley, essayant de trouver quelque chose à répondre quand elle lui parlerait.

« Bonjour jeune homme. » Sa voix était rugueuse, comme si elle n'avait pas encore fait ses gargarismes.

« Bonjour Mrs Gilley, répondit Jonnie-Boy. Mr Potter vous envoie les os d'hier pour le Général et puis l'autre chien. Il dit qu'il a pas encore eu le temps de passer à la pharmacie.

– Merci jeune homme, pose ça sur la rambarde. »

Il déposa les os sur la planche de bois, et s'arrêta pour observer l'horloge. Le bois, lisse et astiqué de frais, était taillé en volutes qui se dressaient et s'incurvaient au sommet, comme des têtes de dragon. C'était vraiment une horloge énorme. Il était sur le point de tendre la main pour la toucher quand Mrs Gilley s'adressa à lui.

Son regard passait du garçon au magazine. « Il y a un moment, dit-elle, où on ne peut plus faire comme si les choses n'existaient pas. Tu peux dire à ton frère que je le remercie pour ces lectures. »

Jonnie-Boy opina, et se tourna pour ramasser les courses.

« Attends une minute, jeune homme, que je te donne un bouquet de feuilles d'automne pour ta mère. »

« Non merci », voulut-il répondre. S'il y avait bien une chose dont sa mère n'avait pas envie, c'était d'une poignée de feuilles. Mais Mrs Gilley se courba et commença à tailler les tiges de ses gardénias. Elle avait bien du mal à en trouver des vertes. Sur la poignée qu'elle avait ramassée, certaines avaient déjà commencé à flétrir et à virer au brun.

Lui tournant toujours le dos, elle reprit. « J'ai cru comprendre que ton frère a reporté son semestre. Il s'en sort toujours à l'école ?

– Il n'y va pas en ce moment, répondit Jonnie. Il n'a plus envie d'aller à la fac.

– Ah bon, et qu'est-ce qu'il a envie de faire ? »

Jonnie hésita. « Aller au Mississippi, mais personne ne veut qu'il y aille. Papa dit qu'il est bête de vouloir se mêler à ces gens, mais il insiste quand même pour partir. » Il se sentait vaguement mal à l'aise, comme s'il venait de trahir la confiance familiale.

« Alors comme ça, Douglas va devenir un combattant de la liberté. » Mrs Gilley interrompit sa cueillette pour le regarder. « Je crois que c'est comme ça qu'on appelle ces gens dans les magazines.

– Oui m'dame, et Jonnie se tut.

– Quand est-ce que ton frère s'en va ?

– Il prend le bus dimanche matin. » Rien que de prononcer ces mots, il ressentit un drôle de vide. Avant, il savait que Doug rentrerait toujours à la maison pour Thanksgiving ou pour Noël. On aurait dit qu'ils avaient épuisé toute leur réserve de vacances.

Quand Mrs Gilley eut rassemblé une poignée de feuilles, elle se tourna pour les envelopper dans un torchon pendu à l'horloge. C'était donc bien un torchon. Tandis que la vieille dame lustrait les feuilles l'une après l'autre, Jonnie-Boy contempla l'horloge, suivant des yeux les oscillations du pendule.

« Elle te plaît, mon horloge ? demanda-t-elle en caressant amoureusement le bois. C'est ma troisième, tu sais. J'en ai une dans la chambre, une sur la véranda du fond, et une dans la cuisine. Deux mois avant sa mort, pour mon mariage avec Mr Gilley, mon grand-père m'a fait cadeau de celle-ci. C'est l'horloge de la cuisine, expliqua-t-elle. J'essaie de l'aérer une fois par an. Grand-père était fasciné par les horloges. »

Le regard de Mrs Gilley se perdait par-dessus son épaule, contemplant le terrain vague de l'autre côté de la rue. « Je n'ai gardé qu'une seule de ses montres, les autres sont enterrées avec lui. Quand mon père a estimé que mes frères étaient devenus des hommes, chacun a reçu une montre. Ça, je peux te dire que jamais mes frères n'auraient osé négliger leur montre, pas plus qu'ils n'auraient courtisé une fille du Nord. »

Jonnie regarda Mrs Gilley tirer lentement sur les boutons du tiroir de l'horloge. « Bien sûr, jusqu'à ce qu'elle soit vendue, j'ai conservé la grosse montre en or au coffre, en sécurité à la banque. Mais celle-ci a accompagné mon grand-père pendant toute la guerre. Il était déterminé à les tenir en respect, ces étrangers : personne ne devait poser la main sur sa montre. »

Le tiroir s'ouvrit en grand, et elle désigna une petite boîte d'un blanc grisâtre. « Jeune homme, tu as appris à te servir d'une montre ? »

Jonnie-Boy hocha la tête.

« Mon père disait toujours, reprit Mrs Gilley, la main posée sur la rambarde de la véranda, qu'un jeune homme devrait avoir un drapeau confédéré, un cheval et surtout, surtout, une montre. » Elle lui fit signe de prendre la boîte. « Je l'entends encore faire la leçon à mes frères, et leur dire que l'honneur d'un homme est comme sa montre, fidèle au poste vingt-quatre heures sur vingt-quatre. »

Les mains de Jonnie-Boy se trémoussaient d'impatience. Il avait presque peur de toucher la boîte mais d'un coup le couvercle sauta, et la montre apparut. Il ne put s'empêcher de sourire : c'était exactement le genre de montre qu'il avait toujours rêvé d'avoir – le genre qu'on voyait dans les récits de la conquête de l'Ouest. Elle était ronde, argentée, brillante, avec une longue chaîne en argent. Et il y avait une attache pour l'épingler dans sa poche. Il avait envie de passer ses doigts sur l'étui et tout autour du cadran argenté, mais avec Mrs Gilley qui se tenait tout près, il hésitait à la prendre.

« Tu n'as pas de montre ? » demanda Mrs Gilley en regardant son poignet.

Une fois de plus, il secoua la tête.

« Je croyais que tous les jeunes en avaient une, de nos jours. » Et puis, sans prévenir, elle referma le couvercle grisonnant, et enfin le tiroir de l'horloge. « Merci. Passe mon bonjour à ta mère. »

Jonnie-Boy ramassa le sac de courses et Mrs Gilley fourra le bouquet de feuilles par-dessus. Elle resta debout sur sa véranda jusqu'à ce qu'il tourne le coin de la rue, veillant à ce qu'il n'en laisse échapper aucune. Sa mère se demandait où il était passé, mais elle savait qu'il n'avait pas pu s'aventurer assez loin pour se perdre. Elle déclara que c'était très gentil de la part de Mrs Gilley d'avoir envoyé ces feuilles, et les mit tout de suite dans un pot de mayonnaise vide. Une fois la monnaie entièrement recomptée, et la terre chassée de ses bas de pantalon, sa mère lui prépara un pique-nique pour qu'il déguerpisse et s'en aille déjeuner dehors.

Tout le monde se coucha de bonne heure ce soir-là et, à son réveil, Jonnie-Boy sentit l'odeur des beignets à la cannelle en train de cuire dans la cuisine. Sa mère avait fait un pain nature pour Mrs Gilley, dont elle avait ôté la croûte avant d'envelopper la mie tendre dans un torchon propre. Jonnie-Boy irait lui livrer le pain après le dîner.

Les fenêtres de la cuisine étaient grandes ouvertes quand la famille s'attabla pour le petit déjeuner. En écartant les rideaux, Jonnie huma l'air et ne sentit pas la moindre goutte de pluie. Il était encore un peu endormi, car il avait essayé de veiller pour écouter ses parents, le soir précédent. Ils parlaient pourtant à voix basse, comme s'ils ne voulaient pas qu'il les entende. Il était certain d'avoir entendu sa mère pleurer, juste avant que Doug ne monte se mettre en pyjama. Et puis il ne se rappelait plus rien d'autre.

Il se glissa à sa place, veillant à ne rien renverser. La table avait été dressée avec la belle nappe et l'argenterie, mais personne n'avait l'air franchement réjoui. Son père sortit la Bible, et il avait commencé à lire les saintes Écritures quand on frappa à la porte. Sa mère regarda son père. Comme il lui signifiait d'un haussement d'épaules qu'il n'attendait personne, elle alla ouvrir.

« Oh, bonjour Mrs Gilley, entendirent-ils. Entrez, je vous en prie ! »

Mrs Gilley ? Que faisait-elle chez lui ? Jonnie-Boy pivota brutalement sur sa chaise, mais son père l'arrêta. « Entraîne-toi à réciter la Bible, dit-il, et laisse ta mère s'occuper de Mrs Gilley. » À peine eut-il prononcé ces mots que cette dernière apparut dans la cuisine, à la suite de la mère de Jonnie.

« Je suis venue voir Douglas, dit-elle, s'adressant à toute la famille. J'ai quelque chose pour son voyage. » Sans gaspiller davantage sa salive, elle se tourna vers le jeune homme. « Je ne suis pas sûre de te donner raison, mais je crois que mon grand-père aurait voulu que tu aies ceci. Mon grand-père… elle marqua une pause. Mon grand-père était un homme de son temps. Je pense qu'il t'aurait respecté, en tant qu'homme de ton temps. »

Elle déposa une petite boîte dans la main de Doug, soigneusement emballée dans du papier kraft de sac de courses. « Fais-y bien attention. » Et puis, comme si elle venait de s'acquitter d'un cérémonial tout à fait officiel, Mrs Gilley se dirigea vers la porte. « Pas besoin de me raccompagner, dit-elle, poursuivez votre petit déjeuner, je vous en prie. » Avant même que sa mère n'ait le temps de penser au pain sans croûte, Mrs Gilley avait prononcé ses ordonnances, et s'en était allée.

La mère de Jonnie-Boy paraissait perplexe. « Mais que diable ? demanda-t-elle.

– Sûrement une liste des parents du grand-père. Doug va crouler sous les invitations à prendre le thé. »

Sa mère ignora le sarcasme de son époux, et attendit que Doug dénoue la ficelle. Il ôta le papier, et dévoila la même boîte aux couleurs passées qui se trouvait dans le tiroir de l'horloge. Jonnie-Boy pensait que son imagination lui jouait des tours, mais non, elle était bien là, sur la table de la cuisine. Mrs Gilley avait donné à Doug la montre de son grand-père.

« Ça doit avoir de la valeur, aujourd'hui, dit son père. Une véritable antiquité. » Il fit passer la boîte à sa femme.

« Elle ne peut pas se permettre de distribuer ainsi ses biens les plus précieux.

– Je pense que si, répondit sa mère. Savoir que la montre est avec Doug, c'est ça qui compte à ses yeux. » Sa mère touilla son café, et regarda la montre. Elle la tendit à Doug pour qu'il la remonte, et ils écoutèrent le tic-tac régulier jusqu'à la fin de leur repas.

Jonnie-Boy n'eut même pas besoin de demander, Doug le laissa tenir la montre. Le garçonnet fixa l'attache sur sa poche, et laissa la chaîne pendouiller presque jusqu'à ses genoux. Sa mère baissa le nez et s'apprêtait à dire quelque chose, mais elle se tut. Enfin, elle se tourna vers son mari, le regard assuré. « Si ton fils ne peut pas avoir ta bénédiction, je pense que tu peux au moins lui accorder ton respect.

– Mon fils est encore un gamin », répondit-il, et il se détourna pour regarder par la fenêtre de la cuisine.

Il y aurait donc encore des palabres, jusqu'à ce que Doug soit à bord de son bus et qu'il ait quitté la maison pour de bon. Jonnie-Boy se sentait triste, sans trop savoir pourquoi. Il se demanda un instant de quoi ses parents allaient pouvoir parler, une fois que son frère ne rentrerait plus. Au moins, leurs voix semblaient s'être radoucies, car ils savaient que dans quelques heures, Doug ne serait plus là.

Jonnie-Boy n'avait pas envie de les écouter. Ouvrant la moustiquaire, il fila vers la balançoire du jardin, serrant bien fort la montre qui s'en irait avec Doug. Il s'installa sur la balançoire et, d'une bonne poussée, s'envola pour embrasser tout le quartier du regard.

Il tendit la main, la chaîne enroulée autour du poignet, et la montre se balança avec lui, décrivant des arcs argentés dans les airs. De là-haut, il voyait tout – la valise de Doug était posée sur la véranda latérale, le soleil illuminant les profondes entailles qui balafraient le cuir. La maison de Mrs Gilley était égale à elle-même. Les chiens gisaient immobiles dans l'espace dégagé autour de l'arbre, et même si l'horloge avait disparu de la véranda, il y avait toujours le repose-pied en acajou. Il distinguait même Mrs Gilley, dans son rocking-chair, oscillant doucement au gré du vent.

La route est bouchée

Mrs Nelson avait dû venir voir si elle était à la cuisine, sinon la porte-moustiquaire aurait été fermée à l'arrivée de Libby. Celle-ci posa son portefeuille sur l'appui de fenêtre, noua un tablier sur sa jupe courte, et sortit le saladier qu'elle utilisait pour préparer la pâte à biscuits. Elle s'activa avec diligence, ses doigts mesurant et touillant par automatisme, ses oreilles presque imperméables aux voix des Nelson, dans la salle de séjour.

Elle avait enfourné les biscuits et était en train de mettre la table du petit déjeuner dans le coin repas, en se servant dans le vaisselier, quand Mrs Nelson vint la saluer. Elle n'avait plus ses bigoudis, mais n'avait pas encore enduit de maquillage sa peau couleur flocons d'avoine lyophilisés. Mrs Nelson avait le chic pour se planter au milieu des gens qui s'affairaient et, en un an, Libby avait appris à travailler en contournant l'obstacle.

« Libby, dit Mrs Nelson en tournant son corps pâle vers la cuisinière, aujourd'hui c'est le jour de réunion de mon club. N'oublie pas que nous aurons trois tables cette fois-ci. Mrs Henderson a deux dames qui logent chez elle, et j'ai invité quelqu'un d'autre. »

Libby hocha la tête et régla le minuteur pour les œufs. Tandis que Mrs Nelson respirait bruyamment dans son dos, les traits de Libby affichaient un masque faussement attentif.

« Est-ce que Wicker tousse encore ? » Mrs Nelson se pencha pour attraper un peu de pâte à biscuits tombée sur le dessus émaillé de la cuisinière. « C'est tellement dommage, jamais il ne deviendra un solide gaillard comme Hal, ajouta-t-elle. S'il y a bien une chose que je peux dire en sa faveur, c'est celle-là : Hal a toujours respiré la santé, assez pour aller se fourrer dans le pétrin. »

Elle jeta la pâte dans la poubelle à pédale, près de la cuisinière. « Libby, nous allons servir les pastèques confites avec les biscuits. Je veux finir ce bocal avant qu'il ne soit plus bon. »

Libby hocha la tête et se dirigea vers le garde-manger. Il y avait des fois où elle détestait devoir accepter les dons de Mrs Nelson. Depuis le jour où celle-ci avait offert cette vieille couverture à Wicker pour le tenir au chaud quand il était malade, elle se comportait comme si cet enfant lui appartenait. Elle ne cessait de répéter qu'elle veillait sur lui, en espérant qu'il ne tournerait pas comme son père.

Mrs Nelson continuait à parler, tout en gagnant l'autre partie de la cuisine. « J'avais bien dit à sa tante que ça deviendrait un bon à rien, dit-elle en se penchant dans le réfrigérateur, à force de passer son temps à faire mumuse avec la vieille voiture de Papa. S'il voulait devenir mécanicien, il aurait pu rester dans le coin et apprendre le métier. Il aurait pu continuer à travailler à la station Esso, mais non, voilà qu'il décide de changer de boulot. Tu sais, ajouta-t-elle en se tournant vers

Libby, je me demande encore pourquoi il n'a pas épousé cette jeune Thompson, ils faisaient vraiment la paire, ces deux-là. »

Mrs Nelson contempla d'un air dégoûté ses doigts tout collants de pâte à biscuits. « Presse-toi un peu, ajouta-t-elle en s'essuyant la main sur une serviette. Mr Nelson doit partir tôt. »

Libby l'ignora. Mrs Nelson passait son temps à dire des méchancetés sur Hal, et elle devait vraiment prendre sur elle pour garder son calme. Chaque fois que Libby pensait à cette femme en train de tirer les vers du nez à son amie Sally à propos de choses qui ne la regardaient pas, elle se mettait dans une colère noire. Pour la seule raison que Sally travaillait pour Mrs Henderson, Mrs Nelson croyait avoir le droit de fourrer son nez dans les affaires de Libby.

Elle ne comprenait pas pourquoi sa patronne ne lui demandait pas franchement si elle était mariée. Elle pouvait comprendre qu'elle soit curieuse de savoir où se trouvait Hal. Mais ce n'était pas une raison pour répandre des rumeurs, et faire croire aux gens que les cinq enfants de Libby étaient des bâtards.

« Nom d'un chien, on ne peut vraiment pas faire confiance à ces gens », fit-elle en grattant furieusement le fond du bocal de pastèques avec sa spatule. D'après Sally, Mrs Nelson l'avait interrogée sur l'identité du père du bébé de Libby. Elle aurait insinué que Libby s'était acheté elle-même son alliance, et que ce n'était pas Hal qui la lui avait offerte.

Elle sortit les biscuits du four et se mit à les beurrer. Le plus drôle, c'est qu'elle avait vraiment cru que Mrs Nelson la croyait, quand elle avait raconté que son mari travaillait dans le Nord. Ce n'était pas tout à fait un mensonge. La dernière carte postale qu'elle avait reçue de Hal disait qu'il était employé dans une usine de conserves, au nord de l'État. Elle ne voyait pas pourquoi elle aurait dû préciser que cette carte avait été écrite plus d'un an auparavant.

Pendant ses heures de travail, elle essayait d'éviter de penser à son mari. Quand il était parti, Calvin n'était encore qu'un bébé. Au début, elle s'était dit qu'il ne les avait quittés que le temps de l'été. Beaucoup de gars qu'elle connaissait se tiraient comme ça pendant un mois ou deux, mais généralement ils réapparaissaient à l'automne. Mais pas Hal. Il ne faisait jamais rien comme tout le monde. Il était capable de prendre un boulot au drugstore, de rentrer chaque soir à la maison lui faire l'amour, et puis soudain, du jour au lendemain, voilà qu'il avait de nouveau filé. Certaines personnes avaient la bougeotte, point final.

Elle détailla la cuisine inondée de soleil, la comparant à celle, étriquée, de son propre logement. Parfois Meetrie ne la croyait pas quand elle racontait aux enfants ce que les Nelson mangeaient pour le petit déjeuner. Elle avait les yeux tout brillants, à écouter ces histoires de bacon et de gaufres. « Pour de vrai ? demandait-elle en tirant sur la couette au sommet de son crâne. Pour de vrai ? »

Et parfois, tandis qu'elle versait ces pauvres corn flakes dans quatre tasses, et diluait le lait en poudre avec une quantité d'eau qui outrepassait largement les recommandations de la dame de l'assistance sociale, elle-même avait peine à y croire. Ce matin-là, quand elle avait noué un torchon au cou de Wicker et s'était attablée pour le nourrir de céréales à la petite cuillère, Meetrie avait fait son cirque habituel pour avoir les restes, demandant toutes les cinq secondes si le petit avait fini de manger.

Tous les jours de la semaine, elle s'était présentée pile à l'heure chez Mrs Nelson, et tous les jours Mrs Nelson était venue en cuisine lui demander si elle pouvait veiller à arriver un peu plus tôt. Elle posa les œufs dans leur panier, et ramassa le beurre pour le porter à table. Elle avait laissé sa propre maison en désordre, comme d'habitude. Il avait tellement plu la veille que les portes étaient restées closes toute la journée, et l'odeur d'urine de la chambre des enfants avait envahi tout l'intérieur. Mais elle n'était pas chez elle, là tout de suite. Elle travaillait chez quelqu'un d'autre. Poussant la porte battante du coude, elle se faufila dans la salle à manger.

Tandis que Libby faisait la vaisselle, une chaleur incommodante commença à envahir la cuisine. Mrs Nelson débarrassa la table et rapporta les derniers plats à laver.

« Tu es retournée chez le médecin pour Wicker ? »

Elle prit les tasses des mains de Mrs Nelson. « Quand on y est allés la première fois, le docteur a dit que c'était un rhume des foins, et que ça allait sûrement passer. » Libby trouvait que si Mrs Nelson se souciait tant de Wicker, elle aurait pu lui proposer de venir avec ses enfants pour qu'ils jouent dans le jardin, pendant la journée. Comme ça, elle aurait pu les garder à l'œil elle-même. Elle vida l'eau de la vaisselle, et s'aspergea les mains et le visage d'eau froide pour se rafraîchir.

Si Mrs Dickens ne sortait pas Calvin du panier à linge qu'elle avait laissé sur sa véranda, il allait bientôt avoir le soleil en pleine figure. Chaque matin, quand elle l'y déposait avec quelques couches propres, elle regrettait que sa mère ne soit pas assez en forme pour s'occuper du bébé. Même si, avec cette énième maladie qui ne cessait de revenir la tourmenter, elle ne se sentait pas de lui refiler ses problèmes.

Elle avait demandé à Mrs Dickens si elle pouvait laisser Calvin à l'intérieur, mais d'après cette dernière, six heures trente du matin, c'était trop tôt pour avoir un bébé dans les pattes. « Et puis, avait-elle ajouté, dans le coin, tout le monde a beaucoup trop de bébés pour vouloir en voler un sur ma véranda. »

Vers midi, pile au moment où Libby mettait la dernière touche au glaçage du jambon, Mrs Nelson vint réclamer un déjeuner chaud. Ce qui l'agaçait le plus chez cette femme, c'était sa manie de lui trouver toujours davantage de travail au moment où elle était déjà plus qu'occupée. Mrs Nelson était très forte pour avoir des idées absurdes, surtout si ça signifiait des heures supplémentaires pour Libby. Généralement, elle ne se formalisait pas de voir sa journée prolongée sans prévenir. Sauf une fois. Elle était en train de planter des clous de girofle dans le jambon, et s'interrompit pour recompter. Ça devait faire deux Noëls de cela, et elle aurait bien voulu avoir ces trois dollars, aujourd'hui.

Elle avait économisé durant des mois pour offrir une nouvelle canne à pêche à Hal, et avait réussi à en faire mettre une de côté. Et puis, le dernier jour où elle pouvait faire un versement avant que le magasin ne remette la canne en rayon, Mrs Nelson l'avait obligée à rester tard pour aider à la vente de gâteaux de l'église. Tandis qu'elle enduisait de glaçage ces stupides biscuits en forme de Père Noël, elle avait regardé les aiguilles dépasser l'heure de fermeture du magasin. Puis, au moment où elle était enfin prête à rentrer, Mrs Nelson lui avait donné un petit sac plein de miettes et de cookies trop cuits pour être vendus.

Elle mit le jambon au four et ouvrit une boîte de soupe à la tomate pour le déjeuner de Mrs Nelson. Chez elle, à cette heure-ci, Meetrie devait être en train de glaner des pommes sur les arbres fruitiers des voisins. Libby ne pouvait jamais savoir s'il y aurait des fruits prêts à être cueillis, et elle laissait donc toujours des patates bouillies froides pour les enfants. De temps en temps, il y avait de quoi leur préparer un sandwich à se partager.

L'après-midi, profitant d'un moment de tranquillité tandis que Mrs Nelson était occupée au salon à rédiger le compte rendu de la réunion de son club de bridge, Libby sortit un petit baluchon de vêtements froissés d'une étagère du garde-manger. Une fois par semaine, généralement quand Mrs Nelson passait la matinée à l'extérieur, elle utilisait la machine électrique pour laver son linge et une partie de celui de sa mère.

Sa lessive hebdomadaire était tellement dérisoire. Elle brancha le fer à repasser pour lisser un long ruban brodé – le trésor préféré de Meetrie. Ici et là, les fils colorés s'effilochaient, mais Meetrie préférait ce ruban à toutes les parures du monde. Hal le lui avait ramené pour qu'elle le porte au catéchisme, et il en était resté juste assez pour confectionner un bracelet à la taille du mince poignet de la jeune fille. Mais à présent, le ruban replié que Libby fourra dans la poche d'un corsage paraissait prêt à tomber en lambeaux.

À dix-sept heures, elle replia la planche à repasser, bourra les vêtements derrière les boîtes à gâteaux de l'étagère du bas, et commença à compter les assiettes pour le buffet froid. Elle était en train de savonner un lourd saladier dans lequel elle avait préparé une salade de pommes de terre, quand elle entendit du remue-ménage dans le jardin. À cette heure tardive, elle n'était jamais surprise d'entendre du bruit. Elle se dit qu'un des chiens du voisinage devait être en vadrouille, même si Mrs Nelson ne cessait de jurer ses grands dieux qu'elle se débarrasserait du prochain animal qui viendrait déterrer ses chrysanthèmes.

Elle avait commencé à rincer l'argenterie, quand elle crut entendre des pas approcher de la maison. Sans raison aucune, elle frissonna ; mais les pas s'arrêtèrent, et elle comprit que c'était ridicule. À cette époque de l'année, elle voyait souvent des gens faire le tour du quartier, en quête d'un petit boulot ou de quelque chose à manger. Et puis la cuisine était trop embuée et échauffée pour faire autre chose que de terminer tranquillement son ménage.

Quand Mrs Nelson franchit la porte battante, chargée des dernières assiettes à dessert, elle sursauta involontairement.

« Enfin, Libby, mais qu'est-ce qui ne va pas chez toi ? Tu viens de sursauter comme un lapin effarouché.

– Rien, m'dame. Je crois que je suis juste fatiguée, à cause de la chaleur. »

Du revers du bras, elle essuya la transpiration sur son front.

« Ton petit mari ferait bien de rappliquer à la maison », dit Mrs Nelson, étudiant attentivement son visage tandis qu'elle glissait les assiettes dans l'évier.

« Bon sang, ma fille – elle trempa de nouveau les doigts dans l'eau de vaisselle – cette eau est glacée. » Et puis, comme si elle ne s'était pas interrompue, elle se tourna vers Libby. « S'il était là, tu n'aurais pas à faire son travail en plus du tien. »

Libby hocha la tête, comme toujours, et marmonna un vague « oui m'dame ». Elle s'affaira à arranger les rideaux de la cuisine, jusqu'à ce qu'elle soit certaine que Mrs Nelson avait quitté la pièce.

Elle remit l'argenterie dans la commode, rangea le service en porcelaine de réception, et alla voir si Mrs Nelson avait d'autres corvées à lui confier. La porte de la chambre à coucher du rez-de-chaussée était fermée et, puisque Mr Nelson dînait généralement en ville le jeudi, elle en avait fini pour aujourd'hui.

Elle retourna à la cuisine et ramassa deux paquets enveloppés de papier paraffiné qu'elle avait remisés derrière les plats de service, dans le vaisselier. Elle les déposa dans un petit sac et ouvrit avec précaution la porte du réfrigérateur. Elle compta les salades restantes, décida qu'il valait mieux ne pas en prendre, et regarda ce qui restait de jambon en tranches. Après en avoir glissé quatre grosses dans le sac en papier, elle vérifia les portes du devant et du côté, pour s'assurer que Mrs Nelson s'était bien enfermée, et sortit par celle du fond.

Dehors, le passage de l'été à l'automne était à peine perceptible. L'air restait immobile et humide, pesant sur les arbres et empêchant les feuilles vertes de virer au rouge ou au jaune. Elle fut surprise par la légèreté de son corsage sans manches sur sa peau nue, après l'uniforme amidonné qu'elle avait dû porter toute la journée. Comme elle traversait la pelouse verdoyante en direction de l'abri de jardin, près du potager d'été, elle entendit les stridulations discrètes des criquets.

Libby remarqua que la porte était ouverte, ce qui était bizarre. Les Nelson ne verrouillaient jamais leur abri, mais rabattaient la porte pour empêcher les chiens d'y pénétrer. Elle allait s'en charger quand elle le vit, planté à côté du cabanon.

« Hal ? » Ses lèvres articulèrent silencieusement son prénom. Mais elle n'était toujours pas sûre, et ses pieds continuaient à avancer en direction de la construction en planches.

« Hal », appela-t-elle doucement, d'une voix inaudible. Elle se dirigeait droit sur lui à présent, et à sa façon de prendre une allumette dans sa poche, elle sut qu'il l'observait depuis le début. Elle se demanda un instant ce qu'elle allait dire. Elle avait imaginé son retour, mais pas à un moment aussi absurde. Pourtant, elle se sentait étrangement sûre d'elle, certaine qu'elle ne risquait pas de se ridiculiser en pleurant. Elle continua à avancer, et même à cette distance, elle voyait bien que c'était de lui que tous ses enfants tenaient leurs pommettes saillantes.

« Salut Libby », dit-il en lui bloquant la route, les bras tendus. Elle était consciente qu'il était en train de l'embrasser, et qu'elle ne bougeait pas, et qu'elle lui rendait son baiser, mais le moment lui parut totalement irréel. Tout le temps de cette étreinte, elle se demanda comment il osait revenir ainsi, comme s'il n'était jamais parti.

Enfin, elle se détacha et les bras de Hal retombèrent sur ses flancs. Elle regarda ses mains réintégrer ses poches de pantalon.

« Je pensais ne jamais te revoir », dit-elle en continuant à lui faire face, respirant sa lotion après-rasage bon marché, celle qu'il utilisait depuis toujours, avant même d'avoir assez de poil pour se raser.

« Où t'étais ? » Son regard se perdit derrière lui, en direction de la clôture du jardin, et elle se demanda pourquoi diable il fallait qu'elle remarque son odeur. « Après cette dernière carte, j'avais aucun moyen de savoir où tu allais. Et te voilà de retour, comme si j'avais pas un tas de bonnes raisons de te dire que je veux plus de toi. »

Les mots déferlaient en torrent, au rythme des larmes qui roulaient sur ses joues. Hal restait silencieux, avec la même expression impassible et détachée qui l'avait toujours rendue dingue quand elle était fâchée. Il tendit un bras vers elle, mais elle le repoussa.

« Pour qui tu te prends, d'abord ? demanda-t-elle en ravalant ses sanglots. Pour qui tu te prends, à croire que tu peux partir aussi longtemps que ça te chante ? »

Elle criait à présent, et sa voix lui paraissait comme détachée de sa personne. Soudain, elle se mit à le cogner, une pluie de coups sur ses épaules, et avant même de comprendre ce qu'elle avait fait, elle sentit la pression cuisante de sa main sur sa joue.

« Oh, souffla-t-elle en le dévisageant.

– On se calme, chérie, lâcha-t-il d'une voix rauque, laisse-moi le temps de t'expliquer, compris ? » Il lui saisit la main, comme pour l'empêcher de le frapper.

« Je travaillais, fillette. Fallait que je parte. Tu crois que je t'aurais écrit toutes ces cartes si j'avais pas prévu de revenir ? »

Elle le regarda fixement, suivit des yeux le motif vert qui barrait son tee-shirt, jusqu'au pantalon en twill de coton flambant neuf, au point d'avoir encore un pli sur le devant.

« Fallait juste que je parte un moment. J'ai cru que ces gosses allaient me rendre dingue, à courir partout tout le temps, à ne jamais tenir en place. Mais va pas croire que je vous aime pas, toi et les mômes. » Il s'interrompit et la regarda droit dans les yeux. « Si c'était le cas, je serais pas revenu.

– Tu aurais au moins pu me dire où t'étais. » Sa voix commençait à fléchir. « Wicker et Hamlet ne demandent même plus de tes nouvelles. Ça fait tellement longtemps qu'ils t'ont pas vu qu'ils ont oublié qui t'étais. »

Elle parlait tellement vite que c'était comme si les mots s'entassaient les uns sur les autres. « En ville les gens n'ont pas arrêté de demander quand tu revenais, et moi j'avais rien à leur répondre. »

Hall l'écoutait tranquillement sans piper mot, même quand elle s'arrêta pour reprendre son souffle. « Je me suis trouvé un boulot. On s'en sortait très bien sans toi. » D'un coup, elle n'arrivait plus à parler. Pourquoi mentir ? Tant de fois, elle aurait voulu que Hal soit à ses côtés pour l'aider à prendre des décisions pour les enfants. Ce matin, comme tous les matins ces derniers mois, elle avait dû traîner Wicker pour le sortir de dessous la table. Il était toujours en train de se fourrer sous un meuble, de brailler à tue-tête, et elle ne savait plus quoi faire de lui.

« Comment t'as su où j'étais ?

– Je me suis renseigné. Un des gamins du drugstore a dit qu'il pensait que tu travaillais ici à plein temps. »

Elle ravala vivement sa salive, songea qu'il n'était même pas capable de la laisser être la première au courant de son retour.

« Ben, fallait bien que je te trouve, dit-il, comme s'il comprenait ses pensées. Je suis passé à la maison, mais Meetrie a refusé de me parler, et elle a même pas laissé les autres approcher. Elle a quand même pris les friandises que je leur avais apportées. Tu ne leur donnes jamais de trucs sucrés ?

– J'imagine qu'ils ont compris qui t'étais ? » Elle attendit que le sens de ces mots fasse son chemin. « Qu'est-ce que tu fiches à acheter des bonbons, d'abord ? Les bonbons, ça n'a jamais tenu les pieds au sec. »

Hal l'ignora. « Je leur ai laissé d'autres bricoles dehors. Ils n'ont pas l'air d'avoir beaucoup de jouets.

– Comment t'es venu ici ? » Sa tenue avait l'air trop fraîchement repassée pour qu'il ait fait le chemin à pied, par cette route poussiéreuse.

« Je me suis dégoté une voiture, annonça-t-il en désignant une direction au loin, derrière un champ. Elle est garée là-bas, près du chemin. » Il souriait comme s'il s'attendait à ce qu'elle soit contente.

« Une voiture, fit Libby d'une voix faible. Une voiture ? » Elle était plantée là, incrédule. Ils n'en auraient aucune utilité, à part pour se rendre en ville le week-end. Ils n'avaient pas de quoi se payer de l'essence. Par ailleurs, tous leurs amis et même l'église étaient à deux pas de chez eux.

« Elle n'est pas neuve, mais j'ai payé toutes les traites. Je l'ai prise pour rentrer à la maison. J'ai même gagné assez pour m'offrir des housses toutes neuves pour les sièges, rétorqua fièrement Hal. Je parie que t'aurais jamais cru qu'on aurait une voiture un jour. »

Elle hocha mollement la tête.

« Hé ben ma chérie, souviens-toi qu'avant notre mariage on avait parlé de s'acheter une de ces petites Ford, tu sais, avec deux places à l'avant, la bagnole qu'on voulait s'offrir pour partir dans le Nord. » Le ton était nostalgique, et il attendit de voir si elle se souvenait. Ne voyant pas la moindre lueur de reconnaissance dans ses yeux, il poursuivit.

« J'aurais pu en prendre une vraiment pas chère, mais disons que j'ai changé d'avis à la dernière minute. »

Elle était là, comme ensorcelée, à écouter sa voix, se demandant comment il pouvait s'enthousiasmer autant pour une voiture. Son comportement ne laissait même pas transparaître qu'il venait de la gifler.

« Allez, quoi, dit-il en lui attrapant la main, viens jeter un coup d'œil. Je l'ai fait peindre en bleu, comme t'as toujours voulu. »

Libby sentit les larmes perler à ses yeux. Le bleu était sa couleur préférée, et pourtant jamais de sa vie elle ne le comprendrait. Ils étaient là, avec une maison qui avait besoin de réparations pour que la cheminée cesse de fumer quand viendrait la saison froide. Elle n'avait toujours pas payé le docteur pour le dernier séjour de Calvin à l'hôpital, et voilà qu'il décidait de ramener une voiture.

Elle se tourna pour lui faire face. « Maintenant que t'es là, tu vas la vendre ? »

Il regarda dans la direction où était garée la voiture, puis revint à elle.

« Non, fit-il, évitant son regard. Je la garde. Je parie que Meetrie va adorer faire un tour en bagnole, et les petits gars aussi. » Brusquement, il sourit. « Elle a un pot d'échappement tout neuf, le gars l'a installé spécialement pour moi, dans le Nord. Libby, tu devrais entendre le bruit que fait cette beauté quand je démarre. »

Il s'obstinait à discourir sur la voiture, la forçant à écouter.

Elle ne comprenait même pas pourquoi il s'emballait ainsi pour un pot d'échappement. Là où ils habitaient, il n'y aurait pas grand monde pour s'intéresser au bruit de son moteur.

Elle resta silencieuse tandis qu'il terminait sa cigarette et laissait tomber le mégot, écrasant la petite lueur rouge d'un coup de talon. Il lui tenait toujours la main et, quand ils partirent à travers champs, il la traînait presque de force.

« Qu'est-ce que tu fais comme boulot ? » demanda-t-elle en cavalant pour le suivre. Elle oubliait toujours à quel point il était grand, jusqu'au moment où il s'agissait d'essayer de marcher à ses côtés. Son pas avait un tempo bien à lui, et elle écouta le bruit que faisaient leurs pieds foulant l'herbe fragile.

« Je vais toujours trop vite pour toi ? » Il baissa les yeux et lui sourit, accordant ses longues enjambées aux petites foulées pressées de Libby.

« Oh, je vais retrouver mon ancien boulot, fit-il, ses yeux bruns rieurs. Webber sera bien content de me reprendre après s'être embêté avec ces lambins de nègres. »

Libby savait qu'il avait raison. Chaque fois qu'elle passait au drugstore, Mr Webber mettait un point d'honneur à lui demander quand Hal devait rentrer.

Il continuait à parler, sans s'adresser à elle en particulier. « Ça fait tellement longtemps que j'ai pas vu ce bon vieux patelin, j'avais presque oublié à quoi ça ressemblait. » Ses yeux s'attardèrent sur le sac en papier brun qu'elle serrait toujours dans ses mains.

« C'est quoi, ça ?

– Des restes pour les enfants. J'aime pas qu'ils aillent se coucher sans rien avoir dans le ventre.

– C'est Mrs Nelson qui te les a donnés ?

– Non. J'imagine qu'elle sait que je me sers dans les restes. Où tu comptes trouver l'argent pour payer l'essence ? Le type d'Esso va pas te faire crédit, si tu n'as pas un boulot régulier dans le coin. »

Il l'ignora, insistant. « Elle sait que t'as pris cette nourriture ?

– Mrs Nelson ne donne jamais rien, à moins que ce soit gâté. »

Il ne prononça plus un mot jusqu'à ce qu'ils aient atteint la voiture, et elle était trop fatiguée pour faire la conversation. Tout son corps lui semblait vidé de ses forces. La seule chose dont elle avait envie, c'était de voir la voiture de près, avec ses doigts et avec ses yeux, pour en finir avec ce moment qu'elle appréhendait, en espérant qu'elle n'allait pas se mettre à pleurer.

Tandis qu'elle contemplait la vieille Ford, elle avait l'impression que sa langue était collée dans son gosier. Elle fit le tour du capot et les phares parurent lui adresser une grimace. Dans la pénombre du crépuscule, elle distinguait la peinture neuve, les chromes rutilants. Même en la voyant garée là, à quelques pas seulement, elle avait encore peine à croire qu'il ait ramené une voiture à la maison, alors qu'ils avaient besoin de tout sauf ça.

Et puis Hal fut à ses côtés, silencieux, les bras autour de ses épaules, et il la serra contre lui.

« Monte », dit-il en ouvrant la portière. Il appuya sur le bouton pour la verrouiller, et fit le tour côté conducteur. Elle le vit enfoncer la clé, laissa son regard se perdre au-delà du pare-brise poussiéreux, au-delà de la morne campagne.

Elle contempla les plantations de coton assombries derrière les vitres et les arbres rachitiques, au loin, fichés au bord des champs comme si ceux qui les avaient défrichés n'avaient pas eu le courage de finir le travail. Elle regarda la route qu'elle avait empruntée à pied le matin même, remarqua la façon dont elle se fondait dans ce paysage uniforme.

Le démarrage du moteur interrompit le cours de ses pensées, puis Hal reprit la parole.

« Je disais, tu veux passer chez ta mère avant de rentrer ? »

Elle ne répondit pas. Il semblait avoir le chic pour l'obliger à faire des choses qu'elle n'avait absolument pas prévu de faire, mais si elle le voulait, lui, elle n'aurait d'autre choix que de vouloir la voiture, aussi. Inutile de prétendre ne serait-ce que penser à réparer la maison. Désormais, tout l'argent qu'ils pourraient économiser partirait en essence. Mais au moins, il était revenu auprès d'elle, et quelque part, rien d'autre n'avait tellement d'importance. Elle se renfonça dans son siège, sans parvenir à quitter des yeux son profil – les cheveux coupés ras, les yeux si concentrés sur la route que si elle n'avait pas su à quoi s'en tenir, elle aurait pu croire qu'ils allaient tomber sur un bouchon, comme par enchantement.

« Non, dit-elle en posant le sac en papier sur le siège entre eux, les enfants vont avoir envie de jouer avec toi avant d'aller se coucher. On ferait mieux de passer prendre le bébé et de rentrer à la maison. »

« *Pas de cassonade dans leur lait* »

Essiiiiiie. Essie T. Mais où est-ce qu'elle est passée ? Essie T., dépêche-toi de venir me fermer le dos de cette robe. Franchement, ma fille, tu es toujours aussi lente ?

Une grosse fille d'allure maladroite accourut péniblement. Elle marchait comme si elle craignait de faire craquer les lames du plancher si elle posait le pied trop lourdement.

« J'arrive, m'dame.

– Eh bien presse-toi un peu, à te voir marcher on croirait un arbre desséché qui perd toutes ses feuilles !

– Oui m'dame. » Elle se baissa vers la ceinture de la femme d'âge mûr, et entreprit de remonter la fermeture Éclair, observant la façon dont le tissu à fleurs bleu se rapprochait progressivement, venant recouvrir tout son dos. Elle atteignit le bouton du haut.

« Allons, ne reste pas plantée là. Va, va chercher mon manteau. Et n'oublie pas la soupe de poulet pour Margaret et le porridge pour Doris. Et dis à Doris qu'elle ne peut pas prendre de la cassonade à la fois dans son porridge et dans son lait. Hors de question. Tu m'écoutes ? » La femme posa le rouge à lèvres et se dirigea vers la porte. « Essie T., tu es là ? » Vraiment, cette fille était à deux doigts de la rendre folle. « Essie ?

– Oui m'dame », la voix lui parvint du fin fond du placard du salon.

Mrs Conrad Pierson Gordon III ajusta son chapeau dans le miroir. Essie T. n'aimait pas ce chapeau, et Mrs Gordon devait bien reconnaître que le style Greta Garbo ne la mettait pas franchement en valeur. Mais, comme elle le disait à Conrad, avec la fierté lasse du devoir accompli, sa position sociale exigeait qu'elle se tienne au courant des dernières tendances. Elle regarda sa montre. Il était moins cinq. Où était donc cette fille avec son manteau ? Elle était sur le point de l'appeler quand Essie T. sortit du salon, serrant fermement le manteau sous ses bras. Silencieusement, elle le tendit à sa maîtresse.

« Essie T., fit Mrs Gordon d'un ton dégoûté, qu'est-ce que je t'ai dit la dernière fois ? Tu dois m'aider à mettre mon manteau. Allons, ne reste pas plantée là. » La fille prit le manteau et lui tint les manches l'une après l'autre, jusqu'à ce qu'elle l'ait enfin enfilé. Elle se tourna vers Essie T., son visage trahissant une lueur d'approbation. « Tu t'améliores, dit-elle en se dirigeant vers la porte. Et surtout, surtout, n'oublie pas. Pas de cassonade dans leur lait. Le docteur Jones désapprouverait. » La porte claqua, et Essie T. se mit à réfléchir aux tâches de sa journée.

Elle aimait bien ces matinées où Mrs Gordon n'était pas à la maison. Elle pouvait faire tout ce qu'elle avait à faire à son propre rythme. Elle sentait bien que Mrs Gordon la prenait pour une idiote, et elle était plus à son aise quand elle était toute seule. Elle commencerait par nourrir le chien. Elle porta deux doigts à sa bouche et émit un petit sifflement perçant, comme son frère Chuck le lui avait appris. Carter, un caniche rose fuchsia qui arborait un collier orné de strass, pointa son museau dans le salon et commença à battre de la queue sur le tapis, en se frottant contre Essie T. Pauvre petit chien. Essie T. sortit l'aspirateur du placard et brancha le cordon. Elle se mit à caresser le pelage de Carter, avec le plus petit embout brosse. Le chien, ravi qu'on lui accorde un peu d'attention, se roulait par terre en aboyant à l'unisson du vrombissement de l'appareil. Elle fit bouffer son pelage avec la brosse, et quelques poils blancs épars firent leur apparition. Pauvre toutou rose. Mrs Gordon était censée jouer les mannequins pour le défilé caritatif de vendredi soir. Elle avait emmené Carter jusqu'à Winston-Salem pour le faire teindre de la couleur de son nouveau manteau de printemps. Essie T. était à la cuisine quand Mrs Gordon était revenue de chez le toiletteur.

« Eh bien, Essie T., avait-elle dit, tu ne trouves pas que Carter et moi allons être éblouissants, tous les deux ? » L'animal s'était esquivé derrière la glacière, lâchant ce qui ressemblait fort à un gémissement. Essie T. n'était pas trop sûre de ce que signifiait le mot « éblouissant », mais elle avait opiné en disant oui m'dame, et était retournée à son repassage.

Non, elle n'allait pas le nourrir tout de suite. Carter l'aimerait sûrement encore plus si elle lui donnait les restes de porridge du déjeuner des petites. Jamais Maman n'aurait laissé un chien entrer chez elle, mais Carter et les deux petites aimaient bien partager leur repas. Margaret avait raconté à Essie T. que son papa s'était vraiment fâché contre le chien, une fois. Il était allé attaquer leur tante Grace en douce, et l'avait mordue à la jambe. Elle avait dû se rendre à l'hôpital pour recevoir une piqûre. Et on voyait encore la marque des points de suture sur sa cheville. Essie T. avait hâte d'être au 4 juillet, car Tante Grace devait venir, et elle allait pouvoir observer tous ces points de suture. L'un des frères d'Essie T., l'aîné, sans doute, avait été impliqué dans une bagarre un soir, où il avait récolté de vilaines entailles. Maman disait que le docteur avait dû faire quatorze points sur sa tête. Mais Essie T. n'avait jamais pu voir les trous laissés par les sutures. Pour Dieu sait quelle raison, le crâne s'était infecté et son frère était mort. Enfin, elle allait pouvoir observer des points de suture.

La main d'Essie T. tremblait tandis qu'elle mesurait le porridge dans une casserole en aluminium. Elle aurait préféré ne pas repenser à son frère car ça lui rappelait toujours Maman. On ne pouvait pas vraiment dire qu'elle adorait Maman, mais disons qu'elle s'était faite à sa présence, et ça l'avait rendue vraiment triste quand elle était morte. Elle était rentrée un dimanche de l'église et avait remarqué que tous les stores étaient baissés. Maman n'allait pas souvent à l'église. Elle disait toujours que le jour où elle aurait besoin de salut, elle se débrouillerait pour le trouver en vitesse. Pauvre Maman. Essie T. avait bien tenté de l'emmener écouter le nouveau prédicateur, ce dimanche-là. Mais non, Maman était fatiguée et voulait dormir.

Alors, après l'église, tandis que Maman dormait toujours, elle s'était attardée à la sortie pour discuter avec les garçons qui sortaient du restaurant Charlie's Grill. Elle n'était pas restée aussi longtemps que d'habitude. Elle avait attendu juste assez pour que quelqu'un lui paie un soda, l'avait descendu d'un trait, et avait retraversé la rue.

Elle franchit la porte d'entrée et la laissa ouverte, parce qu'elle avait toujours un peu peur dans le noir. Elle allait se chercher un verre d'eau dans la cuisine, pour chasser le goût du sucré, quand elle trébucha sur une masse devant la glacière. Elle donna un petit coup de pied dedans, et la regarda rouler sur elle-même. C'était Maman, qui gisait là. Essie T. sortit en courant chercher Mrs Graham, de l'autre côté de la rue, laquelle se hâta d'appeler un médecin.

« C'est sûrement une crise cardiaque, déclara ce dernier. Ne vous mettez pas dans tous vos états, certains y survivent, d'autres pas. Mettez juste votre mère dans un endroit bien frais, le temps qu'on appelle Joe. » Elles portèrent Maman sur le lit, et Essie T. s'installa dans le rocking-chair à son chevet. Il n'y avait personne, juste elle et Maman. De temps à autre, elle prenait la main de Maman pour la réchauffer, mais ses doigts restaient glacés. Elle ne savait pas du tout où étaient ses frères. L'un d'entre eux était censé avoir appelé Mr Joseph. Elle quitta Maman une fois, pour aller se chercher à manger. Leurs provisions s'épuisaient. Alors elle prit un dollar dans le vieux portefeuille en alligator sur la commode, et alla s'acheter un quart de litre de glace à la banane, qu'elle dégusta toute seule. Au bout d'un jour et demi, Mr Joseph se présenta enfin. Ils mirent Maman dans un joli cercueil bleu, et la cérémonie eut lieu au funérarium. C'était vraiment très bien, elle se revoyait pleurer… Elle sortit un paquet de raisins secs et en jeta une poignée dans le porridge. Quel dommage pour Maman, vraiment. Le porridge était en train de gonfler, formant de grosses bulles troubles qu'elle faisait éclater du bout de sa cuillère. Le porridge était prêt, et elle mit la casserole à refroidir. Elle la réchaufferait quand les fillettes rentreraient de l'école.

Elle passa de la cuisine à la chambre, puis revint en sens inverse, en faisant de grandes enjambées. Elle se souvenait du premier jour où elle était venue travailler ici. La maison paraissait tellement grande, comparée à l'appartement où elle vivait. Elle n'arrêtait pas de se perdre, jusqu'à ce que Mrs Gordon se décide enfin à lui faire faire la visite, comme dans les magazines. Maintenant qu'elle était là depuis trois mois, elle savait exactement où se trouvait chaque chose. Ah, voilà où était ce truc. Elle tomba en arrêt devant la grosse pendule rouge, placée au-dessus de la cuisinière. La petite aiguille était sur le onze, la grande sur le sept. Autrement dit, les petites n'allaient pas tarder à rentrer de l'école. Elle avait tellement hâte. Margaret et Doris. Elle prononça leurs prénoms à voix haute et se les répéta, comme si c'étaient les paroles d'une chanson tout à fait secrète. Elle avait appris à différencier les deux fillettes dès son premier jour de travail. Doris était la grosse. Elle finissait toujours le lait au chocolat de Margaret. Eh bien, elle allait arranger ça. Elle tira un tabouret de l'autre bout de la pièce et le posa contre le vaisselier. Puis elle grimpa et ouvrit le placard juste au-dessus de la cuisinière. Oui, elle était bien là, exactement là où elle l'avait rangée en arrivant – une barre chocolatée Big 10. Le monsieur du magasin avait dit qu'elle contenait quatre amandes entières. Elle balaya prestement les alentours du regard, fourra la friandise dans un verre à thé glacé, et referma la porte du placard. Margaret adorait les barres chocolatées. Elle allait être tellement contente qu'elle laisserait peut-être Essie T. y goûter.

Elle se demanda ce que les fillettes allaient lui rapporter de l'école. Elle était soulagée que Mrs Gordon n'ait pas de bébé à lui confier. On passait ses journées à changer les couches et à préparer les biberons. Tous ses frères et sœurs étaient plus âgés qu'elle, mais elle savait à quoi ressemblait un bébé. Elle en avait eu un, une fois, quand elle avait quinze ans. Maman l'avait forcée à le donner et il ne lui était rien resté, après avoir manqué les cours tout ce temps. Elle n'avait jamais pu reprendre l'école. Maman disait que ça ne servait à rien qu'elle y retourne, alors elle lui avait trouvé un travail.

Essie T. descendit du tabouret rouge et passa au salon en traînant des pieds. L'aspirateur était au beau milieu de la pièce, là où elle l'avait laissé. Elle expédia Carter dans une autre pièce, et alluma l'appareil. Elle adorait ce salon. Le tapis était si épais que chaque fois qu'elle faisait le ménage dans cette partie de la maison, elle se promenait pieds nus. Elle ajusta une brosse de grande taille sur le tuyau tandis que l'aspirateur bourdonnait agréablement. Lentement, elle le promena de long en large sur le tapis. Après avoir fait toute la pièce à deux reprises, elle arrêta l'aspirateur et enfila ses chaussures. Elle promena son regard dans la pièce, en quête d'une autre tâche. Les coussins rembourrés du canapé blanc avaient besoin d'être retapés. Elle ferait bien de passer l'aspirateur dessus avant de le remiser au placard.

Essie T. s'installa sur le canapé et savoura la sensation de disparaître au milieu des coussins. Enfin, elle s'étira et posa ses pieds sur le bras gauche recouvert de satin blanc.

Si seulement elle avait une petite cloche. Ce serait le bon moment pour que la bonne lui apporte son grand Coca-Cola. Ou peut-être devrait-elle téléphoner chez Robert Hall et demander qu'on lui expédie ce manteau beige avec le col en lapin noir imitation vison, dont ils n'arrêtaient pas de parler à la radio. D'ici quelques secondes elle se lèverait, demanderait à cette fille de mettre une laisse à Carter, et elle irait faire un tour en Buick. Mais c'était si bon de se reposer là pour le moment. Elle espérait que cette fille avait pensé à épousseter la banquette de la voiture. Les manteaux en cachemire blanc, ça se salissait en un rien de temps.

Le reste de la famille n'allait pas tarder à rentrer. Heureusement qu'elle avait pensé à demander à cette fille de préparer le déjeuner. Elle n'avait vraiment pas envie de bouger. Franchement, qu'elle était bruyante celle-là, elle avait dû faire tomber toutes les casseroles dans l'évier. Et sûrement laisser brûler quelque chose, par-dessus le marché. Peu importe, quelques gouttes du parfum vert posé sur la commode suffiraient à purifier l'atmosphère. L'argent n'était pas un problème. Ils n'auraient qu'à racheter des côtelettes de porc. Elle resta allongée encore quelques instants, puis se leva à contrecœur et entreprit de rajuster les coussins. Elle était en train de border le jeté de canapé en satin quand elle découvrit les traces, tout à gauche de l'assise. Elle essaya d'épousseter la terre avec ses doigts, sans se rendre compte qu'elle était surtout en train d'incruster la saleté plus profondément. Elle saisit l'ourlet de son tablier et tenta de battre le canapé avec. Les marques ne partaient pas. Que faire ? Les traces laissées par ses souliers sur le splendide tissu blanc refusaient de s'en aller. Elle resta plantée devant cinq bonnes minutes, à ravaler ses larmes.

Soudain, elle sut quoi faire. Elle courut au placard et en sortit le vieux manteau noir qui appartenait à Maman. Elle venait de boutonner le haut quand elle entendit les fillettes à la porte de derrière. Oh non, elles étaient rentrées de l'école. Elle allait devoir se dépêcher et filer par la porte de devant. Elle nouait son foulard et se faufilait vers l'entrée, quand elle entendit la voiture de Mrs Gordon approcher dans l'allée. Prestement, elle referma la porte. Les petites braillaient dans la cuisine : « Où est le déjeuner ? Pourquoi le porridge n'est pas prêt ? » Elle devait les faire taire, les faire taire au plus vite. Elle fit volte-face et se rua vers la porte de derrière. Elle courut dans le couloir, traversa la chambre et regagna la cuisine. Les petites étaient plantées devant la cuisinière et désignaient le porridge froid plein de grumeaux. Margaret pleurait. Elles ignorèrent Essie T., mais le temps que celle-ci se précipite dans la cuisine, Mrs Gordon avait déjà pénétré dans le salon et repéré les traces de chaussures sur le canapé. « Attrapez-la, cria-t-elle. Attrapez cette fille qui a abîmé mon canapé, faites-la payer. » Essie T. essaya d'ouvrir la porte de derrière. Elle était verrouillée mais elle tira tout de même, encore et encore. Elle entendait des voix qui l'appelaient, et elle tira plus fort encore. Un carreau de verre tomba au sol et roula sous la table. Elle venait de décider de se hisser par le trou dans la fenêtre, quand elle sentit quelqu'un la secouer sans ménagements.

« Essie T., Essie T., qu'est-ce qui ne va pas chez toi ? Pourquoi tu fais tout ce bruit ? Réveille-toi ma fille. »

Essie T. se débattit sous les draps, enfonça sa tête sous les couvertures. Pendant ce temps, la femme à la voix brusque s'approcha de la fenêtre et tira d'un coup sec sur le cordon du store. La lumière qui pénétra par l'unique fenêtre vint frapper le mur d'un vert insipide. Les particules de poussière tombées du store s'égaillèrent dans la chambre. Impossible de déterminer le sexe du bébé qui pleurait dans le berceau marron. Il s'était débarrassé des couvertures et frappait les barreaux de ses petits pieds. Un chien qui avait l'air en piteux état s'était réfugié à distance du chaos, dans un autre coin de la pièce.

« Essie T., lève-toi.

– Hein, quoi, qu'est-ce que tu dis Maman ?

– J'ai dit lève-toi tout de suite. C'est pas mon bébé qui fait tout ce boucan, là. Dieu sait que j'en ai eu trop moi-même pour m'embêter avec le tien. Lève-toi et va changer ce bébé. Tu ne fiches rien depuis deux mois, d'abord. Le moins que tu peux faire, c'est veiller à ce que ce gosse cesse de brailler, ou qu'il s'y mette après mon départ au turbin. »

Lentement, la jeune fille trapue s'extirpa de sa vieille couverture militaire, puis du lit. Elle sortit le bébé de son berceau et lui tapota le dos, tout en se mettant en quête d'une couche propre. Par la fenêtre, elle apercevait Maman à l'arrêt de bus, dans son manteau noir décoloré. D'ici quelques minutes, le bus l'emmènerait au travail, le bébé se tairait, et elle pourrait s'accouder au rebord pour regarder les autres enfants se rendre à l'école.

Ces voix glacées

Alors Jenny, tu danses ? Le printemps, une pluie fine. 1961. Une publicité Hamm, la bière de l'État aux dix mille lacs. Le pub O'Hara, à Ann Arbor. Ils se retrouvent tous au O'Hara. Nathan peint des nus, Jenny étudie l'histoire de l'art, Lloyd passe sa vie dans ses bouquins de droit et Gabe fabrique d'incroyables bâtiments de papier pour devenir architecte. Allez quoi, Jenny. La cible au mur, trois fléchettes dans le mille. Tu ne m'aimes pas assez. Et Nathan avec ses roses, mais jamais assez de roses. Aussi gracieux qu'un danseur, ses caresses aussi douces qu'un coup de pinceau oriental. Peinture et couleurs, des nuances sombres. De la tristesse dans les jeux du plaisir, mais un homme si beau, un poids si doux, si tendre entre ses seins. Alors Jenny, tu danses ? Un bocal de charcuterie marinée polonaise. Des saucisses de Francfort plantées sur une broche à pointes qui tourne dans une petite rôtissoire. Elle s'avance à présent en direction du bar et sirote un verre de bière mousseuse, tout en se débattant dans un tourbillon de fumée rouge. Une fille dans une cage étroite luttant contre un monstre invisible. Des couples sur la piste de danse. Le tonnerre artificiel du dieu à l'œil de verre. Jesus and the Spoilers en fond sonore. Orgue électrique et guitare hawaïenne. Allez quoi, Jenny. Tu ne comprends pas, Gabe. La vérité, c'est que je suis aussi libre que n'importe quel homme ici. Plus libre en fait, parce qu'ils me désirent tous. Il n'y a pas un mec ici qui ne sauterait pas sur l'occasion de me ramener chez lui pour tirer un coup. Alors Jenny, tu danses ? Bribes abruptes de sons. Giclées de rires. Alors Jenny, tu danses ? Douce comme une pluie d'avril, lisse comme un lac de montagne immobile, mystérieuse comme l'océan, dangereuse comme l'eau vive des rivières les plus profondes, elle se jette d'un nuage blanc et plonge dans la verdure, une goutte d'eau sur une feuille d'arbre. Tu ne m'aimes pas assez. Gouttes de bière sanglantes et sombres, éclats croustillants de chair, une communion d'amour humain. Tu ne m'aimes pas assez.

Et puis elle était morte. L'été, le soleil. Juin 1964. À bord d'un avion Delta destination l'Europe. Le ronronnement crescendo des moteurs. L'agréable terreur d'une fureur inflexible. Je ne lui ai jamais dit au revoir. La femme de Gabe vient de mourir dans un accident de voiture dont son amant a réchappé, sain et sauf, et maintenant Gabe a envie de se perdre dans le lointain mais Nathan prend le même vol. Et puis elle était morte. Dans ce monde d'hommes. Le goût brutal des moteurs envahissant l'intimité de l'âme. Du scotch et une hôtesse de l'air espagnole. Sièges rembourrés et veilleuses pour lire. Je ne lui ai jamais dit au revoir. Et Nathan, avec sa débauche de mots. Un comédien aux mille visages. Un amuseur arborant le sourire de Janus. Un sportif pour qui les femmes sont des proies. Et puis elle était morte. Le mouvement lent de la nausée puis décollage et entrée dans la femme, le sortilège du deuil transitoire.

Je ne lui ai jamais dit au revoir. Attendre dans l'écho du deuil, écouter la voix dans le haut-parleur qui se répercute sur les parois, étouffée par l'atmosphère confinée. Je ne lui ai jamais dit au revoir. La planète est un gigantesque ballon qui rapetisse à présent, jusqu'au choc du silence, le soleil étrangement suspendu. Et puis elle était morte. Mais le concept antique de l'amour faisait de cette femme une déesse. La vie de l'homme tournait entièrement autour d'elle. Il vénérait sa pureté et se comportait comme un esclave face à son maître. Et puis elle était morte. L'âme en quête d'elle-même, planant loin désormais au-dessus des eaux infinies. Ailes minces tranchant des nuages cotonneux. La mort du temps et l'ombre projetée par la croix sur le miroitement des vagues. Je ne lui ai jamais dit au revoir. Au début, il ressemble à un tas de chiffons humides dans un coin de grenier sombre, et les chiffons commencent à pourrir. Le silence, hormis le bavardage des passagers. L'hôtesse espagnole avec ses fossettes et son scotch. Et puis elle était morte. Plus près du soleil, à présent, mais pris dans l'asphyxie de la fuite. Je ne lui ai jamais dit au revoir.

Je ne peux pas vivre comme ça. L'automne et l'odeur de la terre. Septembre 1965. Le concept, d'abord : une demeure avec une allée ombragée par des ormes. Des pelouses et des plates-bandes symétriques. Une vieille balançoire en pneu dans le jardin. Je refuse d'être pris pour un con. Lloyd est heureux en mariage avec Jenny depuis trois ans déjà. Le petit Stephan a quinze mois. Gabe passe chez eux presque tous les soirs. Nathan envoie de temps en temps une lettre d'Espagne. Je ne peux pas vivre comme ça. Et le plan : dans un quartier huppé près de Détroit. Pas de préfabriqué, pas de matériaux bon marché mais du moderne, avec un broyeur à ordures. Je refuse d'être pris pour un con. Et Jenny. Une belle fille autrefois déjantée, devenue femme au foyer, mère et épouse modèle. Une bonne cuisinière. Une excellente hôtesse. Son rire, un tintement de pièces de monnaie. Son corps, quelque part entre le mannequin et la star de cinéma. La femme qui convient à un avocat d'affaires. Je refuse d'être pris pour un con. Et puis la baraque : une maison à soixante-dix mille dollars à Grosse Pointe, dans le Michigan. Trois étages, cave incluse. Cinq salles de bains. Garage pour trois voitures. Des pièces taillées dans le roc. Je ne peux pas vivre comme ça. Écrire des lettres, assister à des conférences, remplir des dossiers puis rentrer par l'autoroute, batailler contre les embouteillages mais se dresser seul dans le vacarme, sous le soleil brûlant. Je refuse d'être pris pour un con, Jenny. La sensation de la richesse, du pouvoir, le prestige et la respectabilité. Le confort d'une maison solide, la sécurité des fondations en pierre. Je ne peux pas vivre comme ça. Où es-tu allé chercher une idée pareille ? Tu as couché avec Gabe une fois, pas vrai ? Non, attends une minute… cette partie de ma vie est révolue, tu te souviens ? Tu m'as promis qu'on n'en parlerait plus jamais. Je refuse d'être pris pour un con. Mais trop de vide. Trop de silence, trop d'échos du passé. Et puis Stephan pour remplir la maison de bruits. Mais les factures, l'hypothèque. Les jardiniers pour l'immense pelouse. Je ne peux pas vivre comme ça, Jenny. Arraché au roc par une main géante, il dégringole au grand jour, et puis on l'emporte. Je refuse d'être pris pour un con. L'épuisement des apparences noué à son cou, mais Jenny est là pour le réconforter, Stephan pour jouer avec lui, et Gabe pour lui servir d'ami. Je refuse d'être pris pour un con.

Je n'ai rien pu faire. L'hiver. Un vent glacé. Décembre 1965. Congères, neige fondue et verglas. Un vieil homme au coin d'une rue, la vapeur blanche de son souffle. Je n'ai rien pu faire. Nathan apprend les nouvelles deux mois plus tard. Dès qu'il le peut, il quitte l'Espagne et prend un vol pour Détroit. Avant de se rendre sur leurs tombes, il retourne à Ann Arbor, mais le O'Hara a été démantelé pour faire place à un vaste parking. Je n'ai rien pu faire. L'église, lieu chaleureux et intime. Des apôtres étincellent sur les vitraux. Le silence et le sentiment de sainteté. Rien pu faire. Et Lloyd, un perdant dans l'intimité. Triomphant en public, héros public, saint public. La compassion pour Lloyd, défenseur de la moralité. Chez les voisins, dans les journaux, du haut des chaires. Une vieille dame agenouillée devant un autel, mais aucune cloche ne résonne dans le cimetière. Je n'ai rien pu faire. Ne pas y croire, au début. Suspendre le choc et les rires creux pétris de regrets, mais enregistrer les réactions, façonner les souvenirs. Je n'ai rien pu faire. Et les voix pareilles à des bourrasques de neige. Le vent, les voix, les arbres. Les conifères chétifs. Rien pu faire. On dirait bien que t'as perdu, Lloyd. Je t'avais prévenu. Je t'avais dit de ne pas l'épouser, tu te souviens ? Les monuments et les petites pierres tombales. Les murmures des morts. La couche de neige intacte. Un érable nu, qui tend ses branches dans une pose suppliante. De minuscules glaçons sur une fine croûte de neige. Je n'ai rien pu faire. Léger comme l'air, aussi insouciant qu'une brise soudaine, il flotte dans l'espace, seul dans le ciel. Rien pu faire. Mais les voix. Le vent puissant et glacé près des tombes. Et le goût de la mort. Les larmes gelées. Les pas en arrière. Les voix frissonnantes dans le vent. Rien pu faire.

Tu ne m'aimes pas assez. Ils se retrouvent tous au O'Hara. Nathan peint des nus, Jenny étudie l'histoire de l'art, Lloyd passe sa vie dans ses bouquins de droit et Gabe fabrique d'incroyables bâtiments de papier pour devenir architecte. Allez quoi, Jenny. Mais de la nervosité, en elle. Nathan, pareil à une terreur enfantine dans les nuits du péché. Qui craint la lumière ne supporte pas le soleil radieux et l'amour au grand jour. Préfère les caves humides et l'eau stagnante, les poissons aveugles et les couleuvres. Tu ne m'aimes pas assez. Jenny pose pour Nathan. Elle ne cesse de passer de Nathan à Lloyd. Pendant deux mois, Jenny et Nathan couchent ensemble, et puis il séduit une autre fille, alors elle pleure sur l'épaule de Lloyd en attendant que Nathan revienne et, chaque fois qu'il ne vient pas, c'est Lloyd qui la raccompagne. Alors Jenny, tu danses ? Précisément, c'est justement de ça que je parle. Chacun de ces hommes contrôle tes actes, d'une manière ou d'une autre. Tu déformes tout, ce n'est pas ce que je veux dire, tu ne comprends pas ? C'est moi qui contrôle tous ces hommes, grâce au sexe. Mais tu ne m'aimes pas assez. Ils se rient de sa peine, et Jenny couche avec Lloyd, mais Lloyd doit étudier son droit. Alors Jenny, tu danses ? Et puis elle tombe sur la terre et s'infiltre dans le sable, jusqu'à la roche mère. Mais tu ne m'aimes pas assez. Alors quand elle croise Gabe, le soir où Lloyd quitte le O'Hara pour réviser un examen de droit, Jenny passe la nuit à discuter avec lui. Allez quoi, Jenny. La cible au mur, trois fléchettes dans le mille. Tu ne m'aimes pas assez. Et quand Nathan, qui est au pub avec une autre fille, se moque de Jenny, elle sourit, et à la fermeture du O'Hara, c'est Gabe qui rentre en titubant avec elle. Ils discutent un moment, se mettent au lit, font l'amour, et puis Gabe s'endort. Alors Jenny, tu danses ?

Je ne lui ai jamais dit au revoir. La femme de Gabe vient de mourir dans un accident de voiture dont son amant a réchappé, sain et sauf, et maintenant Gabe a envie de se perdre dans le lointain mais Nathan prend le même vol. Et puis elle était morte. En surface Nathan est un prisme, infinité de rôles feignant l'amitié ou la compassion ; mais à l'intérieur, c'est un bloc de glace qui révèle la moquerie, le cynisme, l'escroc en devenir. Ils s'asseyent côte à côte et parlent d'amour et de femmes. Gabe ne mentionne jamais son épouse, alors Nathan lui raconte qu'en Floride, il était entretenu par une femme plus âgée, jusqu'à ce qu'elle meure en lui léguant près d'un quart de million de dollars. Je ne lui ai jamais dit au revoir. Planer loin au-dessus de la douleur, le plaisir momentané de croiser Nathan englouti par le souvenir de sa femme. Parler, écouter pour masquer le vide. Et puis elle était morte. Nathan s'esclaffe et lui parle de Jenny. Elle a épousé Lloyd il y a deux ans. Ils vivent dans une belle demeure à Grosse Pointe, dans le Michigan. Je ne lui ai jamais dit au revoir. Peut-être, mais la femme n'a aucun pouvoir. Exactement. En portant la femme aux nues, l'homme la prive de sa liberté. En la traitant comme une déesse, il la force à se comporter en déesse… mais l'homme est alors libre de se comporter en être humain. Et puis elle était morte. Nathan leur a rendu visite la semaine dernière, et quand Lloyd est parti au bureau, Jenny et lui ont fait l'amour, en souvenir du bon vieux temps. Et puis elle était morte. Toujours la même, cette bonne vieille Jenny. Et puis elle était morte. Mais la décomposition de Gabe produit une pression inouïe qui s'accumule, et d'un seul coup les vieux chiffons explosent et s'embrasent, et des flammes jaillissent dans le noir. Je ne l'ai jamais revue. Gabe suffoque de douleur. Étouffée et réduite au silence, son indignation hurle pour se libérer. Dans ce monde d'hommes. Le goût brutal des moteurs envahissant l'intimité de l'âme. Du scotch et une hôtesse de l'air espagnole. Sièges rembourrés et veilleuses pour lire. Et puis elle était morte. Il commence à se battre avec Nathan. Six passagers bataillent pour le retenir. À l'atterrissage, les policiers viennent l'arrêter, mais quand Nathan apprend pour sa femme les poursuites sont abandonnées. Et puis elle était morte.

Je refuse d'être pris pour un con. Lloyd est heureux en mariage avec Jenny depuis trois ans déjà. Le petit Stephan a quinze mois. Gabe passe chez eux presque tous les soirs. Nathan envoie de temps en temps une lettre d'Espagne. Je ne peux pas vivre comme ça. Mais Jenny, sa faiblesse parfois. Pareille à la gelée, quand il n'est pas là pour lui donner forme ; pareille à une poupée de plastique, quand il n'est pas là pour lui donner des tripes. Je refuse d'être pris pour un con. Lloyd ne soupçonne rien jusqu'au jour où il commence à recevoir des lettres anonymes prétendant que sa femme est infidèle, mais il les ignore. Je refuse d'être pris pour un con. Et puis, aimer Jenny. Le calme apaisant de sa sérénité féconde. Chasser les tracas du monde, le soir. Accueillir Gabe, au début, se remémorer le O'Hara, et Nathan. Je ne peux pas vivre comme ça. Ensuite, le mystérieux correspondant laisse entendre que Stephan n'est pas de lui. Lloyd montre les lettres à Gabe, qui se met en colère, puis s'indigne. La missive suivante insinue que Gabe couche avec sa femme. Je ne peux pas vivre comme ça. Mais ça semblait te faire plaisir que Gabe vienne à la maison. Mais c'est un vieil ami, Lloyd… Mon Dieu, enfin tu n'es pas sérieux tout de même ? Je refuse d'être pris pour un con, Jenny. Lloyd continue à travailler comme si tout allait bien, mais la graine plantée continue à germer. Enfin, il met Jenny au pied du mur, et celle-ci clame son innocence. Ses explications apaisent sa jalousie pendant deux jours, mais la lettre suivante fait éclore la graine en fleur. Je ne peux pas vivre comme ça. Et on le pousse dans une machine gigantesque qui pulvérise la roche, et on balance la poussière dans une large benne. Je refuse d'être pris pour un con. Il rentre plus tôt du travail, se gare à un pâté de maisons de chez eux, rentre discrètement par l'arrière-cuisine, va dans son bureau, prend le pistolet chargé dans le tiroir, pénètre dans le salon et les surprend sur le canapé. Et le plan : dans un quartier huppé près de Détroit. Pas de préfabriqué, pas de matériaux bon marché mais du moderne. Je ne peux pas vivre comme ça. Gabe sourit, Jenny fonce les sourcils et, comprenant que c'est Gabe qui a écrit les lettres, Lloyd le tue en premier. Ensuite il tue Jenny. Et puis il se suicide. Je ne peux pas vivre ainsi.

Je n'ai rien pu faire. Nathan apprend les nouvelles deux mois plus tard. Dès qu'il le peut, il quitte l'Espagne et prend un vol pour Détroit. Avant de se rendre sur leurs tombes, il retourne à Ann Arbor, mais le O'Hara a été démantelé pour faire place à un vaste parking. Je n'ai rien pu faire.

Mais dans l'intimité, un imbécile, un petit enfant qui se prend pour le roi et finit vaincu par une femme. Je n'ai rien pu faire. Alors il prend un vol pour le Dakota du Sud, et pendant trois jours il cherche les parents de Lloyd. Enfin, il apprend qu'ils se sont installés en Californie. Il fouille sa mémoire, se remémore les visages du passé, les saisons enfuies, mais dans l'hiver frissonnent les échos parcellaires d'un temps désormais gelé, figé dans la terre. Rien pu faire. Au bout d'une semaine, il trouve les parents de Lloyd et rencontre enfin son fils Stephan, mais les parents de Lloyd se méfient de lui, et il rentre à Détroit. Je n'ai rien pu faire. Un seul homme, ce n'était pas assez pour Jenny. C'était une reine des abeilles attirant les bourdons, une araignée qui dévorait les mouches. Voilà qui était ta femme, Lloyd. Rien pu faire. Avant de se rendre sur les tombes, il passe devant la maison et décide de s'arrêter pour voir qui habite là désormais. Jenny ouvre la porte, mais il découvre alors que cette jeune fille n'est pas Jenny. Il s'excuse et bat en retraite. Je n'ai rien pu faire. Toujours là, toujours changeant, il ne cesse d'apparaître et de disparaître, mais Nathan est voué aux airs. Il achète trois couronnes chez un fleuriste. Puis il entre dans une église et s'agenouille devant un autel, mais nulle prière ne peut être dite. Il entre dans le cimetière. Ils reposent côte à côte. Rien pu faire. L'église, lieu chaleureux et intime. Des apôtres étincellent sur les vitraux. Le silence et le sentiment de sainteté. Je n'ai rien pu faire. Il dépose une couronne sur chaque pierre tombale, avec soin. Il passe une demi-heure devant leurs sépultures, puis s'en va. Trois heures plus tard, il reprend un vol pour l'Espagne – et s'en va retrouver l'hôtesse espagnole avec ses fossettes et son scotch. Je n'ai rien pu faire.

Tu ne m'aimes pas assez. Et Nathan avec ses roses, mais jamais assez de roses. Aussi gracieux qu'un danseur, ses caresses aussi douces qu'un coup de pinceau oriental. Peinture et couleurs, des nuances sombres. De la tristesse dans les jeux du plaisir, mais un homme si beau, un poids si doux, si tendre entre ses seins. Alors Jenny, tu danses ? Propulsée au milieu du fracas et des coups de hanches, puis de nouveau le choc hilare des flippers, ne pas sourire mais tenter de survoler le chaos. Allez quoi, Jenny. Mais de la nervosité, en elle. Nathan, pareil à une terreur enfantine dans les nuits du péché. Qui craint la lumière ne supporte pas le soleil radieux et l'amour au grand jour. Préfère les caves humides et l'eau stagnante, les poissons aveugles et les couleuvres. Tu ne m'aimes pas assez. Mais c'est qu'on vous laisse nous contrôler ; pourtant sans homme tu n'es rien, Jenny. Tu es une marionnette, et tous ces regards sont des ficelles qui te tirent et te retournent en tous sens. Tu veux coucher avec moi ce soir ? C'est censé vouloir dire quoi ? Que c'est moi qui décide, pas toi. Mais sans moi, il n'y aurait rien à décider, donc je te contrôle déjà. Alors Jenny, tu danses ? Mais Lloyd, son visage ouvert et rieur, ses dents blanches et ses cheveux blonds. Solide, fiable, énergique. Du béton et du verre, des ponts en acier, un panneau publicitaire. En noir et blanc, façon portrait de famille. Cigares et grosses voitures, argent, pouvoir et respectabilité. Allez quoi, Jenny. Alors elle s'engouffre sous terre et une grotte la recueille, une profonde caverne où elle repose dans le silence et l'obscurité jusqu'à ce que la rivière la fasse jaillir au grand jour. Tu ne m'aimes pas assez. Mais Lloyd sous ses mains, pareil à du verre lisse et cassant. Pas de larmes quand il jouit en elle ; rien que des néons artificiels et un amour électronique. Marteau piqueur, excavateur, semi-remorque. Une machine tapageuse en costume Brooks Brothers. Alors Jenny, tu danses ? Un bocal de charcuterie marinée polonaise. Des saucisses de Francfort plantées sur une broche à pointes qui tourne dans une petite rôtissoire. Alors Jenny, tu danses ? Et Gabe. Ni bruyant, ni discret, les deux à la fois et rien de tout cela. Explosions lointaines, étincelles mourant dans un ciel de ténèbres. Ni passé, ni futur, mais entremêlé au présent, tel un accident de chair. Tu ne m'aimes pas assez. Pendant deux mois, Jenny et Nathan couchent ensemble, et puis il séduit une autre fille, alors elle pleure sur l'épaule de Lloyd en attendant que Nathan revienne et, chaque fois qu'il ne vient pas, c'est Lloyd qui la raccompagne. Allez quoi, Jenny. Et Gabe, inertie dansante. En elle, un frisson de soleil transperce un voile obscur. Des arcs-en-ciel. Comme de la neige en été, une rose en hiver. Alors Jenny, tu danses ?

Je ne lui ai jamais dit au revoir. Et Nathan, avec sa débauche de mots. Un comédien aux mille visages. Un amuseur arborant le sourire de Janus. Un sportif pour qui les femmes sont des proies. Et puis elle était morte. Vouloir s'élever, dans l'espoir de pouvoir se hisser d'un bond dans le soleil bruissant, mais reposer silencieusement dans les mots, en faisant de son mieux pour ne pas bouger. La planète est un gigantesque ballon qui rapetisse à présent, jusqu'au choc du silence. En surface Nathan est un prisme, infinité de rôles feignant l'amitié ou la compassion ; mais à l'intérieur, c'est un bloc de glace qui révèle la moquerie, le cynisme, l'escroc en devenir. Donc ce que tu dis, c'est que le maître est prisonnier et que l'esclave est libre. Voilà, exactement. C'est pour ça que je porte les femmes aux nues, que je les traite comme des reines tandis que je me comporte en bourdon. Il faut les laisser croire qu'elles sont le centre du monde. C'est le seul moyen d'être libre. Et puis elle était morte. Et Lloyd, bien trop bonne pâte. Un animal poilu, rustique, anti-intellectuel au possible et amateur de blagues grossières, qui se faisait passer pour un être humain. Je ne lui ai jamais dit au revoir. Il se libère de son carcan, s'embrase, devient lumière et puis déferle sur la maison, ravageant tout ce qu'il touche. Et puis elle était morte. Sous ses dehors musclés, Lloyd cache un cœur sans pitié, criblé de failles sentimentales. Ce bon vieux Lloyd, tellement stupide, avec son argent, son pouvoir et sa respectabilité. Le mouvement lent de la nausée puis décollage et entrée dans la femme, le sortilège du deuil transitoire. Je ne lui ai jamais dit au revoir. Et Jenny avec ses longs cheveux noirs. Un animal à sang-froid, et son mariage avec Lloyd, comme un flirt avec la mort. Sa soif de pouvoir, son époux un simple marchepied. Et puis elle était morte. Nathan s'esclaffe et lui parle de Jenny. Elle a épousé Lloyd il y a deux ans. Ils vivent dans une belle demeure à Grosse Pointe, dans le Michigan. Je ne l'ai jamais revue. En surface, elle avait l'air d'une femme douce, tendre, féconde, mais à l'intérieur c'était un océan peuplé d'étranges monstres marins. Et puis elle était morte.

Je ne peux pas vivre ainsi. Et Jenny, une belle fille autrefois déjantée, devenue femme au foyer, mère et épouse modèle. Une bonne cuisinière. Une excellente hôtesse. Son rire, un tintement de pièces de monnaie. Son corps, quelque part entre le mannequin et la star de cinéma. La femme qui convient à un avocat d'affaires. Je refuse d'être pris pour un con. Mais ce sentiment flottant d'impuissance, l'impression de perdre son temps. Et puis les lettres de révélation, rire de ses propres soupçons, pourtant, se moquer de lui-même puis espérer que le mensonge soit vrai. Je ne peux pas vivre comme ça. Mais Jenny, sa faiblesse parfois. Pareille à la gelée, quand il n'est pas là pour lui donner forme ; pareille à une poupée de plastique, quand il n'est pas là pour lui donner des tripes. Je refuse d'être pris pour un con. Quand Nathan est venu… est-ce que tu as couché avec lui ? Je n'écouterai pas un mot de plus. Tu ferais mieux d'écouter, Jenny. Que je sois damné si je te laisse baiser à droite et à gauche dans mon dos. Je ne peux pas vivre ainsi. Mais Nathan, à côté de la plaque, impuissant, rien qu'une sangsue, un pauvre parasite sans défense qui espérait téter la chaleur de l'amour à son sein glacé. Je refuse d'être pris pour un con. Et on le jette dans une immense cuve, et la cuve se renverse dans les flammes purificatrices, et le feu le pétrifie et le change en acier. Et Nathan, ce gamin plein de veulerie. Amusant. Inoffensif. Une compagnie pas désagréable, une fois de temps en temps. Je ne peux pas vivre comme ça. Et puis la baraque : une maison à soixante-dix mille dollars à Grosse Pointe, dans le Michigan. Trois étages, cave incluse. Cinq salles de bains. Garage pour trois voitures. Des pièces taillées dans le roc. Je ne peux pas vivre comme ça. Mais Gabe, ce sale connard de merde. Aucun sens de l'humour, de la haine glacée plein les yeux. Ensuite, le mystérieux correspondant laisse entendre que Stephan n'est pas de lui.

Lloyd montre la lettre à Gabe, qui se met en colère, puis s'indigne. Je ne peux pas vivre comme ça. Puis la missive suivante insinue que Paul couche avec sa femme. Je ne peux pas vivre ainsi. Aucun sens du respect. Aucune fierté. Juste une haine de salopard tapie sous son silence. Je refuse d'être pris pour un con.

Mais je n'ai rien pu faire. Et Lloyd, un perdant dans l'intimité. Triomphant en public, héros public, saint public. La compassion pour Lloyd, défenseur de la moralité. Chez les voisins, dans les journaux, du haut des chaires. Mais ce besoin exaspérant de ressusciter les morts. Plutôt que l'hémorragie d'un cœur solitaire. Plutôt que la fin d'une fascination morbide. Plutôt que le sentiment de culpabilité. Je n'ai rien pu faire. Et Lloyd dans l'intimité, un imbécile, un petit enfant qui se prend pour le roi et finit vaincu par une femme. Rien pu faire. Jenny devait prouver que les hommes avaient besoin d'elle, qu'elle n'avait pas besoin d'un homme ; et Gabe devait prouver que les femmes avaient besoin de lui, qu'il n'avait pas besoin d'une femme. On peut dire qu'ils ont réussi, tu ne trouves pas, Lloyd ? Rien pu faire. Et pourtant, Gabe : un autre genre d'imbécile. Ce besoin de revanche. Cette envie de détruire la vie qu'il ne pouvait avoir. Tellement ridicule, sa passion pour le mal. Mais je n'ai rien pu faire. La chaleur du soleil, le mouvement de l'eau, la planète en expansion – voilà les forces qui le font réagir et, sans elles, il reste seul, à la dérive. Inerte. Rien. Rien pu faire. De l'idéal au démoniaque, la haine de Gabe est une étrange façon de défier la mort, comme si celle-ci était une femme. Une vieille dame agenouillée devant un autel, mais aucune cloche ne résonne dans le cimetière. Je n'ai rien pu faire. Mais pourquoi Jenny ? Une femme si ordinaire. Ni puissance intellectuelle ni énergie spirituelle : le pouvoir du sexe. Pas de mystères chez Jenny. Pas de secrets tapis sous la surface. Mais je n'ai rien pu faire. Au bout d'une semaine, il trouve les parents de Lloyd et rencontre enfin son fils Stephan, mais les parents de Lloyd se méfient de lui, et il rentre à Détroit. Rien pu faire. Et Jenny. Ni épouse au foyer, ni mère, ni maîtresse ; ni épouse, ni hôtesse, ni putain. Une femme. Élémentaire. Ordinaire. Rien pu faire.

Allez quoi, Jenny. Elle s'avance à présent en direction du bar et sirote un verre de bière mousseuse, tout en se débattant dans un tourbillon de fumée rouge. Une fille dans une cage étroite luttant contre un monstre invisible. Tu ne m'aimes pas assez. Mais que va dire Lloyd ? Qu'est-ce que tu veux que ça me foute. Tu vas lui dire ? Bien sûr que non, ça n'est pas ses affaires, ce que je fais. Mais si tu lui dis, il ne te regardera plus jamais. Tu veux danser, Jenny ? Elle observe les couples prosternés devant le juke-box à présent, elle erre, ne cesse de passer de Nathan à Lloyd puis à Gabe. Allez quoi, Jenny. Et elle descend en dansant vers l'océan. Traverse les gorges montagneuses, franchit les rochers acérés, contourne les eaux profondes étales des méandres : elle glisse avec une grâce liquide. Tu ne m'aimes pas assez. Propulsée au milieu du fracas et des coups de hanches, puis de nouveau le choc hilare des flippers, ne pas sourire mais tenter de survoler le chaos. Une fille dans une cage étroite luttant contre un monstre invisible. Des couples sur la piste de danse. Le tonnerre artificiel du dieu à l'œil de verre. Jesus and the Spoilers en fond sonore. Orgue électrique et guitare hawaïenne. Elle plane loin à présent au-dessus de l'inertie hurlante, elle marche dans la pluie silencieuse, elle zigzague dans l'allée, traverse à présent la rue trempée en sautillant et s'éclabousse dans le caniveau, puis monte l'escalier en dansant. Allez quoi, Jenny. Et ils se riaient de sa peine, et Jenny couchait avec Lloyd, mais Lloyd devait étudier son droit. Allez quoi, Jenny. Et rebondir sur le lit, le lit mou, et enlacer Gabe et se débarrasser de ses fringues, ses fringues mouillées, et se fendre tel un nuage criant sa pluie et se fracassant dans l'automne. Tu ne m'aimes pas assez. Mais Lloyd sous ses mains, pareil à du verre lisse et cassant. Pas de larmes quand il jouit en elle ; rien que des néons artificiels et un amour électronique. Marteau piqueur, excavateur, semi-remorque. Une machine maladroite en costume Brooks Brothers. Tu ne m'aimes pas assez. Mais un soupir ramène le soleil, il pleut des arcs-en-ciel dorés sur une peau humide, glissante. Allez quoi, Jenny.

Je ne l'ai jamais revue. Mais attendre dans l'écho du deuil, écouter la voix dans le haut-parleur qui se répercute sur les parois, étouffée par l'atmosphère confinée. Je ne lui ai jamais dit au revoir. Mais que se passe-t-il si c'est la femme qui place l'homme sur un piédestal ? Ah oui. Alors la femme le prive de sa liberté. Tu vois, en vénérant son pénis, elle force l'homme à se montrer fidèle, s'autorisant par là même la liberté de lui être infidèle. Et puis elle était morte. Je ne l'ai jamais revue. Mais planer loin au-dessus de la douleur, le plaisir momentané de croiser Nathan englouti par le souvenir de sa femme. Parler, écouter pour masquer le vide. Et puis elle était morte. Mais au-delà du pardon, au-delà du contrôle, il prend une bouffée d'air et emplit ses poumons de flammes, et les murs commencent à disparaître. Vouloir s'élever, dans l'espoir de pouvoir se hisser d'un bond dans le soleil bruissant, mais reposer silencieusement dans les mots, en faisant de son mieux pour ne pas bouger. La planète est un gigantesque ballon qui rapetisse à présent, jusqu'au choc du silence, le soleil étrangement suspendu. Et puis elle était morte. Se forcer à écouter, fumer une cigarette, remuer ses jambes, essuyer la sueur qui ressemble à du sang, se forcer à rêver, et il prie à présent pour que la douleur s'achève. Je ne l'ai jamais revue. Nathan leur a rendu visite la semaine dernière, et quand Lloyd est parti au bureau, Jenny et lui ont fait l'amour, en souvenir du bon vieux temps. Toujours la même, cette bonne vieille Jenny. Et puis elle était morte. Bavarder, rire et écouter pour masquer l'asphyxie, mais les souvenirs lui reviennent avec la brutalité d'un élastique, la douleur envahit de nouveau la carlingue de l'avion. Le bouillonnement hypnotique des vagues. Je ne lui ai jamais dit au revoir. Et sous ses dehors musclés, Lloyd cache un cœur sans pitié, criblé de failles sentimentales. Ce bon vieux Lloyd, tellement stupide, avec son argent, son pouvoir et sa respectabilité. Je ne l'ai jamais revue. Survolant à présent le désespoir, il plane juste au-dessus de la terreur, plonge, s'écrase, hurle, jure, se débat dans les flammes comme un homme qui se noie. Je ne lui ai jamais dit au revoir. Je ne l'ai jamais revue.

Mais je ne peux pas vivre comme ça. Écrire des lettres, assister à des conférences, remplir des dossiers puis rentrer par l'autoroute, batailler contre les embouteillages mais se dresser seul dans le vacarme, sous le soleil brûlant. Je refuse d'être pris pour un con. Mais où es-tu allé chercher des idées pareilles ? Écoute, Lloyd… Gabe m'ennuie à mourir mais je continue à l'inviter parce qu'il se sent seul. Il ne se remet toujours pas de la mort de sa femme… et Nathan n'est resté qu'une journée. Mais je ne peux pas vivre comme ça. Et puis, aimer Jenny. Le calme apaisant de sa sérénité féconde. Chasser les tracas du monde, le soir. Accueillir Gabe, au début, se remémorer le O'Hara, et Nathan. Mais je refuse d'être pris pour un con. On le verse dans un moule et on le laisse refroidir et durcir. Ensuite le moule est fendu, on le martèle pour lui donner forme, et puis ils le font rouler jusqu'au bout de la chaîne, un produit fini. Mais je ne peux pas vivre comme ça. Ce sentiment flottant d'impuissance, l'impression de perdre son temps. Et puis les lettres de révélation, rire de ses propres soupçons, pourtant, se moquer de lui-même puis espérer que le mensonge soit vrai. Je ne suis pas un imbécile. La sensation de la richesse, du pouvoir, le prestige et la respectabilité. Le confort d'une maison solide, la sécurité des fondations en pierre. Affronter la monotonie, traverser le doute, mais atteindre une terreur plus profonde. Souffrir l'enfant, vouloir purger la vérité, mais rêver de revanche. S'enfoncer sous terre et ramper parmi les vers et les serpents. Lloyd continue à travailler comme si tout allait bien, mais la graine plantée continue à germer. Enfin, il met Jenny au pied du mur, et celle-ci clame son innocence. Ses explications apaisent sa jalousie pendant deux jours, mais la lettre suivante fait éclore la graine en fleur. Je ne suis pas un imbécile. Feindre un amour qui n'est que l'écho d'un rire de désespoir. Lacérations tremblantes de l'âme, mais la dernière lettre apporte la paix. Comploter pour les surprendre, pénétrer dans la maison, arme à la main, savourer le silence, les regarder, écouter. Le souvenir de Nathan, soudain, ce gamin plein de veulerie. Amusant. Inoffensif. Une compagnie pas désagréable, une fois de temps en temps. Pas question de vivre ainsi. Souriant, il appuie à présent sur la gâchette, encore et encore, il sent à présent le poids du fer, le contact de l'acier, tandis que le bruit disparaît au loin. On ne me prendra pas pour un con.

Mais je n'ai rien pu faire. Ne pas y croire, au début. Suspendre le choc et les rires creux pétris de regrets, mais enregistrer les réactions, façonner les souvenirs. Je n'ai rien pu faire. Pourtant ta stupidité est pathétique, Lloyd. Tu aurais dû savoir, mais il a fallu que Gabe t'écrive des lettres pour te dire ce qui se passait. Tu n'as pas compris qu'il voulait mourir ? Et tu n'as pas compris qu'elle voulait le tuer ? Mais je n'ai rien pu faire. Il fouille sa mémoire, se remémore les visages du passé, les saisons enfuies, mais dans l'hiver frissonnent les échos parcellaires d'un temps désormais gelé, figé dans la terre. Et quand la planète tombe en poussière, quand l'eau se tarit, quand le soleil se consume et s'éteint, il est perdu dans l'espace, se contente de flotter dans des éternités de vide. Rien pu faire. Mais ce besoin exaspérant de ressusciter les morts. Plutôt que l'hémorragie d'un cœur solitaire. Plutôt que la fin d'une fascination morbide. Plutôt que le sentiment de culpabilité. Je n'ai rien pu faire. Les voix, pareilles à des bourrasques de neige. Le vent, les voix, les arbres. Les conifères chétifs. Mais revendiquer le déni, renvoyer leurs morts aux hommes, commémorer le temps et le souvenir rédempteur, ce besoin exaspérant de ressusciter les morts. Mais se débattre dans le vide, se démener à l'intérieur de sa tête. Je n'ai rien pu faire. Avant de se rendre sur les tombes, il passe devant la maison et décide de s'arrêter pour voir qui habite là désormais. Jenny ouvre la porte, mais il découvre alors que cette jeune fille n'est pas Jenny. Il s'excuse et bat en retraite. Je n'ai rien pu faire. Il disparaît à présent dans le labyrinthe de la passion recomposée, dévale des corridors qui grimpent en colimaçon, escalade des marches qui s'enroulent vers les profondeurs, ressort dans un cimetière à présent, et il converse avec un fantôme. Je ne pouvais rien faire d'autre. De l'idéal au démoniaque, la haine de Gabe est une étrange façon de défier la mort, comme si celle-ci était une femme. S'agenouiller, les lèvres sur la neige. Une envie de hurler pour qu'elle revienne. Mais il frissonne à présent. Ces voix glacées. Je n'ai rien pu faire.

Allez quoi, Jenny. Tu ne comprends pas, Gabe. La vérité, c'est que je suis aussi libre que n'importe quel homme ici. Plus libre en fait, parce qu'ils me désirent tous. Il n'y a pas un mec ici qui ne sauterait pas sur l'occasion de me ramener chez lui pour tirer un coup. Tu ne m'aimes pas assez. Et elle atteint de longues plaines paisibles qui l'entraînent peu à peu toujours plus bas, vers les basses terres impétueuses, puis la propulsent dans la mer. Allez quoi, Jenny. Rentrer à la maison. Mais c'est justement de ça que je parle. Chacun de ces hommes contrôle tes actes, d'une manière ou d'une autre. Tu déformes tout, ce n'est pas ce que je veux dire, tu ne comprends pas ? C'est moi qui contrôle tous ces hommes, grâce au sexe. Alors Jenny, tu danses ? Bribes abruptes de sons. Giclées de rires. Alors Jenny tu danses ? Allez quoi, Jenny. Mais c'est parce qu'on vous laisse nous contrôler ; pourtant sans homme tu n'es rien, Jenny. Tu es une marionnette, et tous ces regards sont des ficelles qui te tirent et te retournent en tous sens. Tu veux coucher avec moi ce soir ? C'est censé vouloir dire quoi ? Que c'est moi qui décide, pas toi. Mais sans moi, il n'y aurait rien à décider, donc je te contrôle déjà. Tu ne m'aimes pas assez. Alors quand elle croise Gabe, le soir où Lloyd quitte le O'Hara pour réviser un examen de droit, Jenny passe la nuit à discuter avec lui. Allez quoi, Jenny. Mais que va dire Lloyd ? Qu'est-ce que tu veux que ça me foute. Tu vas lui dire ? Bien sûr que non, ça n'est pas ses affaires, ce que je fais. Mais si tu lui dis, il ne te regardera plus jamais. Tu ne m'aimes pas assez. Et Gabe. Ni bruyant, ni discret, les deux à la fois et rien de tout cela. Explosions lointaines, étincelles mourant dans un ciel de ténèbres. Ni passé, ni futur, mais entremêlé au présent, tel un accident de chair. Alors Jenny, on danse ? Allez quoi, Jenny. Mais ça te plairait que Nathan soit au courant, hein ? Écoute, ce ne sont pas leurs affaires, Gabe. Mais tu restes sous contrôle. Tu ne peux rien faire sans un homme. Allez quoi, Jenny. Et rebondir sur le lit, le lit mou, et enlacer Gabe et se débarrasser de ses fringues, ses fringues mouillées, et se fendre tel un nuage criant sa pluie et se fracassant dans l'automne. Tu ne m'aimes pas assez. Tu te crois indispensable, hein ? Mais je ne suis qu'un homme, Jenny, juste un homme. On fait l'amour, Jenny ? Allez quoi, Jenny. Montre-moi à quel point j'ai besoin de toi. Fais-moi voir ce qu'est l'obsession. Allez quoi, Jenny.

Et puis elle était morte. Mais le concept antique de l'amour faisait de cette femme une déesse. La vie de l'homme tournait entièrement autour d'elle. Il vénérait sa pureté et se comportait comme un esclave face à son maître. Je ne l'ai jamais revue. Et les vitres fondent, le métal se brise, la pierre noircit et les victimes brûlent dans les flammes. Consumant l'air, il refuse de battre en retraite. Et puis elle était morte. Peut-être, mais la femme n'avait aucun pouvoir. Exactement. En portant la femme aux nues, l'homme la prive de sa liberté. En la traitant comme une déesse, il la force à se comporter en déesse… mais l'homme est alors libre de se comporter en être humain. Et puis elle était morte. L'âme en quête d'elle-même, planant loin à présent au-dessus des eaux infinies. Ailes minces tranchant des nuages monstrueux. La mort du temps et l'ombre projetée par la croix sur le miroitement des vagues. Je ne lui ai jamais dit au revoir. Donc ce que tu dis, c'est que le maître est prisonnier et que l'esclave est libre. Voilà, exactement. C'est pour ça que je porte les femmes aux nues et les traite comme des reines, tandis que je me comporte en bourdon. C'est le seul moyen d'être libre. Il faut les laisser croire qu'elles sont le centre du monde. Et puis elle était morte. Gabe suffoque de douleur. Étouffée et réduite au silence, son indignation hurle pour se libérer. Je ne l'ai jamais revue. Mais que se passe-t-il si c'est la femme qui place l'homme sur un piédestal ? Ah oui. Alors la femme le prive de sa liberté. Tu vois, en vénérant son pénis, elle force l'homme à se montrer fidèle, s'autorisant par là même la liberté de lui être infidèle. Et puis elle était morte. Et Jenny avec ses longs cheveux noirs. Un animal à sang-froid, et son mariage avec Lloyd, comme un flirt avec la mort. Sa soif de pouvoir, son époux un simple marchepied. Elle peut baiser à droite et à gauche autant que bon lui semble, parce qu'elle est humaine, et que l'homme est Dieu. C'est cela que Jenny a appris en épousant Lloyd. Bavarder, rire et écouter pour masquer l'asphyxie, mais les souvenirs lui reviennent avec la brutalité d'un élastique, la douleur envahit de nouveau la carlingue de l'avion. Le bouillonnement hypnotique des vagues. Je ne l'ai jamais revue. Elle vénère Lloyd, mais elle est libre. La semaine dernière on a couché ensemble, juste pour le plaisir… Quelque chose ne va pas, Gabe ? Je ne l'ai jamais revue.

Mais je ne peux pas vivre comme ça. Où es-tu allé chercher une idée pareille ? Tu as couché avec Gabe une fois, pas vrai ? Non, attends une minute… cette partie de ma vie est révolue, tu te souviens ? Tu m'as promis qu'on n'en parlerait plus jamais. On ne me prendra pas pour un con. Et le moteur tourne, la machine peut avancer, peut se reproduire, peut fonctionner comme un être humain jusqu'au jour où le conducteur a un accident. Mais ça semblait te faire plaisir que Gabe vienne à la maison. Mais c'est un vieil ami, Lloyd… Mon Dieu, enfin tu n'es pas sérieux tout de même ? Je ne peux pas vivre ainsi. Mais trop de vide. Trop de silence, trop d'échos du passé. Et puis Stephan pour remplir la maison de bruits. Mais les factures, l'hypothèque. Les jardiniers pour l'immense pelouse. On ne me prendra pas pour un con. Quand Nathan est venu… est-ce que tu as couché avec lui quand j'avais le dos tourné ? Je n'écouterai pas un mot de plus. Tu ferais mieux d'écouter, Jenny. Que je sois damné si je te laisse baiser à droite et à gauche dans mon dos. Je refuse d'être pris pour un con. Il rentre plus tôt du travail, se gare à un pâté de maisons de chez eux, rentre discrètement par l'arrière-cuisine, va dans son bureau, prend le pistolet chargé dans le tiroir, pénètre dans le salon et les surprend sur le canapé. Mais où es-tu allé chercher des idées pareilles ? Écoute, Lloyd… Gabe m'ennuie à mourir mais je continue à l'inviter parce qu'il se sent seul. Il ne se remet toujours pas de la mort de sa femme… et Nathan n'est resté qu'une journée. Je refuse d'être pris pour un con. Et Gabe, ce sale connard de merde. Aucun sens de l'humour, de la haine glacée plein les yeux. Nom de Dieu, tu es dingue ou quoi ? Tu crois réellement que dès que tu pars au travail, je file au lit avec le premier homme venu ? Mais merde tu me prends pour qui ? Je suis ta femme, Lloyd, pas la putain du quartier. Et les lettres, alors ? Je ne peux pas vivre comme ça. Feindre un amour qui n'est que l'écho d'un rire de désespoir. Lacérations tremblantes de l'âme, et soudain, la paix. Comploter pour les surprendre, pénétrer dans la maison, arme à la main, savourer le silence, les regarder, écouter. Quelles lettres ? Tiens, lis-les. Je suis désolé pour toutes ces questions, mais il fallait que je sois sûr. Tu crois réellement… ? Allons, rends-les-moi. Je vais les brûler. Je suis désolé, ma chérie. Pardonne-moi. On ne me prendra pas pour un con.

Mais je n'ai rien pu faire. On dirait bien que t'as perdu, Lloyd. Je t'avais prévenu. Je t'avais dit de ne pas l'épouser, tu te souviens ? Brûler dans les flammes, se noyer dans l'eau, s'enfoncer sous terre : il plonge. Mais je n'ai rien pu faire. Un seul homme, ce n'était pas assez pour Jenny. C'était une reine des abeilles attirant les bourdons, une araignée qui dévorait les mouches. Voilà qui était ta femme, Lloyd. Les monuments et les petites pierres tombales. Les murmures des morts. La couche de neige intacte. Un érable nu, qui tend ses branches dans une pose suppliante. De minuscules glaçons sur une fine croûte de neige. Jenny devait prouver que les hommes avaient besoin d'elle, qu'elle n'avait pas besoin d'un homme ; et Gabe devait prouver que les femmes avaient besoin de lui, qu'il n'avait pas besoin d'une femme. On peut dire qu'ils ont réussi, tu ne trouves pas, Lloyd ? Rien pu faire. Il achète trois couronnes chez un fleuriste. Puis il entre dans une église et s'agenouille devant un autel, mais nulle prière ne peut être dite. Il entre dans le cimetière. Ils reposent côte à côte. Pourtant ta stupidité est pathétique, Lloyd. Tu aurais dû savoir, mais il a fallu que Gabe t'écrive des lettres pour te dire ce qui se passait. Tu n'as pas compris qu'il voulait mourir ? Et tu n'as pas compris qu'elle voulait que tu le tues ? Mais je n'ai rien pu faire. Mais pourquoi Jenny ? Une femme si ordinaire. Ni puissance intellectuelle ni énergie spirituelle : le pouvoir du sexe. Pas de mystères chez Jenny. Pas de secrets tapis sous la surface. Mais je n'ai rien pu faire. Rien du tout, merde. Mais c'était moi le coupable. Tu aurais dû le savoir, Lloyd. Tu as épousé ma création, et ma création t'a détruit, mais Gabe a démoli ma création, alors on a perdu tous les deux, Lloyd, tu comprends ? Je n'ai rien pu faire. Il disparaît à présent dans le labyrinthe de la passion recomposée, dévale des corridors qui grimpent en colimaçon, escalade des marches qui s'enroulent vers les profondeurs, ressort dans un cimetière à présent, et il converse avec un fantôme. Je ne peux rien y faire. Donc on a tous perdu, pas vrai, Lloyd ? Ne reste plus que Stephan. Mon fils. Je crois que je ne lui dirai jamais. Est-ce que tu es satisfait ? Est-ce que ça suffit ? Je ne peux rien y faire.

Allez quoi, Jenny, tu danses ? Douce comme une pluie d'avril, lisse comme un lac de montagne immobile, mystérieuse comme l'océan, dangereuse comme l'eau vive des rivières les plus profondes, elle se jette d'un nuage blanc et plonge dans la verdure, une goutte d'eau sur une feuille d'arbre. Gouttes de bière sanglantes et sombres, éclats croustillants de chair, une communion d'amour humain. Allez quoi, Jenny. Et puis elle tombe sur la terre et s'infiltre dans le sable, jusqu'à la roche mère. Quand Nathan, qui est au pub avec une autre fille, se moque de Jenny, elle sourit, et à la fermeture du O'Hara, c'est Gabe qui rentre en titubant avec elle. Ils discutent un moment, se mettent au lit, font l'amour, et puis Gabe s'endort. Alors elle s'engouffre sous terre et une grotte la recueille, une profonde caverne où elle repose dans le silence et l'obscurité jusqu'à ce que la rivière la fasse jaillir au grand jour. Allez quoi, Jenny. En elle, un frisson de soleil transperce un voile obscur. Des arcs-en-ciel. Comme de la neige en été, une rose en hiver. Et elle descend en dansant vers l'océan. Traverse les gorges montagneuses, franchit les rochers acérés, contourne les eaux profondes étales des méandres : elle glisse avec une grâce liquide. Un soupir au soleil, il pleut des arcs-en-ciel dorés sur une peau humide, glissante. Et elle atteint de longues plaines paisibles qui l'entraînent peu à peu toujours plus bas, vers les basses terres impétueuses, puis la propulsent dans la mer. Allez quoi, Jenny. Tu te crois indispensable, hein ? Mais je ne suis qu'un homme, Jenny, juste un homme. On fait l'amour, Jenny ? Allez quoi, Jenny. Montre-moi à quel point j'ai besoin de toi. Fais-moi voir ce qu'est l'obsession. Mais perdue dans la houle implacable des vagues, elle se noie sous le soleil brûlant, et retourne aux nuages.

Et puis elle était morte. Il ressemble à un tas de chiffons humides dans un coin de grenier sombre, et les chiffons commencent à pourrir. Le silence, hormis le bavardage des passagers. L'hôtesse espagnole avec ses fossettes et son scotch. Plus près du soleil, à présent, mais pris dans l'asphyxie de la fuite. Et puis la décomposition produit une pression inouïe qui s'accumule, et d'un seul coup les vieux chiffons explosent et s'embrasent, et des flammes jaillissent dans le noir. Il commence à se battre avec Nathan. Six passagers bataillent pour le retenir. À l'atterrissage, les policiers viennent l'arrêter, mais quand Nathan apprend pour sa femme les poursuites sont abandonnées. Mais il se libère de son carcan, s'embrase, devient lumière et puis déferle sur la maison, ravageant tout ce qu'il touche. Et puis elle était morte. En surface, elle avait l'air d'une femme douce, tendre, féconde, mais à l'intérieur c'était un océan peuplé d'étranges monstres marins. Mais au-delà du pardon, au-delà du contrôle, il prend une bouffée d'air et emplit ses poumons de flammes, et les murs commencent à disparaître. Vouloir s'élever, dans l'espoir de pouvoir se hisser d'un bond dans le soleil bruissant, mais reposer silencieusement dans les mots, en faisant de son mieux pour ne pas bouger. Survolant à présent le désespoir, il plane juste au-dessus de la terreur, plonge, s'écrase, hurle, jure, se débat dans les flammes comme un homme qui se noie. Et puis elle était morte. Les vitres fondent, le métal se brise, la pierre noircit et les victimes brûlent dans les flammes. Consumant l'air, il refuse de battre en retraite. Je ne l'ai jamais revue. Elle vénère Lloyd, mais elle est libre. La semaine dernière on a couché ensemble, juste pour le plaisir… Quelque chose ne va pas ? Il n'y a pas assez d'eau, pas assez de terre. Et consumant l'air, il s'autodévore et se change en cendres et en fumée.

Mais je refuse d'être pris pour un con. Arraché au roc par une main géante, il dégringole au grand jour, et puis on l'emporte. L'épuisement des apparences noué à son cou, mais Jenny est là pour le réconforter, Stephan pour jouer avec lui, et Gabe pour lui servir d'ami. Et on le pousse dans une machine gigantesque qui pulvérise la roche, et on balance la poussière dans une large benne. Gabe sourit, Jenny fonce les sourcils et, comprenant que Gabe a écrit les lettres, Lloyd le tue en premier. Ensuite il tue Jenny. Et puis il se suicide. On le jette dans une immense cuve, et la cuve se renverse dans les flammes purificatrices, et le feu le pétrifie et le change en acier. On ne me prendra pas pour un con. Aucun sens du respect. Aucune fierté. Juste une haine de salopard tapie sous son silence. On le verse dans un moule et on le laisse refroidir et durcir. Ensuite le moule est fendu, on le martèle pour lui donner forme, et puis ils le font rouler jusqu'au bout de la chaîne, un produit fini. Souriant, il appuie à présent sur la gâchette, encore et encore, il sent à présent le poids du fer, le contact de l'acier, tandis que le bruit disparaît au loin. Et le moteur tourne, la machine peut avancer, peut se reproduire, peut fonctionner comme un être humain jusqu'au jour où le conducteur a un accident. On ne me prendra pas pour un con. Quelles lettres ? Tiens, lis-les. Je suis désolé pour toutes ces questions, mais il fallait que je sois sûr. Tu crois réellement... ? Allons, rends-les-moi. Je vais les brûler. Je suis désolé, ma chérie. Pardonne-moi. Je ne peux pas vivre ainsi. Mais il reste planté sous la pluie à présent, un morceau d'acier déformé, ses forces le quittent avec l'eau, le feu et l'air et il se décompose en rouille.

Et je n'ai rien pu faire. Léger comme l'air, aussi insouciant qu'une brise soudaine, il flotte dans l'espace, seul dans le ciel. Le vent puissant et glacé près des tombes. Le goût de la mort. Les larmes gelées. Les pas en arrière. Les voix frissonnantes dans le vent. Toujours là, toujours changeant, il ne cesse d'apparaître et de disparaître, mais il a toujours été voué aux airs. Il dépose une couronne sur chaque pierre tombale, avec soin. Il passe une demi-heure devant leurs sépultures, puis s'en va. Trois heures plus tard, il reprend un vol pour l'Espagne – et s'en va retrouver l'hôtesse espagnole avec ses fossettes et son scotch. La chaleur du soleil, le mouvement de l'eau, la planète en expansion – voilà les forces qui le font réagir et, sans elles, il reste seul, à la dérive. Inerte. Rien. Je n'ai rien pu faire. Une femme. Ni épouse au foyer, ni mère, ni maîtresse ; ni épouse, ni hôtesse, ni putain. Une femme. Élémentaire. Ordinaire. Rien pu faire. Mais quand la planète tombe en poussière, quand l'eau se tarit, quand le soleil se consume et s'éteint, il est perdu dans l'espace, se contente de dériver dans des éternités de vide, de flotter dans l'air infini. S'agenouiller, les lèvres sur la neige. Une envie de hurler pour qu'elle revienne. Mais il frissonne à présent. Ces voix glacées. Le vent. Brûler dans les flammes, se noyer dans l'eau, s'enfoncer sous terre : il plonge. Mais il faut croire qu'on a tous perdu, pas vrai, Lloyd ? Ne reste plus que Stephan. Mon fils. Je crois que je ne lui dirai jamais. Est-ce que tu es satisfait ? Est-ce que ça suffit ? Mais nul ne peut descendre jusqu'à la mort. Nul ne peut remonter à la vie. Il n'y a que des bourrasques au hasard, ces voix, ces échos qui résonnent dans un esprit vide.

Notre sortie au musée de la Nature

Latonya franchit la porte telle une tornade, les genoux couleur de rouille, les couettes luisantes de pommade Royal Crown, et avec une odeur âcre qui imprégnait probablement l'ensemble de sa personne. Miss Spears la regarda sautiller sur le carrelage noir et filer directement au vestiaire. Que Dieu vienne en aide aux pauvres gens du musée de la Nature – il y en avait trente-cinq comme Latonya. Personne ne devrait avoir à affronter ça un lundi matin. Ils ne seraient sans doute pas trop nombreux à sentir, aujourd'hui, cela dit, car la plupart prenaient leur bain hebdomadaire le week-end. Après six années d'odeurs, elle avait confirmé sa principale hypothèse au sujet de ces enfants. Ceux qui sentaient le plus mauvais étaient toujours ceux qui arrivaient les premiers à l'école.

La robe de Latonya était encore déchirée, et la couture craquait chaque jour un peu plus. Si Miss Spears avait eu du fil et une aiguille, elle aurait pu recoudre la manche avant de laisser cette gamine se dépenailler au musée de la Nature. Au début, quand ils arrivaient avec des manches ou des ceintures à moitié défaites, elle avait trop peur de repriser leurs vêtements. Les gens du coin étaient trop sensibles, et s'il y avait bien quelque chose qu'elle ne voulait pas, c'était qu'une mère débarque dans sa classe pour lui crier dessus. On ne savait jamais, avec ces gens-là. Ils étaient capables de sourire en disant : « Vous avez raison, m'dame. Faudrait qu'elle se lave tous les jours. » Et puis l'instant d'après, de dégainer un couteau pour vous le planter dans le gosier.

Une chose était certaine, personne ne l'obligerait à y aller de nuit. Pas question de prendre le risque qu'un homme lui saute dessus pour l'entraîner Dieu sait où. Il valait mieux éviter de parler des siens, mais elle tenait à se distinguer de ces gens-là. Se rendre dans cette école, jour après jour, telle était sa croix. Six années d'odeurs. Ça ne s'améliorait jamais, mais après tout, ça n'empirait pas. Elle continuait à être confrontée à ce qu'elle n'avait pas envie de voir, voilà tout. Chaque automne, elle se disait que si elle survivait à l'hiver, le printemps serait différent.

Même ces gamins devaient bien prendre des couleurs, un peu de chaleur, quand le monde était baigné de lumière. Vint le mois d'avril et, dans la nature verdoyante, leurs esprits ne firent que se terrer plus profond encore.

« Qu'est-ce qui vous plaît le plus dans le printemps, les enfants ? »

Comme d'habitude, il n'y eut pas de réponse, la rangée de visages se tenant prête à opiner « oui m'dame ».

« Hé, Miss Spears, avait dit Latonya. Ma maman dit que le printemps, elle s'en fiche. Ça veut juste dire que l'été arrive et nous on a pas l'air conditionné, rien que des mouches. » Elle gloussa et se cacha la tête sous son pupitre.

Chaque printemps, Miss Spears louait un bus et emmenait les enfants au musée de la Nature. Cet après-midi-là, ils retourneraient en classe pour une discussion sur le thème : « Notre sortie ». Chacun proposerait une idée pour le tableau affiché au mur, puis confectionnerait un album en papier cartonné qu'il pourrait rapporter chez lui. Elle retrouvait ces albums, parfois, les pages chiffonnées, traînant sous une table ou une chaise quand elle faisait des visites à domicile. Jamais de visites nocturnes. En plein jour, les gens essayaient déjà de lui voler ses enjoliveurs. Et une fois ses portières verrouillées, il lui fallait enjamber Latonya ou un autre gosse du même acabit, qui voulait lui extorquer un penny pour s'acheter un cornet de glace pilée. De nuit, ce genre d'interaction ne se serait pas terminé de la même façon : au lieu de mendier, ils auraient pris.

Parvenue saine et sauve de l'autre côté de la rue, elle grimpait alors les marches et jetait un coup d'œil entre les bouts de coton collés sur la moustiquaire pour empêcher les mouches de passer. La porte était toujours ouverte, moustiquaire tirée, et il n'y avait personne à part une grand-mère ou une tante. La vieille femme se traînait à l'entrée et restait plantée là, ahurie, chaussée de tennis rouges, jusqu'à ce que Miss Spears demande si elle pouvait entrer. Dans la pièce encombrée, l'odeur que l'enfant apportait à l'école était plus forte encore.

« Asseyez-vous, Miss Spears. »

Elle s'exécuta, tâtant avec précaution la tache humide en se demandant si c'était le canapé où Latonya ou sa petite sœur avait fait pipi la nuit précédente. Le calendrier Budweiser paraissait tellement incongru, épinglé au mur. Au lieu des habituels « Dieu bénisse cette maison » ou « Jésus est notre sauveur », il y avait une canette de bière.

Ses yeux s'égarèrent derrière le fauteuil, et soudain elle eut un haut-le-cœur. Dieu du ciel, pourquoi ne le laissaient-ils pas dehors. Le chiot était en train de boire au pot du bébé, à côté de la porte. La pièce n'était déjà pas assez grande pour des gens, mais un chien… La vieille tante surprit son regard.

« Comment se débrouille Latonya, à l'école ? »

Les mots glissaient lentement de ses lèvres, le ton était monocorde. Miss Spears savait que la vieille dame attendait une réponse, mais elle ne pouvait détacher son regard de la télévision, qui paraissait sur le point d'engloutir la pièce. Dans un verre posé sur le dessus en acajou flottait un dentier, plongé dans une eau trouble. Elle n'osait pas quitter le verre des yeux – craignant que son regard ne soit irrémédiablement attiré par le chiot, à l'autre bout de la pièce. Et nerveuse comme elle était, il fallait qu'elle se tienne les mains pour réfréner son envie de rentrer la bourre des coussins du canapé.

Que pouvait-elle dire de Latonya, qu'elle n'ait pas déjà essayé de leur expliquer ?

« C'est une élève qui apprend vite, et l'une des plus intelligentes de la classe, mais je pense qu'elle ne dort pas assez. Elle tombe comme une masse à l'heure de la sieste et j'ai parfois du mal à la réveiller. Latonya passe son temps à me raconter ce qu'elle a vu dans l'émission du soir. Vous ne croyez pas que ça fait un peu tard comme heure de coucher ?

– Doux Jésus, j'essaie de veiller à ce qu'elle aille au lit, mais dès que j'en ai un en pyjama et fourré sous les draps, y en a un autre qui se relève. Vous voyez, Latonya c'est l'avant-dernière, et elle dort avec le bébé sur le canapé. Là où vous êtes. Et la maman de Latonya, quand elle rentre, elle est fatiguée et elle a envie de se détendre, alors elle regarde la télévision. J'imagine que c'est comme ça que la petite entend toutes ces choses.

– Et ce ne serait pas possible d'installer un lit pliant ailleurs pour Latonya ? »

La tante sourit d'un air absent. « Y a de la place nulle part. Les autres dorment là-dedans. » Elle pointa un doigt dans son dos, quelque part au loin. « Et la maman et le papa de Latonya, faut bien qu'ils aient un endroit à eux. Ça sera pas toujours comme ça, mon petit. La maman de Latonya va envoyer l'aîné des garçons à New York, pour vivre avec mon fils. On sera un peu moins à l'étroit. Mon petit, désolée, je n'ai rien à vous offrir à manger, mais vous voulez du thé ? J'allais justement m'en faire quand vous avez frappé.

– Non merci, mais allez-y, je vous en prie. » Miss Spears avait l'impression de sentir le thé s'insinuer dans ses veines et contaminer ses entrailles.

« Vous dites que Latonya est vraiment maligne ? Elle doit tenir de son papa. Elle le supplie toujours de l'aider un peu pour ses devoirs, mais il a pas trop le temps. Mais elle s'y colle quand même, hein, même si c'est tout ce qu'elle fait. » La vieille femme eut un petit rire, un chuintement poussif.

Miss Spears jeta un coup d'œil au dentier, les câbles de l'antenne de télévision faisaient comme des oreilles dressées derrière le récipient. Le verre était devenu un lapin souriant. Le chiot s'approcha et se mit à lui lécher les chevilles.

« Ouste, le chien. » La tante se pencha et tira l'animal par la peau du cou. « Ne va pas embêter la maîtresse de Latonya. C'est le chien de la petite, ça. Elle a dit qu'il l'avait suivie à la maison, mais moi qui connais cette gamine, je parie qu'elle l'a traîné jusqu'ici. On a pourtant bien assez de bouches à nourrir sans rajouter une bestiole, mais le papa de Latonya a dit qu'elle voulait le garder. Vous voulez pas d'un chien, dites ? Peut-être que ça l'embêterait moins de plus l'avoir, si quelqu'un comme vous le prenait. »

Miss Spears regarda la fourrure emmêlée, les os apparents sous la peau. « Il y a un règlement là où nous habitons. Pas d'animaux domestiques. Mais ça semble être une brave bête. »

La tante de Latonya afficha une expression désabusée. « Pour les gens qui aiment les chiens », répondit-elle.

Elles restèrent silencieuses quelques minutes, contemplant l'animal étalé sur le sol en ciment.

« Dites aux parents de Latonya que je suis désolée de les avoir manqués, mais j'ai encore quelques visites à faire. » Miss Spears se leva. Une partie de la bourre en coton du canapé suivit le mouvement, et son sang ne fit qu'un tour. Chasser ouvertement les peluches de sa jupe reviendrait à souligner la pauvreté de cette famille. Elle ne pouvait tout de même pas regagner sa voiture avec une queue de lapin en coton. Ça finirait peut-être par tomber tout seul ? Vite, trouver quelque chose à dire. Des dessins ? Des collages ? Qu'est-ce qu'ils avaient fait la veille en arts plastiques, déjà ? Ah oui. « Latonya a appris très rapidement à reconnaître les couleurs primaires. Hier, c'est elle qui a découpé le plus d'images violettes en classe. » Brusquement, elle fut submergée par une envie de rire.

« Attendez mon petit, dit la tante en tendant la main pour lui frotter le postérieur, y a un peu de ce canapé qu'est resté collé sur vous. » Et c'est ainsi que Miss Spears quitta l'appartement, suivie de la vieille dame qui lui assénait des tapes sur le derrière.

« Hello Miss Spears.

– Bonjour Latonya.

– On va toujours en sortie aujourd'hui ? » Le menton de Latonya était posé sur le bureau ; sa tête paraissait sur le point de rouler jusqu'à tomber à plat, comme un presse-papiers. « Je vous ai vue hier, hein Miss Spears ? Pourquoi que vous avez pas voulu me donner un nickel pour acheter un cornet de glace ?

– Voyons Latonya, si je te donnais un nickel, il faudrait que j'en donne à tous les autres enfants.

– Bah non, je dirais rien.

– Latonya, Miss Spears a du travail. Va jouer dans le coin dînette, en attendant que les autres arrivent.

– Je ferai pas de bruit. »

Miss Spears continua à écrire, consciente de la présence de la tête posée sur son bureau. Les petits yeux la scrutaient, plongeaient à travers sa main, son pull-over rose vif – « Mettez de la couleur, avait dit le responsable, ces enfants ont besoin d'être entourés de choses gaies ». Ils lui transperçaient la poitrine, droit au cœur. Ses doigts commençaient à trembler, mais c'était absurde, vraiment, et elle se refusait à poser son stylo.

« Miss Spears ? » La petite paraissait tout à fait amusée, et la maîtresse leva le nez.

« Vous avez bu, Miss Spears ? La main de ma tante fait exactement comme ça quand elle a bu et qu'elle arrive plus à tenir les trucs. Ma maman dit que j'ai le cerveau embrumé parce que ma tante m'a fait tomber un paquet de fois. Mais c'était quand j'étais bébé. Miss Spears, c'est pas bien de boire trop d'alcool. »

L'enseignante était agacée. « Latonya, je ne suis pas saoule. »

La gamine gloussa. Miss Spears eut l'envie soudaine de saisir son petit crâne pour le faire pivoter d'un cran, histoire d'avoir affaire à ses couettes crépues plutôt qu'à ses yeux.

« Écoute Latonya, tu déranges Miss Spears. File dans le coin lecture et essaie de bouquiner un peu toute seule. Tu pourras peut-être raconter aux autres enfants ce que tu as lu. »

Latonya n'avait pas rapporté l'autorisation signée pour se rendre au musée de la Nature. Au début, Miss Spears prévoyait de ne pas l'emmener. Tous les autres enfants s'en étaient souvenus, pourquoi faudrait-il s'occuper particulièrement de Latonya ? Elle rentra de l'église légèrement soulagée, et déçue, aussi. Dominant ces sentiments contradictoires, il y avait la perspective de dire au revoir à Latonya tandis que les autres enfants monteraient à bord du bus en file indienne. MacArthur n'était pas venu à l'église. Non qu'il s'agisse d'un rendez-vous, rien d'aussi officiel, mais elle s'était habituée à l'y voir. C'était juste quelqu'un avec qui partager quelques amabilités, échanger des idées entre professionnels, voilà tout. Il n'y avait pas beaucoup de jeunes parmi les enseignants du cours primaire.

MacArthur avait une super recette de pâte à modeler. Elle comptait le remercier ce matin-là, mais il n'était pas à l'office de onze heures. En sortant de l'église, il s'attardait généralement près du chêne, se balançant sur ses talons jusqu'à ce qu'elle descende le perron. Respirant à grand-peine dans son costume gris boutonné jusqu'au menton, il lui demandait comment elle avait trouvé le sermon.

« Le révérend Martin... un excellent pasteur... l'un des meilleurs que j'aie eu l'occasion d'écouter. » Chaque semaine, elle prévoyait de répondre autre chose. Chaque samedi soir, tout en se lavant les cheveux et en se limant les ongles, elle répétait une réplique bien sentie. Mais le dimanche matin, au grand jour, les mots sonnaient trop calculés, comme si elle lui faisait la leçon. Et puis il lui rendait une demi-tête, ce qui n'aurait pas dû faire de différence puisque c'était l'âme qui importait, sauf que si.

Au bout d'une demi-heure, quand tout le monde était rentré, elle commençait à chercher sa clé de voiture dans son sac à main. MacArthur ne variait jamais.

« Vous devriez venir au club de discussion des jeunes, disait-il. Nous allons parler d'un excellent livre. Je peux vous prêter mon exemplaire. »

Comme d'habitude elle déclinait, marmonnait quelque chose à propos de bulletins scolaires à remplir. Elle ne pouvait pas penser à lui trop sérieusement, il était trop petit pour l'épouser. Ce dimanche, il n'était pas venu. Il s'était sûrement rendu dans une autre église, cela lui arrivait, et puis c'était aussi bien. Elle se surprenait trop souvent à songer à MacArthur Gilmore, alors qu'elle n'aurait même pas pu mettre de talons, avec lui.

Le dimanche après-midi, elle finissait les livres qu'elle avait empruntés pour la semaine à la bibliothèque. Il fallait les rendre le lendemain. Rien n'imposait que ce soit le lundi, mais elle préférait les rapporter à date fixe et repartir avec une nouvelle cargaison de bouquins sur la banquette arrière. Elle s'installa sur son lit pour lire mais, chaque fois qu'elle tournait la page, elle apercevait les yeux tristes de Latonya, contemplant le bus en train de s'éloigner. La petite ne comprendrait jamais pourquoi il lui fallait une autorisation pour partir en sortie.

La famille était sur le perron à son arrivée. Latonya reconnut sa voiture et se précipita à la portière, la suppliant de l'emmener faire un tour. Un autre garçonnet plus petit et plus maigre, si la chose était possible, l'avait suivie dans la rue. Latonya lui expédia un coup de pied quand il s'approcha trop près de Miss Spears. « George Thomas, éloigne-toi d'elle, c'est pas ta maîtresse. » La fillette chercha la main de Miss Spears.

« Latonya, c'est vilain, il faut être gentille avec ton frère.

– C'est pas vraiment mon frère Miss Spears. Mon papa dit que personne n'a les cheveux roux dans la famille à part George Thomas. C'est comme ça qu'il met ma mère en rogne. »

Le petit ne semblait se rendre compte de rien. D'un geste impulsif, Miss Spears lui attrapa la main. Sa sœur parut déçue. « Il est pas dans vot'classe Miss Spears. » Tous trois étaient maintenant sur le trottoir. « Ma maîtresse est venue me voir ! » Latonya avait lancé son annonce à la cantonade. Elle s'arrêta au niveau d'une fissure du macadam. « Vous êtes bien venue me voir, hein, Miss Spears ?

– Je suis venue vous voir, toi et tes parents, Latonya. »

La mère de l'enfant était assise sur la plus haute marche. Une fillette à peine plus grande que Latonya et dont les jambes étaient visiblement arquées, même dans cette position, se tenait à demi accroupie sur la marche suivante. La mère était en train de plonger deux doigts dans un gros pot de pommade Royal Crown, dont elle déposa une motte sur le crâne de l'enfant. La gamine serrait dans ses mains un gros peigne noir qu'elle tendait régulièrement à sa mère. Cette dernière entreprit de lui tresser les cheveux, puis leva le nez vers Miss Spears. On aurait dit que ses cuisses dégoulinaient de sous son short rouge.

Le mari était auprès d'elle, et tripotait le bonnet en nylon qu'il portait pour s'aplatir les cheveux sur le crâne. Miss Spears comprenait le bonnet, elle avait juste du mal à imaginer que des hommes puissent se soucier à ce point de leurs cheveux. Il y avait un barbier près de l'école, qui lissait les cheveux des messieurs. Quand il pleuvait, elle les voyait faire la queue devant, le crâne enveloppé dans un foulard. Quand il faisait beau, ils portaient tous un de ces bonnets.

« Bonjour. » Sa voix se perdit dans sa gorge. « Je suis Brenda Spears, la maîtresse de Latonya. Elle n'a pas rapporté son autorisation… je veux dire que Latonya ne m'a pas remis le mot pour la sortie au musée de la Nature. Je me suis dit que j'allais passer vous rappeler de le signer. Ce serait dommage qu'elle manque la sortie. » Elle fouilla dans son sac, en quête du papier.

Mr Davis se pencha. « On est contents de vous rencontrer », fit-il. Il se rapprocha de sa femme, comme s'il s'attendait à ce qu'elle vienne s'asseoir sur la marche avec eux. Alors qu'elle portait son plus beau tailleur. Mal à l'aise,

Miss Spears ne put s'empêcher de remarquer les jambes de Mr Davis qui s'étalaient en travers des marches, jusque sur le trottoir. Il était tellement grand. Elle n'aimait pas sa façon de la regarder.

« Voilà un stylo », fit-elle, et il lui échappa immédiatement. Elle sentit sa jupe remonter quand elle se pencha pour le ramasser. Au lieu de lui proposer son aide, il continuait à l'observer d'en haut. Elle brandit le stylo, se demandant à quel parent il fallait le donner, en même temps que l'autorisation.

Mrs Davis tendit la main et lui arracha le papier, qu'elle commença à lire en attrapant le stylo. « J'ai déjà signé ce truc une fois. Latonya, qu'est-ce t'as fait de ce papier qu'j'ai signé ? »

L'enfant haussa les épaules.

« Tu vas me dire c'que t'en as fait. » La mère se pencha et, durant un instant, Miss Spears crut que Latonya allait récolter une grosse motte de Royal Crown entre les deux yeux.

« Ça n'a pas d'imp… » commença-t-elle, mais la femme lui adressa un regard noir, plus féroce que jamais, et Miss Spears se tut.

« Je crois que j'l'ai perdu, Maman.

– Tu crois, tu crois, mais tu devrais savoir. T'as déjà assez perdu de trucs. Va me chercher cette lanière, je vais te montrer comment veiller sur tes affaires. » Les yeux de Latonya s'étaient creusés et arrondis ; ils mangeaient presque les plis des joues. Miss Spears devait voler à son secours.

« Ça n'a pas d'importance, intervint-elle, bravant le regard glacial de la mère, tant qu'on a celui-ci. Les petits oublient tout le temps où ils ont rangé leurs affaires. Je suis sûre que Latonya n'a pas fait exprès de le perdre. »

Sans répondre, la fillette se mit à frotter la pointe de sa tennis contre le trottoir lézardé.

« Arrête ça la môme, ça use tes chaussures. »

La mère fusilla Latonya du regard, et posa brutalement la feuille en travers de la marche, avant de se pencher pour la signer. Pendant tout ce temps, le père n'avait pas détaché les yeux de Miss Spears. Elle se sentait brûlante, se surprit à lorgner les autres appartements qui les entouraient. Puis elle jeta un bref coup d'œil à Latonya, mais elle sentait le regard de cet homme s'enrouler autour d'elle et enserrer son cou. Mrs Davis lui tendit le papier signé avec le stylo. Son dernier mot fut pour Latonya. « La prochaine fois t'as pas intérêt à perdre un truc et obliger la dame à faire tout ce chemin juste pour que tu puisses aller à une sortie à la mords-moi-le-nœud. »

Miss Spears se sentit se recroqueviller.

Latonya affichait une mine triomphale. « Vous voyez Miss Spears, je vous ai bien dit que Maman disait toujours ça. »

Le vendredi précédent, alors que la classe faisait de la peinture au doigt, elle avait attribué une couleur à chaque élève. Latonya avait rechigné en découvrant la tache de vert sur sa feuille. « J'en veux pas moi d'ce vert à la mords-moi-le-nœud, avait-elle déclaré, j'veux du jaune. » Miss Spears lui avait expliqué que les petites jeunes filles ne disaient pas ce genre de grossièretés. « Mais ma maman, elle le dit », avait été sa réponse.

La mère de Latonya s'empara alors du peigne pour dessiner une nouvelle raie dans la chevelure de son autre fille.

« Merci. » Involontairement, Miss Spears leur fit au revoir de la main.

Mrs Davis hocha la tête. L'institutrice était presque sûre que Mr Davis lui avait adressé un clin d'œil.

« Hello Miss Spears. » Latonya apporta son livre et le laissa tomber sur le bureau, avant de poser son menton sur la couverture. « Miss Spears mon papa y dit que vous êtes jolie. Il a rendu ma maman furaaaax. Tellement furax qu'elle allait le virer de la maison, mais d'toute façon il est parti. » Les yeux de Latonya étaient rivés sur elle. « Vous savez quoi Miss Spears, p'têtre bien qu'y va rentrer ce soir, mais ma tante dit qu'ça se pourrait qu'y revienne jamais. Il était vraiment très très en colère. Ma tante elle dit que ma maman l'a carrément traité de tous les noms. Elle avait jamais entendu des insultes pareilles. »

Latonya avait changé d'attitude, une main posée sur la hanche, l'autre agitant un doigt en direction de quelque chose d'invisible, au loin. « Ma tante elle m'a dit : “Ma fille, rentre donc dans la chambre avant de prendre un coup.” Moi et George Thomas et James Charles, on a fait ça. Ma petite sœur, elle dormait déjà. Miss Spears, ils gueulaient là-dedans, quelqu'chose de bien. George Thomas il arrêtait pas de rigoler et puis quand mon papa a cogné ma maman sous le menton et l'a fait tomber sur la télé, il s'est mis à pleurer, jusqu'à ce que ma tante lui fourre un bout de taie d'oreiller dans le bec. Il a arrêté de pleurer direct. Il a plus rien fait, à part rester par terre avec ses yeux qui roulaient dans tous les sens. Mais moi j'avais pas peur. Mon papa y me tape pas.

– Latonya ? » Miss Spears se pencha par-dessus le bureau. « Tu ne crois pas que tu ferais mieux de te relever, avant de salir ta jolie robe toute propre ? » Elle n'eut pas le temps de terminer sa phrase que Latonya avait déjà bondi sur ses pieds.

« Miss Spears, quand c'est que je vais apprendre à lire ?

– Tu es déjà en train d'apprendre, Latonya. Tu connais plus de mots que n'importe qui dans cette classe.

– Bien. » La fillette sourit, imperturbable. « Mon papa a dit qu'il m'emmènerait moi toute seule au bibliobus dès que je saurais lire pour de bon. Il emmènera personne d'autre, rien que moi.

– C'est très bien Latonya. Enlève ton doigt, s'il te plaît, tu es en train de salir tous les papiers de Miss Spears. Ce sont des papiers importants que Miss Spears doit remettre à l'administration.

– Miss Spears, qu'est-ce qu'il va vite votre stylo. Je peux venir voir ce que vous écrivez ? Je promets de rien déranger. » En même temps qu'elle parlait, la fillette avait déjà contourné le bureau d'un bond. Elle se faufila dans le mince espace entre le bureau et la chaise, et prit une grande inspiration. « Miss Spears, qu'est-ce que vous sentez bon. Votre maman vous fait prendre des bains tout le temps ? » Elle ne s'attendait pas vraiment à une réponse, et ses yeux tombèrent sur la feuille, fascinés par le mouvement rythmé du stylo et de la main.

Elle ne détachait plus les yeux des articulations à demi repliées qui laissaient derrière elles toutes ces lignes de boucles et de lettres légèrement courbées. D'un geste impulsif, elle tendit la main, posa sa paume maigrichonne sur celle qui tenait le stylo.

« Latonya ! » L'autre main s'abattit durement sur le poignet de l'enfant. « Latonya, regarde ce que tu as fait. » Miss Spears contempla le bulletin presque terminé, la traînée d'encre qui maculait les caractères.

L'enfant resta figée, les mains raidies en travers du visage, les doigts pressés sur ses paupières. Immobile, elle attendait que pleuvent les coups. Miss Spears posa son stylo.

« Je suis désolée, dit-elle en passant un bras autour des petites épaules maigres. Miss Spears ne voulait pas te faire mal. »

Latonya ne bougea pas, le sang circulait dans ses veines, mais elle était paralysée.

Les araignées ne versent pas de larmes

« Ah, voilà Meg. » Sally fit signe à la femme qui secouait son parapluie devant la porte vitrée du magasin. Meg passa devant la vitrine réfrigérée contenant des glaïeuls de toutes sortes de couleurs, et salua le directeur d'un sourire.

« Oh là là, tu me dégoûtes ! lança Sally, désignant Meg en l'embrassant d'un geste. On est toutes trempées jusqu'à l'os, et toi, là… Pourquoi faut-il que tu sois toujours super classe ? » Sally lui adressa une grimace espiègle. « Tu sais, chérie, tant que tu n'es pas là, ma journée n'a pas vraiment commencé.

– Quel honneur, sourit Meg en accrochant son imperméable.

– Dis donc, il est joli ce corsage, ajouta Sally tandis qu'elles se dirigeaient vers l'établi. Tu as de la chance, tout te va. Moi, on ne verrait plus mon cou, avec tous ces volants. Alors, tu t'es bien amusée hier soir ? »

Sally se tourna pour tenter de déchiffrer l'expression de son amie, et parut soulagée de la voir acquiescer. « C'est un bon gars, ma chérie. Warren en dit le plus grand bien, et tu devrais songer à te mettre en ménage. Bon, ça suffit, je ferais bien de me taire, et vite. En plus voici une de tes clientes. »

Meg afficha son plus beau sourire. « Bonjour Mrs Davis. Que puis-je faire pour vous ? »

C'était parti pour la journée. Deux de faites et encore quatre à tirer, des heures passées à assortir les rubans aux fleurs, à choisir les bons vases pour chaque occasion, à emballer les délicats boutons dans des boîtes en carton. Elle essayait toujours d'aider de son mieux quand une cliente lui demandait : « Et vous, vous en pensez quoi ? » Parler aux gens et les aider à faire des choix était une tâche qui lui convenait. Même lors des fêtes paroissiales, c'était toujours elle qui organisait les thés des dames en soutien aux militaires déployés à l'étranger.

Au début, elle avait pris ce travail juste pour s'occuper. Consacrer ses journées à discuter avec des inconnus avait le mérite de l'empêcher de penser à Harry. Puis Jay avait commencé à passer ses hivers au pensionnat. Dès le réveil – sa deuxième tasse de café la débarrassait du profond sommeil qui lui emmaillotait l'esprit – elle passait le plus clair de son temps à penser à Harry. L'argent était un souci, mais sans gravité puisque les études de Jay étaient financées par son père. Celui-ci avait l'air de croire qu'une académie militaire permettrait de faire de son fils un authentique Harold junior.

Et il y avait les petites sommes que lui envoyait sa famille – des tantes par-ci par-là qui rendaient l'âme, en lui laissant quelques dollars à mettre en banque. Dans sa mémoire, cette époque se résumait à une série de lettres adressées à son fils. Des courriers rédigés quand elle n'avait rien de mieux à faire. Tu me manques. J'ai hâte d'être à Thanksgiving, ou à Noël, ou à Pâques. Et elle n'avait rien d'autre à lui raconter, vraiment. Même pas de nouvelles d'un chien, puisqu'ils n'avaient pas d'animaux. Comment raconter à un enfant de huit ans les ongles plus fragiles chaque année, les inconnus qui la sifflaient depuis les bus ?

Dieu merci, penser à Harry n'avait duré qu'un an. Un tout petit peu plus, pour être honnête. Ensuite, elle avait dû se reprendre et se rendre au Paradis des Fleurs pour remplir un formulaire de candidature. Elle s'était toujours bien entendue avec les gens. À l'exception, songea-t-elle, non sans ironie, de ceux qu'elle épousait. Son père avait été horrifié quand il avait appris pour son travail.

« Rentre à la maison, avait-il dit. Viens avec le petit, je n'aime pas te savoir là-bas, sans famille. » Il était venu lui rendre visite une fois – « C'est trop grand, Nashville » – mais il était reparti au bout d'une semaine.

Le tintement de la clochette de cuivre suspendue au-dessus de la porte annonça l'arrivée d'un client. Il ne correspondait pas au profil habituel, et c'est cela qui la décontenança. Il y avait quelque chose chez lui, de prime abord, quelque chose qui ne lui revenait pas, tout simplement. Elle avait dû trahir ses sentiments, tandis qu'elle continuait à couper soigneusement les feuilles mortes d'un pot de chrysanthèmes. Il cherchait « quelque chose de très spécial » – bien sûr – elle allait donc lui proposer tellement d'options qu'il serait dans ses petits souliers pour choisir. Elle se mit à ouvrir et à refermer les présentoirs à toute allure, si bien qu'à peine avait-il repéré une fleur qu'elle lui en présentait déjà une autre.

Malgré son attitude, il conserva un calme absolu, jusqu'au moment où il finit par dire : « Si j'avais le temps de voir quelque chose, je pourrais peut-être faire un choix. »

Ces mots furent prononcés sans émotion, et elle ne put s'empêcher de rougir. L'espace d'un instant, elle éprouva une profonde aversion ; et puis elle n'arrivait toujours pas à savoir si c'était bien un homme de couleur. Sous le regard de ces yeux gris, elle se sentait mal à l'aise. D'ailleurs, ils étaient nombreux à avoir les cheveux raides. Tels des caméléons humains, ils se déguisaient en personnes normales. Enfin, le client se décida pour une douzaine de roses rouges, dans un vase en cristal taillé absolument exquis.

Toutes les semaines qui suivirent, il se présenta à la même heure. Un bouquet de violettes, un jardin miniature, un pot de marguerites, un dahlia solitaire agrémenté d'un ruban. La carte cadeau était toujours signée d'un simple « Walt » – pas de nom de famille. Il n'en avait pas besoin. Ce n'était qu'un factotum… voilà tout !

Le matin, il n'y avait pas grand monde. Au fil des heures, entre les rares clients, elle s'occupa en observant un filet de pluie translucide qui gouttait de l'auvent protégeant leurs vitrines. À midi moins dix, Meg rangeait l'établi et se préparait à aller déjeuner, quand elle tomba nez à nez avec lui. L'imperméable bleu marine était luisant, couvert d'une mince pellicule d'eau, tandis qu'il rangeait son parapluie dans un coin près de la porte. Elle attendit qu'il s'avance de son côté du comptoir.

« Faites attention à votre parapluie, dit-elle. Quelqu'un pourrait l'embarquer par erreur.

– Oh, vous n'êtes pas des voleurs, vous autres. » Un instant, elle se demanda s'il était sérieux.

« Si ? » Cette fois, il se moquait ouvertement.

« Qu'est-ce que ce sera aujourd'hui ? s'enquit-elle d'un ton glacial.

– Oh, eh bien laissez-moi donc faire un petit tour… je trouverai peut-être l'inspiration. » Il désigna un jeune homme à lunettes. « Allez-y, occupez-vous de ce jeune monsieur. » Nonchalamment, il examina plusieurs plantes en pot, puis se dirigea vers elle avec un gloxinia, tandis qu'elle adressait un sourire à son client.

« Pas besoin de carte cette fois-ci. » Il jeta un coup d'œil à sa montre. « C'est l'heure de votre pause déjeuner.

– Oui, mais je ne suis pas tellement pressée.

– D'habitude, vous allez manger avec une bande de pipelettes. Et si vous veniez déjeuner avec moi ? »

Presque instinctivement, elle se retourna pour voir si quelqu'un les écoutait.

« Je ne peux pas aller au restaurant avec vous.

– Quelqu'un risquerait de nous voir ?

– Non, je ne peux pas… vous le savez bien. »

Il attendit qu'elle ait pris son sac à main, puis l'accompagna jusqu'à la porte. Elle sentait peser sur eux les regards des clients, mais c'était peut-être le fruit de son imagination, après tout. Et il aurait pu être simplement étranger, il y en avait des plus foncés de peau.

« Je vous en prie, acceptez de déjeuner avec moi, je vous promets de bien me tenir, comme un vieil ami de la famille. » Puis, convaincu qu'elle le suivrait, il leva son parapluie. Elle se sentit bête. En se hâtant pour lui fausser compagnie, elle avait oublié le sien derrière le comptoir.

« Allons. Je peux au moins vous éviter de vous mouiller. » Elle n'eut d'autre choix que de le suivre, et franchit la porte vitrée. Elle l'accompagna à sa voiture et, tandis qu'ils roulaient dans la ville, elle se demanda comment diable elle avait atterri sur ce siège passager. Il se gara derrière le restaurant-grill, près des poubelles, et elle dut se glisser derrière le volant pour s'extraire. L'allée était grêlée de flaques boueuses et, à l'intérieur, les murs avaient été barbouillés de peinture bleue. Le plafond, rafistolé par endroits, était blanchi à la chaux.

Comme elle franchissait la porte, un courant d'air les enveloppa et les conversations s'éteignirent bien vite, jusqu'à ce que Walt leur trouve une table. Puis, le brouhaha reprit.

« Comment ça va, Doc ?

– Hello, Doc. » Les saluts étaient discrets, et une ou deux personnes parurent hésiter à prendre la parole, ce qui rendit Meg mal à l'aise. Elle balaya la salle du regard. « AUTHENTIQUE SOUL FOOD » annonçait la pancarte au-dessus du juke-box, en lettres argentées et pailletées peintes à la bombe sur du carton bleu.

« Eh bien, que prendrez-vous ? » Elle chercha un menu autour d'elle.

« Ça n'a franchement aucune importance », fit-il.

Elle sentit son corps se raidir. « De quoi parlez-vous ?

– De cette question. Il n'y a pas de menu. S'ils ont ce que vous voulez, on vous le sert. Sinon, ils apportent ce qu'ils pensent que vous devriez manger. » Il éclata de rire, s'attendant à ce qu'elle fasse de même. Elle regardait la serveuse qui approchait d'un pas traînant. Elle ne portait pas de filet à cheveux, mais chaque mèche semblait figée sur son crâne.

« Vous voulez le plat du jour ? demanda-t-elle. Poulet au barbecue avec des haricots de Lima.

– Deux, et du thé glacé.

– Ça va vous faire un supplément.

– Voyons Glendora, depuis le temps que je mange ici, tu sais bien que je suis au courant. » Le masque tomba, et les yeux de la serveuse trahirent son sourire. « C'était juste pour être sûre. » Elle étudia Meg avec attention. « Eh bien, vos goûts s'améliorent. »

Il s'esclaffa bruyamment et lui pinça le bras. « Allez dépêche-toi ma fille, la dame et moi on doit retourner travailler. » Avant le départ de la serveuse, elle n'avait pas remarqué que les gens s'étaient mis à parler à voix basse. Puis, à chaque pas de Glendora en direction de la cuisine, le volume remonta. Personne ne vint les ennuyer, jusqu'à ce qu'ils soient prêts à partir. Enfin, la serveuse reparut avec un petit sac en papier.

« Pour le chien, fit-elle. Si vous lui donnez toujours les os. » Il prit le sachet taché de graisse et lui adressa un clin d'œil.

« Glendora est comme tous les gens du quartier. Elle a vu ce banal chiot une seule fois, et voilà qu'elle l'aime plus que moi. Hodge Podge et moi, on te remercie. » Aux plis qui se creusaient dans le visage de Glendora, Meg devina que ce dialogue faisait partie d'un jeu maintes fois répété.

Et même si elle se doutait qu'il ne l'avouerait jamais, Walt paraissait secrètement ravi.

Il n'était pas veuf, mais c'était tout comme, lui avait-il raconté, même si légalement il ne pouvait pas se revendiquer comme tel. Marian se déplaçait parfois dans la maison, et plus rarement elle s'aventurait dehors, mais elle passait l'essentiel de son temps alitée. Ils n'avaient pas d'enfants. Au début ils n'en voulaient pas, et ensuite c'était trop tard, ce qui était sans doute pour le mieux. Ni l'un ni l'autre n'aurait pu s'occuper d'un enfant, désormais. Il n'avait pas le temps, et la maladie qui avait fait de Marian une infirme avait résolu la question à leur place.

Il ne lui lâchait ces informations succinctes qu'après mûre réflexion, manifestement. Le reste du temps, il se taisait, parlait de ses patients, ou bien lui racontait la vitesse avec laquelle leur nouvelle maison était en train de sortir de terre. Le soir, de retour saine et sauve dans son propre duplex, entourée de ses voisins normaux, elle contemplait la photo de son fils et se demandait, parfois tout haut, ce qu'il penserait de sa mère. Rien de particulier sans doute, du moment qu'elle continuait à l'approvisionner régulièrement en biscuits au caramel.

Mêler Jay à cette histoire n'avait aucun sens, et tant que sa photo trônerait sur la commode, Walt ne viendrait jamais chez elle. Non qu'il en ait jamais eu l'intention, car il persistait à lui donner rendez-vous pour déjeuner, ou parfois pour dîner. Elle n'était encore jamais sortie avec un homme marié, soucieuse d'épargner les scandales à son fils.

Devoir vivre avec une mère divorcée était déjà suffisamment embarrassant pour un enfant.

Walt et elle discutaient – oh, de tout et de rien, de sujets que tous deux ne pouvaient aborder avec personne d'autre. C'était le genre de relation où il n'y avait aucun risque que l'un répète ce qu'avait dit l'autre. Grâce à ces discussions, ou au simple fait de savoir qu'il viendrait peut-être à la boutique ce jour-là, elle ne voyait pas les mois passer.

Quand elle restait des semaines sans le voir, même à la boutique, elle se félicitait de ne pas s'être trop investie. Et puis, il y avait toujours quelqu'un pour l'inviter à sortir – un ami de Sally, ou d'une fille de son club de bridge.

« Tu sais, c'est bien que tu ne sois pas mariée, lui avait dit Pattie Grier, l'autre soir. Tu es la seule personne de notre entourage qui est à l'aise avec tout le monde.

– J'ai l'impression d'être une pub à la télé », avait rétorqué Meg, et toute la tablée s'était esclaffée. Mais à bien repenser à ce qu'avait dit sa partenaire de bridge, elle était vaguement troublée.

« Tu es encore jeune, disait toujours Sally. Tu devrais vraiment te mettre en ménage. Warren et moi, on va dire à Jim de passer te prendre à vingt heures. » Elle entendait ce discours si souvent que le sérieux de son amie l'amusait.

Le dimanche soir, elle pouvait compter sur une invitation au cinéma, puis à dîner chez Sally. Le nouveau garçon que celle-ci lui avait déniché finissait toujours par appeler pour proposer un deuxième rendez-vous, et elle y allait, parce qu'elle aimait la compagnie des gens. Depuis plusieurs années qu'elle vivait à Nashville, les hommes s'étaient succédé sans discontinuer – il y avait eu un certain Stan quelque chose, et puis elle était sortie quelque temps avec le cousin de Warren, Joe. La dernière trouvaille de Sally s'appelait Mike. Il travaillait ailleurs pendant la semaine, et n'était en ville que pendant les week-ends. Comme elle aimait bien Mike, Meg avait une bonne excuse pour ne pas être libre quand Walt téléphonait. Elle savait que tôt ou tard, elle ne parviendrait plus à garder ses distances avec lui, et elle était d'autant plus déterminée à le chasser de son esprit. Mais chaque fois qu'elle était parvenue à se convaincre de s'intéresser à Mike, Walt se présentait le lendemain à midi, pour acheter des fleurs à Marian et inviter Meg à déjeuner.

Sa vie à la boutique et celle qu'elle menait chez elle étaient totalement séparées. Jay ne rentrait que pour les vacances, et désormais il sortait avec ses copains de fac. Un jour, d'un ton taquin, il lui raconta qu'une voisine prétendait qu'elle cachait un nouveau petit ami. Pendant une minute atroce, elle s'aventura à se demander comment les voisins avaient su pour Walt. Et puis elle vit le sourire de son fils, et se souvint qu'elle était tombée sur Wanda Hardy, un soir où Mike, l'ami de Warren, l'avait raccompagnée.

Au Paradis des Fleurs, les nouvelles commandes arrivaient chaque semaine, de même que Walt, sauf les fois où il préférait lui téléphoner pour l'inviter à dîner. Malgré elle, elle se prenait à appeler de ses vœux un week-end où il pourrait remiser ses ordonnances, et laisser une infirmière s'occuper de sa femme. Parfois, même les week-ends ne lui appartenaient pas, mais Mike, lui, répondait toujours présent, jamais à court de places de cinéma. Et ainsi, elle se persuadait que Walt ne lui manquait pas trop dans les périodes où Marian reprenait des forces, et où sa santé paraissait s'améliorer. Et puis venait la rechute. Dans ces moments-là, elle ne posait jamais de questions, mais se réjouissait de voir Walt aussi souvent que possible.

Quelle relation étrange que la leur – il se passait parfois des semaines sans qu'elle ait de ses nouvelles. Il arrivait aussi que les journaux fassent mention de sa femme. Pas dans les pages société, bien sûr, mais Marian était assez active pour apparaître dans la rubrique locale. De son lit, l'épouse de Walt se débrouillait tout de même pour représenter diverses organisations caritatives, siéger dans les conseils communautaires, et même organiser des réunions de quartier à son domicile.

Meg n'avait pas eu besoin de se demander si elle finirait par coucher avec Walt. Au bout d'un moment, celui-ci était simplement parti du principe que ce serait le cas. La première fois, elle s'était réveillée avant que l'aube ne commence à poindre à travers les stores vénitiens, s'attendant à ressentir une forme de malaise. Mais dans le clair-obscur, il n'y avait rien de si perturbant. Quand le soleil serait levé depuis des heures et qu'il lui faudrait affronter son reflet – se peigner les cheveux, se brosser les dents – peut-être éprouverait-elle de la honte. Peut-être même un sentiment de déshonneur, au nom de sa grand-mère. Elle était probablement la première Kelham à passer la nuit dans un motel pour personnes de couleur. L'idée la fit sourire.

Et puis rien, pas d'émotion, juste l'envie de se rendormir. Elle s'était habituée à l'avoir auprès d'elle.

Peu à peu, à mesure que les années passaient, elle abandonna l'idée de se remarier, comme si elle ne l'avait jamais envisagé sérieusement. Oh, elle aurait pu convaincre Mike de lui faire sa demande – un jour, espiègle mais à moitié sérieux, il lui avait demandé si elle avait envie d'une bague de fiançailles. Mais cette vie à passer de garnison militaire paumée en garnison militaire paumée lui avait largement suffi, et désormais Harry représentait une partie de sa vie qui n'existait plus. D'un point de vue pratique et pragmatique, celle qu'elle partageait avec Walt n'avait jamais existé. Mike était une bonne chose dans son quotidien. Il était comme elle, un éternel célibataire.

Qu'elle le veuille ou non, elle se surprenait à comparer Walt et Harry. Elle regrettait souvent de ne pas avoir attendu de rencontrer quelqu'un comme Mike, au départ. C'était le genre de garçon qui aurait plu à ses parents – il ne posait jamais de questions, acceptait les choses et se satisfaisait parfaitement d'une vie agréable et sans grandes péripéties. Il se serait fondu à merveille dans leur mode de vie. À la maison, on lui disait toujours qu'elle était trop entêtée, surtout pour une fille. « Nutmeg », comme on l'appelait alors en référence à sa tête aussi dure qu'une noix de muscade, se disait souvent qu'elle devait être le point d'aboutissement de toute l'insatisfaction accumulée par des générations de femmes de la famille Kelham.

Elle n'avait pas envie de passer le restant de ses jours à être une demoiselle Kelham. Toutes les filles de sa famille défilaient lors de la parade annuelle des Filles de la Confédération, souriant aux bandes de gamins noirs qui leur faisaient signe jusqu'au cimetière. Porter une robe blanche n'avait pas été un sujet jusqu'à ses dix-huit ans. Puis sa mère avait failli faire une crise cardiaque avant que Meg n'accepte de prendre part aux festivités du Memorial Day. Sa famille ne comprenait pas d'où elle sortait ces idées absurdes. Et en se remémorant une enfance emplie de leçons de piano et de bals de débutantes à tous âges, elle non plus.

Son père l'avait expédiée dans un *junior college* épiscopalien, histoire qu'elle prenne un peu de plomb dans la cervelle. L'école jouxtait une base militaire et, même si aucune règle écrite ne l'interdisait, tout le monde savait que les filles de Saint Mary ne se mêlaient pas aux soldats. Harry en était un, alors, propre sur lui – mais pas spécialement beau dans son uniforme.

On aurait dit qu'il avait tout compris. Lui aussi avait envie de quitter sa ville natale, où les gens passaient leur temps à fourrer leur nez jusque dans son gosier, et à attendre de lui des choses qu'il n'était pas du tout sûr de vouloir. Un jeudi soir, alors que tout le monde quittait le campus pour profiter d'un week-end anticipé, sa colocataire lui lança une poignée de riz derrière leur porte close. Meg se désinscrivit de la fac et, au mois de novembre correspondant à son premier semestre, elle épousa Harry.

L'enthousiasme se dissipa bien vite, mais comme elle était fille unique, ses parents ne pouvaient pas renier leur bébé. Son père proposa même d'aider Harry à trouver un emploi dans l'immobilier, mais le mari de Meg était soldat de métier. Ses parents leur envoyaient de l'argent, assez pour acheter des choses au bébé et des vêtements pour elle. Elle n'était jamais vraiment très heureuse ni très malheureuse même si, au cours de cette première année, elle s'était sans doute estimée relativement satisfaite.

L'abandon d'Harry, quand Jay avait huit ans, ne fut pas franchement une surprise. Elle retourna chez elle, inscrivit Jay à l'école et aida son père au bureau jusqu'à la fin de l'année scolaire. Puis, promenant son regard dans la maison, avec tous les membres de sa famille bien rangés sur le manteau de la cheminée – de même que les vrais étaient bien rangés dans diverses localités de l'État –, elle résolut de ne surtout pas rester coincée en Caroline du Sud. Et c'est ainsi qu'ils emballèrent toutes leurs affaires – il n'y avait pas tellement de souvenirs auxquels se raccrocher – et que le garçon et elle débarquèrent à Nashville.

« Une fille, et un seul petit-fils. » Sa mère se sentait flouée de n'avoir élevé qu'un enfant. Désormais, celle-ci l'avait trahie en limitant le nombre de ses petits-enfants. Meg ne rentrait que rarement à la maison, généralement pour assister à un enterrement. Il y eut d'abord sa mère et un oncle qu'elle aimait bien, qui la ramenèrent à Sumpter la même année. Puis un autre oncle, une cousine qui abusait joyeusement du whiskey dans son café, et enfin le père de Meg. Ses tantes la pressaient de revenir, mais elle préféra mettre la maison en location et retourner à Nashville. Et auprès de Walt.

D'une certaine façon, même si elle veillait à toujours faire attention, les années qui passaient la rendirent moins prudente. Penser « Walt et moi » lui était devenu naturel.

Un après-midi, juste avant la fermeture, Sally demanda s'il était portugais.

« Enfin bon, on se demande bien comment un Portugais aurait atterri dans le Sud profond. Écoute Meg, je ne veux pas me mêler de tes affaires, mais les gens causent. Tout le monde dit qu'il a l'air, enfin tu vois, de vouloir se faire passer pour blanc. »

Elle s'était tue, attendant les dénégations de Meg. « Je leur ai dit à tous qu'ils étaient ridicules, que c'était ton client, point. Et quand bien même on le prendrait pour un Blanc, tu n'irais pas fricoter avec des gens de couleur. Et puis, j'ai expliqué que tu sortais avec un ami de Warren. »

Le stylo se mit à frémir tandis que Meg s'efforçait de le poser sans trahir l'intensité de son tremblement. « Ça va, je sais très bien me débrouiller toute seule. »

Sally parut blessée. « D'accord, je n'ai rien voulu sous-entendre. J'aurais dû me taire, mais tu sais que Mr Morgan n'apprécierait pas ce que tu fabriques dans son dos. » Elle se reprit immédiatement. « Oh, ma chérie, je ne lui dirais jamais rien sur ta vie privée, pour rien au monde, mais il y a des gens qui pourraient. Je ne voulais pas en parler, ajouta-t-elle d'une voix implorante, mais les filles m'ont demandé de te dire qu'elles savent.

– Eh bien, tu leur diras qu'on est deux à savoir. » Elle était stupéfaite d'avoir osé répondre à Sally. Elle ne comprenait pas d'où lui venait ce courage. Elle aimait bien les filles et les considérait comme des amies. Elles avaient eu l'air sincèrement contentes pour elle le jour où Meg avait été choisie comme responsable adjointe. Mais Sally n'aurait rien dit si elle n'était pas sincèrement inquiète. Et avec sa nature charitable et sincère, il valait mieux ne pas l'impliquer dans une telle polémique. C'est pourquoi, aussi délicatement qu'elle avait pu rechercher son amitié autrefois, Meg résolut de prendre ses distances avec Sally.

Au début, elle ne se rendait pas compte des coups bas. Puis tout lui tomba dessus d'un coup : c'est seulement avec le recul qu'elle comprit que les incidents s'étaient accumulés. Au déjeuner, au comptoir de chez Woolworth, les filles et elle avaient toujours les mêmes conversations. Pour Thanksgiving, elles ne vinrent pas lui demander sa contribution pour la famille nécessiteuse de la boutique. Mais Meg croisa l'une d'elles en train de faire la quête, et lui glissa son billet d'un dollar.

Cette histoire de corbeille de Thanksgiving lui était complètement sortie de la tête. Cependant, elle commença à s'inquiéter réellement quand toute la bande l'ignora au moment d'organiser une petite fête pour Noël. Elle n'en aurait rien su si Sally n'avait pas mentionné que Warren s'était acheté un nouveau costume pour l'occasion.

« Mais chérie, je pensais que tu avais toutes les infos. Le comité travaille depuis des semaines. Emily nous a toutes appelées en personne pour vérifier qu'on avait bien noté la date. » Puis elle s'interrompit. « Quelle connasse, elle a fait exprès de ne pas t'appeler. On se demandait, comme Mike n'avait pas l'air de dire que tu l'avais invité. » Sally se tut à nouveau.

« Laisse tomber, répondit Meg en se détournant, de toute façon je n'aurais pas pu venir. »

Allez savoir pourquoi, personne ne tenta de la priver de son poste. Elle se demandait si c'était parce que les autres filles n'avaient pas le cran d'aller se plaindre auprès de Mr Morgan. Mais l'attitude de ce dernier ne trahissait rien qui sorte de l'ordinaire. Après avoir passé en revue toutes ses collègues, elle était plutôt convaincue que la direction n'était pas au courant.

Cela faisait bien longtemps que Sally ne l'avait pas invitée à sortir. Attablée dans sa cuisine, Meg était en train de se faire les ongles. Sa camarade se montrait toujours amicale, au magasin, mais elles avaient cessé de parler de choses personnelles. Sally était incapable de cacher quoi que ce soit à Warren, et ce dernier n'aurait clairement pas approuvé l'existence de Walt. Dans la vie, Warren avait une grande préoccupation : trouver des restaurants que les Noirs ne fréquentaient pas encore. Dès qu'un de ses bastions finissait par être envahi, il en cherchait un nouveau. Avec Sally, elles avaient coutume de se moquer de Warren et de sa quête existentielle. Mais maintenant qu'elle était contaminée, il avait probablement demandé à sa femme de rayer son nom des gens dignes d'être invités.

Et puis, comme si Sally l'avait entendue, le téléphone sonna, avec une invitation à dîner ce dimanche-là.

« Jay est rentré pour les vacances, il repart dimanche.

– Oh, chérie, il n'a qu'à filer dans l'après-midi. »

Meg expliqua qu'elle voulait passer cette dernière journée avec lui, parce qu'il comptait aller chez son colocataire pour les vacances de printemps, et ne reviendrait donc pas avant le mois de juin. Et puis, elle avait dit à Mike qu'elle ne pouvait pas aller au cinéma ce soir-là, à cause de Jay. « Et si on remettait ça ? »

Sa voix sonnait bien trop enjouée. Sally resta silencieuse un instant.

« Pas de problème, chérie. »

Immédiatement après que l'avion de Jay eut décollé, elle se précipita chez elle pour attendre le coup de fil de Walt. Le téléphone ne sonna qu'une fois, et c'était Jay qui voulait la prévenir qu'il était bien arrivé. Malgré tout, elle ne regretta pas d'avoir décliné l'invitation de Sally – même au bout de plusieurs mois, quand elle se rendit compte qu'il n'y en avait jamais eu d'autre.

Mike continuait à lui faire signe, cependant. Elle n'arrivait pas à savoir s'il ne voyait jamais Sally et Warren, ou s'il était juste curieux d'elle. Il ne l'interrogeait jamais sur la vie qu'elle menait durant la semaine, mais en même temps elle non plus ne cherchait pas à en savoir davantage. La dernière fois qu'ils étaient sortis, il lui avait demandé pourquoi elle ne portait plus de rouge à lèvres. Meg avait été choquée de se rendre compte à quel point Walt déteignait sur elle. Il n'aimait pas le maquillage, et la taquinait sans cesse sur cette couleur derrière laquelle elle aimait se protéger – si bien qu'elle avait fini par tomber d'accord avec lui et revenir à des lèvres naturelles. À force de chercher à lui plaire, elle se changeait en petite fille, incapable de se rebeller.

Walt et elle s'étaient parlé au téléphone le vendredi. Il était pressé, parlait à toute allure et, dans sa tête, elle l'imaginait occupé à autre chose, remplir un formulaire, peut-être, tandis qu'ils discutaient. Elle ne pourrait pas le voir avant la fin de la semaine suivante, car Marian était de nouveau au plus mal.

Le mardi, Sally et elle étaient sorties déjeuner à la cafétéria de chez Woolworth et feuilletaient les journaux en attendant leur soupe. Par pur hasard, Meg survola du regard la rubrique nécrologique. Elle avait sûrement laissé échapper un cri étouffé, car Sally posa sa bande dessinée.

« Qu'est-ce qui se passe chérie ?

– Rien », répondit Meg, qui se terra derrière son journal en s'efforçant d'empêcher ses mains de trembler, tandis qu'elle lisait : « … elle laisse derrière elle son mari, le docteur Walter ; une sœur à La Nouvelle-Orléans, Mrs Bernadine Cleveland… » Cinq minutes durent s'écouler avant qu'elle ne se rende compte que la serveuse était passée et repartie. Le plus étrange, c'est que si on lui avait posé la question, elle n'aurait pas su dire ce qu'elle ressentait.

Il n'y avait pas de quoi se réjouir ; ils devraient toujours prendre des précautions. L'attitude de ses amies au magasin signifiait précisément qu'il faudrait faire encore plus attention à l'avenir. Oh bien sûr, elle avait sûrement envisagé la possibilité de se marier, l'espace d'une minute. Mais elle n'était ni complètement dingue, ni assez passionnément amoureuse pour s'imposer la solitude qu'impliquerait une telle union. Rangeant le journal sous le comptoir, elle souleva délicatement sa cuillère, et regarda la soupe frissonner au bout de ses doigts.

Chaque fois que le téléphone sonnait, elle sursautait. Quand il finit par appeler, il lui semblait aller de soi qu'elle était au courant. Comme ça, comme si elle passait son temps à lire la rubrique nécrologique pour guetter l'annonce de la mort de sa femme. Elle ne lui demanderait jamais pourquoi il avait tant tardé à la joindre. Cela aurait été une forme d'aveu, et à cette époque, elle n'avouait « rien à personne », pas même à elle-même. Walt la revit une fois en juin, et c'était pour lui dire qu'il avait décidé de prendre des vacances.

« De longues vacances. » Il y avait de la fatigue dans son regard. « La sœur de Marian va mettre la maison en ordre, et j'ai bien besoin de prendre l'air. »

Ils étaient attablés dans le même restaurant-grill, à la table placée sous l'endroit où le plafond avait été grossièrement rapiécé. La serveuse avait pris leur commande sur son carnet crasseux, et ils attendaient que Glendora apporte leurs plats. Désormais, quand Meg pénétrait dans la salle avec Walt, les hommes portaient les doigts à leur chapeau, et la serveuse ne se comportait plus comme si sa vue lui était pénible, ou qu'elle était une pièce de musée venue d'un autre monde.

« Il faut que je mette mes affaires en ordre, c'est le moment ou jamais. »

Elle était assise à la fenêtre et, tandis qu'il parlait, ses yeux embrassèrent d'abord la salle, puis la scène qui s'étalait derrière la vitre. Les bardeaux de la maison voisine étaient gris là où la peinture s'était écaillée, exposant le bois terne. À côté se trouvait un salon de beauté, et ils étaient suffisamment près pour entendre le ronronnement de son ventilateur électrique.

« Ça te dirait de venir passer le week-end à Atlantic City ? Tu pourrais prendre un vol vendredi, et rentrer dimanche soir. »

Un court instant, elle fut submergée par l'enthousiasme : aller quelque part, pour de vrai, un endroit où ni l'un ni l'autre n'aurait à se soucier de ce que pensaient les gens. Mais même ça, c'était impossible. De nombreux camarades de Jay travaillaient dans la zone touristique durant l'été ; elle ne pouvait pas courir le risque de tomber sur ses amis et de lui faire honte. Il était encore trop jeune pour ne pas se soucier du regard des autres.

« Alors ? » Il se pencha vers elle. « Qu'est-ce que tu en dis ? Non ? Tu n'as pas envie de venir ?

– Bien sûr que si, mais je ne peux pas. Je ne peux pas, c'est tout. » Elle espérait qu'il ne lui en voudrait pas. Il ne reparla plus de cette escapade, et lorsqu'il gara sa voiture à quelques encablures de la sienne, elle sauta dehors sans lui laisser le temps de dire au revoir. Il valait bien mieux pour tous les deux que cette soirée soit celle des adieux définitifs.

Il ne lui écrivit pas d'Atlantic City, pas même une carte postale. Ils n'avaient jamais échangé de lettres, et pourtant, tous les après-midi, avec peut-être un peu d'espoir – elle ne le savait jamais vraiment – elle passait le courrier en revue d'un geste vif. Il n'y avait rien, rien que des factures et des lettres de Jay, qui travaillait pour le gouvernement à Baltimore.

Le samedi, elle rentra chez elle, savourant la promesse d'une journée de repos. Elle avait dit à Mike qu'elle n'était absolument pas en mesure de dîner avec lui. Il avait paru blessé, mais elle le connaissait suffisamment pour savoir qu'il rappellerait. Il avait été un peu bizarre avec elle, lui avait dit qu'aucune des femmes avec qui il sortait n'aurait osé se montrer aussi imprévisible. « J'ai un faible pour les jolies femmes, c'est tout », avait-il ajouté en l'embrassant pour lui souhaiter bonne nuit. Non qu'elle soit si difficile à décrypter – une belle du Sud aussi typique qu'insignifiante, tombée dans la dépravation. Elle aurait voulu voir sa tête, s'il avait su pour Walt. Warren lui avait sûrement dit quelque chose, mais Mike la croyait incapable de mentir. Il rappellerait, le week-end suivant, ses cheveux bouclés soigneusement gominés, pour lui demander ce qu'elle avait envie de faire ce soir-là. Et elle sortirait avec lui, n'ayant rien de plus constructif à faire, hormis ne pas penser à Walt, le chasser de son esprit.

Meg reconnut la voiture en se garant dans l'allée. Un instant plus tard, elle claquait la portière et contournait la maison en courant. Il n'était encore jamais venu chez elle, et ne s'y serait pas risqué s'il n'avait pas quelque chose de définitif à dire. Elle ralentit le pas, le temps de reprendre son sang-froid, et puis il était là, assis au bord de sa véranda avec ses longues jambes, le manteau déboutonné, l'air de s'être littéralement engouffré dans ses vêtements. Un livreur, une fois, la fille qui avait gardé Jay quand il avait la varicelle et qu'elle ne pouvait pas prendre de congés… voilà les seules personnes de couleur à avoir jamais mis les pieds chez Meg. Et maintenant, lui. Immédiatement, elle eut honte ; même au bout de ces six années, elle le considérait encore en fonction de sa couleur de peau.

Il lui fallut une longue période de réflexion avant d'accepter de l'épouser. Et puis elle comprit qu'il n'y avait rien à réfléchir. Cela faisait si longtemps qu'elle avait succombé, le temps n'avait plus tellement d'importance. Jay rentra un week-end, pour passer une partie de sa semaine de congés avec elle. Elle s'efforça de se comporter en mère normale, lui demandant s'il dormait suffisamment, s'il mangeait bien ses légumes. Mais depuis qu'il n'était plus étudiant, elle n'avait plus aucun contrôle sur ce qu'il faisait. Elle attendit le dimanche pour lui laisser le temps d'atterrir, puis annonça qu'elle envisageait de se marier.

« Avec qui ? demanda-t-il, la tête plongée dans le réfrigérateur.

– Le docteur Carter. Walter Davidson Carter, pour être précise.

– Un chirurgien fortuné. Ah, ah, Maman ! Ça y est, c'est l'ascension sociale. »

Il éclata de rire et vint l'embrasser sur la joue.

« Content pour toi, Maman. Il est du coin ? »

Elle le regarda boire son Coca-Cola, compta jusqu'à cinq, et révéla que le docteur était noir. Il posa sa canette et la dévisagea fixement.

« Maman, si t'as envie de me faire marcher, trouve autre chose. »

Elle ne bougea pas, et à la voir si impassible, il comprit. « Pourquoi, Maman ?

– C'est quelqu'un de bien, Jay. » Quelqu'un de bien, tu parles, elle avait l'impression d'être une héroïne de feuilleton. « Ça fait tellement longtemps qu'on est ensemble… » Elle s'interrompit abruptement. Non, même ça, ça n'était pas fait pour être énoncé à haute voix. Ces mots étaient réservés à ses seules oreilles.

« Maman, tu sais que je n'ai rien contre eux. Ils ont intégré nos écoles mais ils n'ont jamais embêté personne. Bon Dieu, Maman, tu vas devenir l'une des leurs. » Comme si cette pensée était trop atroce pour la verbaliser, Jay se détourna et quitta la cuisine.

Le jeune homme ne rentra pas ce soir-là. Ni le lendemain. Le mardi après-midi, alors qu'elle avait pratiquement renoncé à tout espoir de lui reparler, il passa prendre ses bagages.

« Je suis désolé pour toi, lui asséna-t-il. J'espère seulement qu'il est trop vieux pour avoir des enfants. » À cet instant, les oreilles de Meg cessèrent de l'écouter. Dans son regard elle lisait qu'il avait pitié d'elle, mais aussi, à supposer qu'elle connaisse bien son fils au bout de ces vingt-deux ans, pitié de lui-même.

En février, elle avait démissionné ; en février, elle était remariée – la transition fut facile. Nul besoin de déménager quoi que ce soit, aucun de ses meubles n'aurait trouvé place chez lui. Elle rangea donc dans une valise fermée à clé sous le lit de la chambre d'amis les photos de Jay bébé, quelques lettres conservées pour garder un ou deux bons souvenirs de Harry, ainsi qu'une paire de chaussures. Il s'agissait de celles qu'elle avait portées tous les jours pendant quatre mois, à l'époque de leur rencontre. Elle aurait sûrement dû s'en débarrasser ou faire refaire les talons, mais elle préférait les garder sous clé. C'était important de savoir qu'elles étaient là, de savoir que quelque chose dans cette maison lui appartenait.

Pendant un long moment, elle n'eut aucune nouvelle de Jay. Puis une lettre arriva, pleine de phrases ampoulées. Elle ne devait pas s'attendre à ce qu'il vienne la voir. Elle était la bienvenue si elle souhaitait lui rendre visite dans le Nord, seule. Les lettres arrivaient régulièrement, deux fois par mois. Ces jours-là, quand le facteur lui remettait la missive ou même quand l'enveloppe bleue et froissée était en retard, elle se surprenait à aller dans la chambre d'amis, à sortir la valise de sous le lit.

Elle avait fait mine de ne pas voir la boîte rangée à côté de sa valise toute simple. Les caractères élégants gravés sur le carton ornaient également l'étiquette de sa nouvelle étole.

« Joyeux anniversaire, chérie. Ça t'ira très bien. »

La boîte trônait en évidence sur le canapé au moment où elle était rentrée d'un tour en voiture. Elle n'avait même pas eu le temps de se donner un coup de peigne, car il se penchait déjà sur elle et sur le paquet, exhalant la chaleur et l'antiseptique. Bizarre qu'elle n'ait jamais remarqué son odeur si particulière, semblable à celle de son bureau. Les doigts de Meg défirent le nœud, et le cordon qui coupait en quatre l'inscription « Fourrures Dillon » tomba au sol. Elle souleva l'étole, caressa la fourrure à rebrousse-poil, et ne sut que dire.

« Je suis content qu'elle te plaise. » Ce n'était pas une question, il partait du principe qu'elle était ravie. C'est seulement après le souper, alors qu'ils étaient devant la télé, son mari totalement absorbé dans son feuilleton médical, que la mémoire lui revint.

Il avait mentionné une fois l'étole qu'il avait choisie pour sa femme. Le fourreur la lui avait gardée en réserve pour faire une surprise à Marian, quand le printemps viendrait. Avec le beau temps, elle pourrait de nouveau sortir. Ce printemps était passé. Un nouvel automne touchait désormais à sa fin, et la fourrure de Marian venait d'arriver à la maison. Elle regarda Hodge Podge, étalé en travers des genoux de Walt, comme un tapis de boucles blondes. Les larmes s'étranglèrent dans sa gorge, étouffées de l'intérieur. Il aurait pu choisir une autre fourrure – un modèle différent, au moins, pour réchauffer sa femme.

Pendant les vacances de Thanksgiving, à l'unique bal auquel Walt avait décidé d'assister, Helen et Pete Harbison vinrent les saluer devant le comptoir du vestiaire. Helen était l'une des amies d'enfance de Marian.

« Merveilleuse, fit-elle en enveloppant Meg du regard, tandis que les messieurs déposaient leurs écharpes. Marian l'aurait adorée.

– Adoré quoi ? demanda Peter. Qui aurait adoré quoi ?

– Allez, entrons, répondit Helen. Venez, vous deux. »

Depuis Thanksgiving, l'étole était restée sous le lit.

Vu le peu de temps qu'elle y avait passé, c'était comme si Meg n'était pas allée à la fac. Toutes ses voisines étaient diplômées. Elle ne s'était jamais intéressée aux sororités, hormis pour faire des commentaires sur les étudiantes qui passaient parfois au Paradis des Fleurs, à l'époque. En même temps, le sujet était vite épuisé. Et ces petits brunchs guindés, ces soirées bridge en son honneur, pour témoigner à Walt qu'elles acceptaient sa femme… Elle avait toujours l'impression que la fête ne commençait vraiment qu'après son départ.

Certaines étaient sympathiques. Elles lui faisaient toujours des compliments sur son style. Elles lui proposaient de rejoindre le corps auxiliaire des épouses, l'intégraient à leurs projets de barbecues de quartier. Mais à l'issue de ces petites sauteries, elle ne recevait aucune invitation personnelle. On la conviait uniquement en groupe, et elle devait toujours attendre que les autres fassent le premier pas. Bien sûr, elle les appelait pour déjeuner, ou pour jouer au bridge, mais là aussi, elles venaient et repartaient en bande. Au bout de quelques mois, Meg cessa tout bonnement de recevoir.

La sonnette retentissait si rarement qu'elle commençait à s'angoisser quand il fallait ouvrir la porte. La veille, elle était restée presque sans voix en découvrant Debbie Gabriel à travers la porte-moustiquaire. Debbie, qui avait partagé une chambre avec Marian à l'université, ne sembla pas remarquer la tension palpable. Hodge Podge glapit de joie en la voyant, avec une telle frénésie qu'elles en furent toutes les deux gênées.

« Il se souvient, murmura-t-elle, presque pour s'excuser.

– Si seulement il était moitié aussi affectueux avec moi. » Meg voulait plaisanter, en disant cela sur un ton pince-sans-rire.

« Non, c'est le chien de Marian. » Debbie prit Hodge Podge dans ses bras, et coupa court.

Même quand Walt était à la maison, le chien l'ignorait – peut-être aurait-elle dû préciser : surtout quand Walt était là. Hodge Podge était un cadeau qu'il avait fait à Marian, mais celle-ci n'était pas capable de nourrir le chiot ni de le promener, et au bout de quelques semaines, c'était devenu le chien de Walt.

Avec Debbie, elles évoquèrent les vacances de Noël, et cette nouvelle recette de cake aux fruits que Meg avait l'intention de tester. Elle avait appris à cuisiner petite et, d'habitude, elle adorait échanger des recettes. Mais toutes deux faisaient beaucoup trop d'effort pour éviter de prononcer le prénom de Marian et, au terme d'une suite de silences embarrassés, Debbie s'en fut, prétextant devoir aller chercher son fils à son cours de musique. Debbie était la seule à lui avoir rendu visite sans son mari.

La maison de Walt lui faisait penser à une illustration sur le calendrier d'un funérarium. Elle pouvait toujours cocher les jours, noircir les chiffres puis déchirer le mois pour révéler la tranche de temps suivante. Peu importe le temps qui filait, elle continuait à se lever le matin, faisait la vaisselle du petit déjeuner, et si c'était le jour de la femme de ménage, elle se débrouillait pour s'occuper dans sa chambre ou dans sa voiture. Les fenêtres de l'une comme de l'autre restaient toujours ouvertes, et elle se demandait si c'était pour laisser entrer quelque chose, ou au contraire pour tenter de garder à l'intérieur ce sur quoi elle était incapable de mettre des mots.

Après le départ de Debbie, elle s'était installée au salon et avait essayé d'identifier le moment exact où elle avait fini par se faire aux habitudes de cette maison. Elle s'était adaptée sans rien dire, comme à chaque étape de sa vie. Elle avait un solarium au-dessus de la tête, et du mobilier de style français dans sa chambre à coucher. Beaucoup de femmes auraient envié sa place et, tandis qu'elle parcourait la maison, redressait les livres et se trouvait de menues tâches ignorées par la femme de ménage, elle s'avoua que ça ne lui faisait plus ni chaud ni froid.

Le lendemain, elle se lèverait à huit heures, suffisamment tôt pour préparer le café, pour Walt et pour elle. Comme il devait surveiller son poids, le petit déjeuner était toujours le même – un œuf dur et du jus d'orange. Au moins, le repas frugal de Walt lui laissait le temps de s'habiller et de prendre le temps de dissimuler la moindre imperfection de son teint sous du fond de teint liquide.

Un matin de semaine comme celui-ci, alors qu'elle venait de s'extirper d'un profond sommeil et de s'attabler dans la cuisine, après s'être passé un simple coup de gant sur le visage, elle avait vu ce qui jusqu'alors lui avait échappé. Contemplant ses mains, dont les ongles vernis ne suffisaient pas à camoufler les rides, elle avait été choquée de constater son âge pour la première fois. C'était la nature, bien sûr, mais se rendre compte qu'elle était désormais complètement dépendante de Walt… Elle n'avait plus le choix de rester ou de partir. Puisqu'elle était devenue partie intégrante de son monde à lui, jamais elle ne pourrait retourner pleinement à celui qu'elle avait quitté. Qui d'autre aurait pu vouloir d'elle ? Elle essaya de réfléchir à la question, d'y répondre sincèrement, et n'aboutit qu'à un abrupt : « personne ».

Walt, lui, pourrait toujours trouver quelqu'un d'autre. Quelqu'un qui serait pour lui ce qu'elle-même avait été durant la maladie de Marian. Sauf qu'elle n'était pas atteinte d'une maladie incurable. Il la possédait, exactement comme il possédait la maison, les voitures, et ces pauvres gens persuadés que leur cœur allait s'arrêter de battre si jamais son mari arrêtait la médecine.

À cet instant précis, Walt avait franchi la porte, son journal du matin à la main. Hodge Podge, qui cavalait à ses côtés, s'était arrêté pour la renifler avant de sauter sur une chaise. Au lieu de chasser le chien, Walt avait préféré s'asseoir à l'autre bout de la table. Il avait beau sourire en lui disant gaiement bonjour, elle s'était vue comme il la voyait, vieillissante, même quand elle était maquillée. Depuis ce jour, elle s'était employée à éviter de réfléchir, à se remplir l'esprit avec tout ce qu'elle pouvait voir, entendre, lire. Et lire, et lire encore.

Elle prévoyait de se réveiller à sept heures trente le lendemain, et d'être habillée pour huit heures – pas tout à fait la même chose, car ce ne serait pas jour de shopping. L'une des règles de base de sa routine quotidienne était de ne jamais faire de shopping deux jours d'affilée. Ce jour-là, elle avait déjà passé toute la matinée en ville, pour faire quelques emplettes mais surtout consacrer beaucoup de temps à regarder, en attendant l'heure de déjeuner.

Par habitude, elle s'était retrouvée devant la porte à tambour de chez Woolworth. Elle avait pénétré dans le magasin à prix unique, passant devant le rayon soins capillaires et la mercerie, et gagné la cafétéria. Seigneur, elle avait déjeuné tant de fois à ce bar au cours de sa vie. Avec un peu d'efforts, elle serait sûrement capable de se changer elle-même en comptoir de chez Woolworth. Posant ses paquets à ses pieds, elle s'était regardée dans le miroir. Ses yeux bruns ne reflétaient absolument rien.

La serveuse était lente mais peu importe, elle n'avait nulle part où aller, à part rentrer. Prendre sa soupe au bar ou à la maison, quelle différence. Dans sa cuisine, les seules gens avec qui elle discutait d'habitude étaient les personnages de la sélection de livres par correspondance qu'elle commandait auprès de la Literary Guild. Dans cette cafétéria, au moins, les gens bougeaient, faisaient pivoter leur tabouret face au comptoir.

« Franchement, ils devraient déjà être contents, ceux-là, au point où on en est. »

Cette phrase marmonnée venait de sa droite, et le visage de la femme émergea de derrière un journal. « Toutes ces manifestations, c'est usant à la fin. »

Meg laissa son regard s'égarer sur l'article en une, et déchiffra le nom d'une petite ville de Géorgie dont elle n'avait jamais entendu parler.

« Je ne sais pas, dit-elle, faisant de son mieux pour se montrer polie.

– Eh bien moi je trouve, dit sa voisine en tirant sur le foulard qui couvrait ses cheveux, qu'ils pourraient s'estimer heureux et se concentrer sur ce qu'ils ont déjà obtenu.

– Je ne sais pas », répéta-t-elle, en se détournant pour regarder la serveuse qui lui apportait sa soupe.

Elle ne savait pas – et pourtant, à ce stade, elle aurait dû être claire sur ce qu'elle pensait. Ne serait-ce qu'un an auparavant, son opinion n'aurait pas posé de souci ; elle n'avait pas besoin de réfléchir du tout. Elle se surprit alors à souhaiter que la journée passe plus vite, pressée d'être au lendemain, débarrassée de toutes ces heures qu'il fallait encore affronter d'ici là. Le lendemain, elle aurait un gros titre de moins à graver dans son esprit, à relier à sa propre existence.

Le lendemain, elle se lèverait et déballerait tous les paquets et les boîtes achetés durant la semaine. Puis, elle monterait au grenier et descendrait les bagages remisés là-haut depuis leurs dernières vacances.

Walt prenait presque un mois cette année, pour voyager en Nouvelle-Angleterre. Elle allait avoir besoin d'un grand nombre de tenues, et faire ses bagages lui prendrait un temps fou. Si elle ralentissait le rythme, il y aurait de quoi l'occuper deux matinées. Seigneur, elle se souvenait encore de l'époque où elle n'avait jamais le temps de finir quoi que ce soit. Après le déjeuner, quand ce serait l'heure de prendre sa voiture pour rentrer, le gestionnaire du chenil serait prêt à recevoir Hodge Podge. Le chien vieillissait, et Walt pensait que le voyage ne lui ferait pas du bien.

Déposer l'épagneul au chenil serait son excursion de l'après-midi. Non mais imaginez. Rien d'autre à faire que déposer un pauvre chien dans un chenil, ou passer l'après-midi à regarder sa soupe refroidir.

Meg se tourna de nouveau vers la une du journal, mais la femme n'était plus là. Tout le monde était parti, de son côté du comptoir. D'ici quelques minutes, il ne resterait plus qu'elle. Soudain Meg avait hâte que la serveuse revienne et, puisant dans son sac à main, elle avança un billet d'un dollar sur le bar. Elle songea avec une sensation bizarre qu'elle ne vérifiait plus jamais sa monnaie, puis ramassa ses paquets, et se laissa glisser du tabouret.

Dans le magasin, elle ne courut pas ; mais son cœur battait si vite que c'était tout comme. Passant d'un pas mal assuré devant la porte avec son écriteau POUSSEZ, elle s'approcha à l'aveuglette d'une vitrine d'exposition. Contemplant les jouets de plage qui s'étalaient devant ses yeux, elle voulut empêcher ses cils de se mouiller. « Oh mon Dieu. Oh mon Dieu. » En boucle. Elle resta plantée devant le verre épais, ignorant que les mots pouvaient être enfouis si profondément en elle. Enfin, le son de sa propre voix la réconforta, et les mots la poussèrent en direction de la maison, et du chenil de Hodge Podge.

COMPOSITION ET MISE EN PAGES
NORD COMPO À VILLENEUVE-D'ASCQ

ACHEVÉ D'IMPRIMER PAR
NORMANDIE ROTO IMPRESSION S.A.S.
61250 LONRAI
EN AOÛT 2024

N° d'impression : 2402821
Dépôt légal : septembre 2024
Imprimé en France